KB267155

토 지 문 학 제

평사리

청소년문학상

작품집

토지 문학제

평사리 청소년 문학상 작품집

초판 1쇄 찍은날 | 2013년 10월 5일
초판 1쇄 펴낸날 | 2013년 10월 15일

글쓴이	신은선, 류이슬, 황예지, 남명현, 김은진
	김채린, 이지은, 정송희, 김예솔
	이은랑, 구세희, 최서경, 이유승, 박영준
	허예슬
펴낸이	서경석
책임편집	류미진
디자인	이거일
마케팅	서기원
관리 · 제작	이거일, 서지혜, 고정아
펴낸곳	청어람주니어
등록	제313-2009-68호
주소	경기도 부천시 원미구 심곡 2동 163-2 서경 빌딩 3층 (우) 420-822
전화	(032) 652-4452
팩스	(032) 652-4453
전자우편	juniorbook@naver.com

ⓒ 평사리 문학관, 청어람주니어 2013

이 도서의 국립중앙도서관 출판시도서목록(CIP)은 서지정보유통지원시스템 홈페이지(http://seoji.nl.go.kr)와 국가자료공동목록시스템(http://www.nl.go.kr/kolisnet)에서 이용하실 수 있습니다.
(CIP제어번호: CIP2013019686)

책 값은 뒤 표지에 있습니다.

ISBN 978-89-93912-91-3 43810

평사리 청소년문학상 작품집

토지문학제

土地文學祭

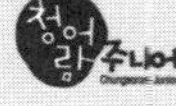

서 문

　문학은 상상력을 바탕으로 자라는 나무다. 다시 말하면 현실에 기반을 둔 상상의 나래이자 공상이자 망상이다. 하여 무한일 것 같은 사람의 상상력은 가끔 현실의 벽에 막히기 마련이다. 자유롭지 못하다는 말일 것이다. 다른 시각으로 보면 무한할 것만 같은 청소년들의 상상력 또한 마찬가지일 터이다.

　2010년부터 공모를 시작한 〈토지 문학제〉 평사리 청소년 문학상은 올해로 4회를 맞는다. 비록 일천하나 학교 교육의 범주를 벗어난 상상력의 날개, 다소 판타지적이나 그로 말미암아 현실의 높은 장벽을 깨부수고자 하는 청소년의 욕망, 혹은 그러지 못하는 절망이 고스란히 옮겨지고 있어 더러는 안타깝기도 하여 마음 쓰였다.

〈토지 문학제〉는 고 박경리 선생의 대하소설 《토지》의 문학적 업적을 기림과 동시에, 선생의 '생명 사상'을 두루 알리는 데 그 목적이 있다. 진부한 이야기가 될 수도 있지만, 우리의 문학 저변이 너무 나이 들어 있음에 주목하였다. 소설이라는 문학 장르가 상상과 허구를 통한 새로운 세계의 창조라는 점이 우리 청소년과 맞닿아 있어 능히 희망을 발견할 수 있었다.

창작이라는 것은 현실의 지난함에 상상력이라는 날개를 달아, 진실이 담긴 허구의 세상, 이른바 새로운 세계를 그려 낸 작품이 입상작의 기준이 될 수밖에 없다.

학교라는 공간적 압박과 새로운 세계에 도전하고자 하는 심리적 압박을 이겨 낸 예비 작가 여러분께 무한한 존경과 격려를 보낸다. 문학이 독자에게 주는 '성찰과 배려'를 놓지 않는다면 더욱더 좋은 작가로 성장할 것이기 때문이다.

2013년 10월
토지문학제추진위원회

차 례

2013

평사리
청소년 문학상
수상작

|2013 평사리 청소년 문학상 대상 수상작|

신의선

오뚝이

신은선
충북 진천 고등학교 3학년

오뚝이

1. 악몽이길

“쉿.”

오빠는 수학만 알려 주는 것이 아니었다.

오빠는 집에 아무도 없을 때를 기다리곤 했다. 그 어느 인기척도 없을 때, 오직 오빠와 나 단둘이 있을 때를.

오빠는 천천히 그러나 그 어떤 손길보다 거칠게 내 윗옷을 벗겨 냈다.

열 살. 아직 아무것도 모르지만, 아는 것은 충분히 아는 나이. 무엇이 잘못된 건지는 알지만, 잘못이라 말하기엔 벅찬 나이.

오빠의 손은 뱀처럼 내 몸을 휘감았다. 나는 도망치고 싶은 만큼 두 눈을 꼭 감았다. 그러나 뱀은 감은 눈으로도 훤히 보였고, 나는 과연 어디서 똬리를 틀지 숨도 못 쉬며 떨었다. 뱀은 어쩔 땐 급한 듯이, 또 어쩔 땐 잡아먹듯이 나를 놀리기 바빴다. 그럴 때마다 나는 숨을 참았다.

한참을 그렇게 숨을 참다 보면 오빠는 내 옷을 다시 입히고 수학을 가르쳐 주었다. 그리곤 아무 일도 없었다는 듯이 부드러운 목소리로 칭찬해 주고, 숙제를 내주었다.

나는 오빠의 휘파람을 좋아해 줄곧 따라 부르곤 했다. 그런데 어느 순간부터 나는 휘파람을 부를 수 없게 되었다.

나는 더 이상 휘파람 소리를 좋아하지 않는다. 아니, 소름 끼치도록 싫다.

혼자 있을 땐 왠지 모르게 눈물이 자꾸 흘렀다. 눈물을 닦았다. 멈추지 않는 눈물을 계속 닦았다. 눈물이 흔적조차 안 보이면 모든 일이 없어질 거라고 믿듯이.

집으로 무거운 걸음을 옮겼다. 엄마는 부엌에서 분주히 저녁을 준비하고 있었다. 동생이 이제 막 잠들었나 보다.

"엄마!"

"응~, 안내문?"

"아니, 있잖아. 내 친구가 자꾸 모르는 아저씨가 자기 몸을 만진대."

엄마 눈썹이 올라갔다.

"친구 누구."

"친구의 친구라서 잘 몰라. 그럴 땐 어떡해야 해?"

당연한 걸 왜 물어보냐는 듯이 엄마는

"무조건 안 된다고 하고, 바로 어른들께 말해야지."

내가 생각한 대답. 또 내가 못한 대답.

"맞아. 그래야지. 전해 줘야겠다."

기분은 물에 적신 솜처럼 더 무거워졌다. 내 이야기라고 말할까? 우물쭈물하고 있는 동안 규진이가 잠든 지 채 5분도 되지 않아 울음보가 터졌다. 엄마는 뛰다시피 갔다.

아무리 동생이 아기라고 해도 갑자기 섭섭해졌다. 말하고 싶었다. 하지만 기회가 없었고, 있더라도 말할 수 없었다. 답답했다. 숨 막혔다. 또 그만큼 외로웠다.

2. 아무도 모른다

아무도 모른다. 나에게 그런 일이 있었다는 것을. 나는 밝고, 건강하다.

7년이 흘렀다.

나는 여전히 행복 아파트 B동 303호에 살고 있다.

달라진 것이 있다면 우리 바로 위층에 살던 가족이 5년 전, 다른 아파트로 이사 간 것.

그날은 아주 오랜만에 숨을 편히 쉴 수 있었다.

"아이, 정 다 들었는데 이렇게 떠나서 어떡해요."

"그러니까요. 윤정이 과외는 이제 누가 시켜 줘요. 윤정아, 오빠한테 인사해야지."

고개를 들 수 없었다. 눈을 마주칠 수 없었다.

“윤정아, 잘 있어. 언제 한번 또 보자.”

오빠는 여전히 부드러운 목소리로 말했다. 오빠가 말하는 동안에 나는 나도 모르게 숨을 참고 있었다.

“종혁이는 역시 원하는 대학에 합격할 줄 알았다니까요. 아니, 공부도 잘해, 운동도 잘해, 키도 크고, 착하기까지! 엘리트예요, 아주! 우리 윤정이는 언제 저렇게 되려나 몰라.”

엄마를 포함해서 우리 아파트 단지 아줌마들은 모두 오빠를 ‘엘리트’라고 불렀다. 오빠는 고등학교 3년 동안 전교 1, 2등을 놓친 적이 없었고, 학교 축구부로 활동하기까지, 말 그대로 엄친아였다. 나는 오빠를 존경했다. 그건 확실하다. 물론 그 일이 있기 전까지.

오빠네 가족이 떠날 때, 엄마는 몰래 울기까지 했다. 2년 동안 정이 많이 들었나 보다. 나는 울지 않았다. 아니, 좀 더 솔직해지자면 나는 기뻤다. 숨이 트인 기분이랄까.

다시 한 번 말하지만, 아무도 모른다. 나만 생각하지 않으면 된다. 혼자 있을 때 더는 울지 않는다. 나만 생각하지 않으면 아무도 모르게 울지 않아도 된다는 말이다.

규진이가 살금살금 다가오더니 책을 내민다.

“누나.”

“오냐.”

“이게 뭐야?”

규진이는 아직도 구구단을 외우지 못한다.

“8곱하기 7은 56이라고 했잖아.”

"피, 누나 바보다. 8 곱하기 7은 54잖아!"

"사람이 실수할 수도 있지. 원래 54라고 말하려고 했어."

"누나, 누나 진짜 바보가 된 거야? 56 맞아!"

그럼 그렇지.

"너 누가 누나 놀리래. 매운 감자 먹고 싶어?"

규진이는 까르륵 웃으며 방으로 뛰어간다. 규진이 겁주는 거라면 매운 감자만 한 것이 없다. 매운 감자라 하면 그냥 주먹으로 이마를 콩 찧는 거다. 주먹을 감자라 거짓말한 이후로 나의 공포의 주먹은 매운 감자가 되었다. 현관문이 열리는 소리가 들리고 엄마가 들어온다.

"오늘 내가 누굴 만나고 왔게?"

"행복 마트 아줌마~."

"말고~."

"세탁소 아줌마~."

"말고~."

"그럼 누굴까?"

"종혁이 엄마!"

심장이 복숭아뼈에 닿는 기분. 현지가 엄마한테 위조된 성적표가 걸렸을 때 현지는 이렇게 말했다. 심장이 복숭아뼈에 닿았다고.

"글쎄, 종혁이가 벌써 취직했단다!"

엄마는 나의 손끝이 떨리는 것을 보지 못했다.

"와, 잘됐네."

“그래서 이번에 다 같이 밥 먹기로 했다~.”

나는 분명 체할 것이다. 밥 따위 절대로 같이 먹지 않을 것이다.

“어우, 윤정이 많이 컸네~!”

“안녕하세요.”

오고 말았다. 결국, 오고 말았다.

“종혁이는 언제 와요? 나 기억하지 못하면 어떡해~.”

엄마는 또 오빠 타령이다.

“손님, 이 안으로 들어가 주세요.”

종업원의 목소리가 끝나기도 전에,

“안녕하세요.”

부드러운 목소리. 섬뜩하다.

“윤정이 많이 컸네. 어렸을 때부터 예쁜 거 알았지만, 더 예뻐졌어.”

털끝이 난리가 났다. 오빠는 내 어디가 예뻤던 걸까.

밥을 입으로 먹는 건지, 코로 먹는 건지 머릿속은 터질 것 같았다. 숨 막히는 한 시간이 흘렀다.

“윤정아, 잘 있어.”

“…….”

오빠네 가족은 그렇게 자기 집으로 돌아갔다. 앞으로 다시 만날 일은 오빠가 결혼할 때가 되지 않을까. 그때도 나는 이런 기분일까. 빨리 씻고 잠들고 싶다.

누군가를 생각하지 않으려 애쓰다 보면 내가 그 사람을 얼마나 생각하는지 깨닫게 된다.

나의 마음속 어딘가에 분명히 그 오빠가 있다. 오빠는 뱀과 함께 나를 주시한다. 나는 애써 못 본 척한다.

3. 왜

아침에 일어나서 밥 먹고, 학교 갈 준비하고, 학교 가고, 학원을 가는 것은 항상 똑같다.

하지만 지겹지 않다. 특히 학원, 학원에 빨리 가고 싶다.

'김윤정, 너 행복 아파트 산다며."

'응. 왜?'

'나도 그쪽으로 가니까 같이 가자."

드디어 성공했다. 며칠간 나는 준상이를 계속 쳐다봤다. 마치 이쪽을 봐 달라는 듯이. 그러다 준상이가 쳐다보면 고개를 확 돌렸다. 나는 너에게 관심 없어. 이런 느낌으로! 현지가 알려 준 방법이 통했다. 고마워, 현지야. 떡볶이, 순대, 튀김 다 사 줄게.

"내가 왜?"

"싫음 말고."

준상이가 자리에서 일어섰다. 야! 한 번 팅겨야 한다며. 이런 경우는 예상하지 못했는데…….

"누가 싫대? 가자."

"이따 봐."

시간이 너무 안 간다. 그도 그럴 것이 나는 거의 1분마다 시계를 보고 있다. 당장 뛰어가서 시곗바늘을 움직여 수업이 마치는 시간으로 돌리고 싶다.

준상이와 나의 데이트를 상상해 본다. 무슨 말을 할까. 어떤 표정을 지어야 귀여워 보일까. 현지한테 문자로 물어봐야지.

―현지야, 이현지! 대답해! 당장!
―무슨 일 있어?
―준상이가 끝나고 같이 가재ㅎㅎ 무슨 말 하면서 가야 하지? ㅠㅠ 떨려.
―진짜? 앗싸 , 떡볶이~.
―알았으니까 빨리! 무슨 말을 해야 하냐고!
―순대 안 사 주면 넌 사람도 아니야.
―알았어, 알았어, 알았다고 제발! 이제 곧 끝나. 빨리~.ㅠㅠ

갑자기 답이 없다. 동시에 학원은 끝났다. 처음 남자랑 걸어보는 건데 무슨 말을 해야 하는 걸까. 눈앞이 막막하다.

"가자."

준상이다. 어색하게 웃으면서 말하는데, 그 모습에 침이 흐를 뻔했다.

걸어가는 동안은 더 어색하게 웃었다. 침묵과 어색한 웃음이 번갈아 나타났다. 이래선 안 돼. 무슨 말이라도 해 보자. 용기를 내 본다.

“나, 오줌이 마려워.”

“그럼, 저기 공동 화장실 가자.”

“저긴 싫어. 똥 냄새나.”

“그럼, 어떡하라고.”

“그냥 그렇다고……..”

준상이가 입을 벌리고 3초 정도 가만히 쳐다보다 갑자기 웃음을 터트렸다. 나는 멍하게 있다가 문자 소리에 휴대전화를 본다.

—씻고 왔다! 다른 건 몰라도 더러운 얘기는 하지 마! ㅋㅋ

이현지다. 오줌이 더러운 건가?

—오줌은?

—장난하냐. 그렇게 하면 넌 그냥 여동생 같은 존재가 되는 거야.

아. 아까 눈앞이 막막했다면 지금은 아예 깜깜하다. 나의 짝사랑은 친오빠가 되어 버리는 것인가.

“윤정아.”

“응…….”

“너 귀엽다. 번호 좀 알려 주라.”

번호? 이건 말로만 듣던 번호 물어보기? 심지어 귀엽다고? 갑자기 세상이 환해진 것만 같았다. 느낌이 좋다.

집에 오자마자 시작한 문자는 새벽 3시까지 이어졌다. 졸려 죽을 것 같았지만 웃음이 멈추지 않았다.

"누나, 왜 자꾸 웃는 거야? 바보가 된 거야?"

규진이 말은 들리지 않는다. 이 세상에 오직 준상이와 나만 있는 것 같다.

며칠 뒤, 나는 준상이에게 고백을 받았다. 학원이 끝나고 같이 집에 오는 길에 준상이가 나에게 손을 내밀었다.

"손잡자!"

웃으면서 준상이의 손을 보았다. 나는 놀라서 순간 멈칫했다. 준상이의 손이 순간 뱀으로 보였다.

"내가……. 내가 손에 땀이 많아."

왜 이런 거짓말을 한 거지? 왜 준상이의 손이 뱀으로 보였던 거지? 왜…….

나는 답을 알고 있다. 그러나 또 고개를 돌린다. 그리고 또 모른 척한다.

4. 관람 열차

곧 있으면 중간고사다. 이번 중간고사만 끝나면 나는 자유다. 중간고사가 끝나자마자 엄마에게 용돈을 받아 준상이와의 놀이동산 데이트를 할 것이다. 놀이동산에서는 계속 손을 안 잡아 준다고 삐친 준상이와 손도 잡고 아이스크림도 떠먹여 줄 것이다. 상상은 계속 꼬리에 꼬리를 물었다. 또 침을 흘릴 뻔했다.

“엄마! 국어 100점!”

손가락으로 오묘하게 가린 내 수학 점수를 본 엄마는

“수학은 50.”

“아이 엄마, 수학까지 잘하면 머리 아파~.”

“50점? 누나, 바보가 된 거야?”

“조용히 있어라.”

규진이 때문에 용돈을 못 받을까 봐 조마조마하다.

“하여튼 말은 잘해. 자, 받아.”

나는 준상이에게 다른 여자와 다르게 더치페이할 줄 아는 여자인 것을 보여 주고 싶었다. 준상아, 딱 기다려!

지하철 내내 준상이와 웃으면서 얘기를 나눴다. 준상이는 말도 재밌게 한다. 잘생겼고 공부도 잘하고 센스 있는 준상이. 엘리트라고 부르긴 싫다. 준상이는 그저 나의 남자친구다. 보고만 있어도 배부르다. 이런 기분은 처음이다. 모든 꽃, 나무, 사람들이 날 보고 방긋방긋 웃는 기분이다.

“손~.”

나는 자신 있게 손을 내밀어 주었다. 그러나 나의 손은 나무토막처럼 빳빳해도 너무 빳빳했다. 좀처럼 뼈가 내 마음대로 움직이지가 않았다.

“미안.”

“왜 그렇게 긴장하는 거야? 내가 그렇게 불편해?”

“그게 아니라…….”

준상이에게 말하면 분명 실망할 것이다. 준상이뿐만 아니라 아무한테도 말할 수 없다.

"괜찮아, 나중에 잡자."

말로는 괜찮다고 해도 준상이의 입은 삐죽 나왔다. 미안한 마음에 고개를 숙였다.

"아이, 괜찮대도! 우리 아이스크림 먹을까?"

준상이가 아이스크림을 사 왔다. 준상이가 좋아하는 초콜릿 맛이 아니라 내가 좋아하는 딸기 맛으로 사 온 준상이가 고맙고, 사랑스럽다. 아이스크림을 먹으면서 관람 열차를 타러 갔다.

관람 열차 안에서 우리는 서로 기분 좋게 바라보며 웃고 있었다.

"내가 너한테 잘 보이려고 준기한테 배워 왔다."

아무것도 안 해도 멋져, 준상아.

예뻐 죽겠다. 준상이는 한 번씩 웃더니 연습해 온 것을 보여 주었다.

—힘들어. 헤어지자.

눈물이 멈추지 않는다. 가슴이 찢어지는 것 같다.

—준상아, 미안해. 나 너 진짜 좋아해, 진짜로…….

결국, 준상이의 답장은 오지 않았다.

나는 내 안에서 날 비웃고 있는 그것들을 죽이고 싶었다. 가슴을 손으로 때렸다. 아팠다. 멈추지 않고 계속 때렸다. 제발 죽어 달라고.

‘휘이익~.”

준상이가……. 준상이가 휘파람을 불었다. 무슨 노래를 불렀는지 기억도 나지 않는다. 소름 끼쳤고, 얼굴은 일그러졌다.

‘하지 마.”

내 목소리는 심각하게 낮고, 차가웠다.

우리는 한마디도 하지 않았다. 관람 열차에서 내려서도, 집으로 가는 길에도.

5. 한 가닥

답답하다. 안 먹어도 배불렀을 때가 처음이었던 것처럼, 안 먹어도 배가 안 고픈 것도 처음이다.

한 달 동안 밥도 잘 못 먹고 울기만 했다.

학교에서는 현지나 수지가 웃긴 춤을 추고, 주희가

“야, 남자는 많아~.”

이런 말로 위로해서 괜찮다가도 학원에만 가면 눈물이 핑 돌았다.

안경을 눈썹에 쓰는 것이 버릇이 된 국어 선생님께서 말씀하셨다.

“박준상, 3쪽 읽어 봐.”

그뿐이었다. 내가 들을 수 있는 준상이의 목소리는.

“그러게, 손 좀 잡아 주지 그랬어.”

혼자서 우울해 있는 나에게 현정이가 말을 걸어왔다. 비아냥거리는 말투는 아니었지만, 나에겐 가시 같은 말이 되었다. 현정이는 학원에서 만난 옆 반 친구다. 털털한 성격에 준상이와 가장 친한 이성 친구다. 준상이의 고민 상담도 거의 현정이가 맡는다고 들었다. 문득 현정이라면 준상이한테 잘 말해 줄 것 같다는 생각이 들었다. 생각은 확신으로 바뀌었다. 준상이의 오해를 풀어 주고 싶다. 다시 한 번 가슴 뛰고 싶다.

"저……. 현정아."

"응?"

"나……. 너한테 할 말 있어."

"뭔데?"

"사실 내가 준상이가 싫어서 손을 안 잡은 게 아니야."

"그럼 왜?"

"내가……. 내가 어렸을 때 위층 사는 오빠가……. 날 예뻐했어……. 조금 틀린 방법으로……."

"아."

현정이는 입을 다물지 못했다. 애써 담담해 보이는 척하는 것이 눈에 보였다. 나는 내가 가지고 있던 모든 용기를 다 털어 내야 한다. 그러나 어째서인지 눈물부터 나오기 시작했다.

"그래서……. 그게 좀 트라우마가 생긴 것 같아. 나는 준상이가 정말 좋은데……. 자꾸 생각나, 그 일이……."

"그렇게 좋아?"

"응. 정말 좋아. 네가…….네가 잘 말해 주면 안 될까?"

현정이는 아무 말 없이 고개만 끄덕였다.

6. 앙금

　다르다. 친구들이 다르다. 선생님이 다르다. 준상이가 다르다…….

　착각이라 생각해 봐도 이건 착각이 아니다. 혼란스러움을 넘어서 이젠 두렵다.

　학원에 이상한 소문이 돈다. 내가 예전부터 원조 교제한다는. 또 그 상대와 불건전한 사이라는……. 현정이는 나를 피해 다녔다. 왜? 대체 왜 그런 거짓말을 한 거지? 답은 얼마 후 바로 나왔다. 현정이와 준상이는 손을 꼭 잡으며 학원에 왔다.

　현정이가 준상이를 일 년 전부터 좋아했다는 것도 그제야 알았다. 사람에게 데인다는 것이 이런 거였구나. 상처는 아물기도 전에 썩었다. 말한 내가 바보다. 믿은 내가 바보다. 사랑한 내가 바보다.

　이사 간 뒤, 시간은 너무나 빠르게 지나갔다. 어쩌면 내가 시간마저 벗어난 것일지도.

　나는 꿈이 없었다. 그러나 지금은 간절히 꿈꾸고 있다. 나는 청소년 상담가가 되고 싶다. 나 같은 아이를 도와주고 싶다. 나 같은 상황 속에서 나 같은 실수를 하지 않도록.

　그러기 위해서 나는 쉬지 않고 공부한다. 시간은 또다시 빠르게 지나갔다. 나를 기다려 줄 마음 역시 없다는 듯. 준상이의 추억도 그렇게 마음속에 천천히 가라앉았다.

7. 거울

똑똑똑.

노크 소리에 이어 문이 열린다. 많아 봤자 열아홉 살쯤 되어 보이는 소녀다.

"선생님……."

"괜찮아, 편하게 말해."

"저……."

소녀는 울기 시작했다. 한참을 울던 소녀가 드디어 입술을 조금씩 뗐다.

"자꾸……. 제가 싫어요. 자꾸……."

나의 몸이 전기에 감전된 것처럼 반응하였다.

"전 더럽혀졌어요. 전……."

소녀는 또다시 흐느끼기 시작했다.

소녀의 이름은 이은하. 은하는 남자친구에게 성폭행당한 것도 모자라 2주 뒤 이별을 선고받았다. 가슴이 아팠다.

"……죽고 싶은데 그럴 용기가 없어요."

거울을 보는 것 같았다. 과거의 나를 비추는 거울. 은하는 죽고 싶은 것이 아니라 이런 삶을 살기 싫은 거겠지.

"죽고 싶은 게 아니라 그렇게 살기 싫은 거겠지."

은하는 고개를 들어 올려 나를 보았다.

"자신을 싫어하는 것보다 괴로운 것이 있을까."

나를 증오하던 나. 숨 막히게 힘든 것은 내가 나를 사랑하지 못하는 서러움. 나는 그런 삶에서 벗어나고 싶었다.

조심스럽게 은하를 감싸 안았다.

"은하야, 넌 잠깐 돌에 걸려 넘어진 거야. 너는 거기에 돌이 있을 줄도 또 돌에 걸릴 줄도 몰랐었지. 네 잘못이 아닌 거야. 넌 여전히 정말 사랑스러워. 너는 사랑받을 수 있고, 그럴 자격 충분할 정도로 소중해."

은하는 나를 쳐다보았다. 그 눈에서 잠깐이나마 빛을 볼 수 있었다. 그거면 됐다. 그거면 정말 감사했다.

"은하야, 무슨 말인지 알지?"

"하지만……. 하지만 전……."

"괜찮아. 다 괜찮아, 은하야."

나보다 키가 큰 은하는 내 품에 쏙 들어왔다. 은하는 계속 울었다. 그리곤 힘들게 입을 열었다.

"선생님, 전 이제 어떡하죠? 세상이 절 버린 것 같아요. 모두 저를 싫어할 것 같아요……. 선생님은 저를 이해하는 거예요? 저는 지금 아무도 믿을 수가 없어요. 그래서 너무 힘들어요."

"은하야, 선생님 말 잘 들어. 선생님도 그랬던 적이 있어. 세상이 싫고 세상보다 내가 더 싫었던 적. 그런데 생각하고 또 생각하니까 있잖아, 세상은 내가 생각하는 것보다 더 행복할 수 있던 거 있지? 바보 같아. 무조건 포기하는 건. 나중엔 분명 더 행복해질 텐데? 선생님은 벌써 너를 만나서 또 행복해졌어. 은하도 선생님 만나서 행복하지?"

은하는 이틀 뒤에 다시 오기로 하였다. 물론 부모님과 함께. 용기를 내준 은하가 고마웠다. 진심으로 은하가 행복한 여자가 되었으면 한다.

은하에게 괜찮다고 말하면서 문득 깨달았다. 내 마음속 울림을. 나는 은하에게 괜찮다고 말하는 동시에 나 자신을 위로하고 있었다. 아무에게도 받지 못했던 그 위로는 정말 행복하고, 정말 눈부셔서 못 견딜 만큼 포근하였다.

8. 선생님

아침 햇살이 따사롭다. 바람은 부드럽다. 오늘은 엄마, 아빠와 선생님께 찾아가기로 했다. 나는 엄마 아빠에게는 절대로 말할 수 없다고 했지만, 선생님께서는 꼭 말해야 한다고 하였다. 나를 믿어 주는 선생님의 말씀을 따르기로 했다.

처음에 엄마 아빠는 너무 놀라서 아무 말도 하지 않으셨다. 엄마는 눈물을 흘리셨고, 아빠는 분노로 무너지셨지만, 그저 깊은 한숨만 쉬었다. 분명 아빠는 마음속으로 울었을 것이다. 선생님께선 결코 내 잘못이 아니라고 했지만, 너무 죄송스러워서 눈물만 흘렸다.

한참 뒤 화를 낼 줄 알았던 엄마 아빠는 나를 따뜻하게 안아 주셨다. 그리곤 날 위해서 선생님께 같이 가기로 하였다. 자존심도 상하고 망신일 수도 있을 텐데 엄마 아빠는 꼭 같이 가야 한다고 하셨다.

"아빠."

"그래, 우리 예쁜 딸."

"미안해."

갑자기 울컥. 눈물을 참느라 창밖 나무만 쳐다보았다.

"미안한 만큼 앞으론 더 행복해라."

참을 수 없었다. 나는 결국 터져 버렸다.

"아빠, 상담 선생님도 아픔을 갖고 계신 분이셔. 그런데 나처럼 두너지지 않고 일어나셨어. 나도 상담 선생님이 되고 싶어."

"훌륭하신 분이구나. 아빠도 고마워해야겠다."

상담실에 가는 길에 치즈 케이크를 사 갔다. 그러나 선생님은 치즈 케이크를 보고 표정이 굳어졌다. 선생님께서 치즈를 싫어하신다고 했었나? 선생님께서는 아빠와 대화를 해야 하니 잠깐만 옆방으로 가 있으라고 하셨다.

9. 포옹

"치즈 케이크 좀 사 왔습니다."

치즈 케이크를 든 손. 여전히 부드러운 목소리. 그렇다. 종혁 오빠다. 세상 참 좁다는 것을 그때 느꼈다. 그러기 전에 나는 숨부터 막혔지만.

"윤정아……."

"기억나지. 그땐 내가 어려서 말 못했지만 무슨 짓을 했는지 기억나지."

목소리가 떨리는 건지 내 몸이 떨리는 건지 정신이 없다.

"정말……. 정말 미안하다……."

오빠는 내 앞에 무릎 꿇었다. 오빠의 어깨가 들썩거렸다.

"내 딸……. 내 딸이 나에게 죽고 싶다고 했어……. 나는……. 나도 그 새끼 죽이고 나도 죽을까 생각했어……."

나도 그랬다. 나도 오빠를 죽이고 지긋지긋한 삶을 마치고 싶었다. 언젠가 다시 보게 된다면 그땐 정말 죽이려 했다.

"그 고통을 어떻게 알아? 생각이나 해 봤어? 사람들한텐 절대 말 못해. 내가 이상한 여자가 되고, 내가 못 견디니까. 한번 버림받으면 계속 버림받을까 봐 매일 밤 악몽에 시달리고, 다른 사람 시선으로 가슴은 짓밟히다 못해 뚫려. 내가 죽어야 끝나는 것 같아. 다른 사람 눈에는 내가 잘못한 거니까."

오빠는 눈물만 흘렸다. 이런 날을 백 번도 아니, 천 번도 더 생각했다. 나는 울고 있는 오빠에게 욕하고, 침 뱉고, 때리고, 천천히 목을 조른다. 오빠의 싸늘한 시체를 보고 방문을 닫고 나온다…….

그러나 나는 지금 한 집안의 가장, 그것도 상처투성이인 소녀의 아빠를 보고 있었다. 나는 그에게 뺨을 때리지 않고 손을 내미는 나를 발견하였다.

"윤정아……."

"그러니까……. 그러니까 은하 행복하게……. 은하가 행복하려면 당신이 있어야 하니까……. 나는……."

여태껏 오빠를 향한 눈물이 남아 있을 줄 몰랐다. 내 얼굴은 눈물범벅이 되어 있었다. 그러나 더 이상 미워할 힘은 남아 있지 않았다.

10. 쪽지

아침 햇살이 창밖에서 아른거리더니 어느새 나의 살갗에서 알짱거린다. 봄에 쬐는 아침 햇살은 어떤 난로보다 포근하다. 악몽 하나 없이 푹 자고 일어나 상쾌하게 기지개를 켠다. 천천히 옷을 갈아입고, 차의 시동을 건다. 학교로 가는 길에 서 있는 나무들은 날 보고 힘내라고 막 돋운 잎들을 살랑살랑 흔든다. 기분이 좋다.
"선생님~."
"은하 왔구나."
"아이, 참! 왜 이렇게 늦게 오셨어요!"
"글쎄, 햇살이 정말 포근한 거 있지? 그거 좀 쬐고 오느라 늦었다.'
"아유, 선생님도! 아직도 소녀 같아요! 그러니까 남자친구도 없으시지!"
"어머! 얘, 내가 남자친구 없는 데 뭐 보태 준 거 있니?"
은하와 나는 한참 동안 웃었다.
"제가 보태 준 것 같아서요. 저한테 시간 다 뺏겨서 그런 것 같아요. 그래서 그러니까 한 번만 만나 봐요."

“넌 빨리 시험공부나 해~.”

하얀 쪽지가 흰 눈 같았다.

카페 앞에만 서 있는데도 심장은 두근거렸다. 사적인 일로 남자를 만나는 것은 지난 몇 년간 꿈도 꾸지 않았는데, 어느덧 치마를 입고 화장을 하고 조심스럽게 앉았다.

사실 나도 사랑하고 싶었다. 이렇게 말하기까지 너무 오래 걸렸다. 그동안 괜찮은 척했지만, 사실 정말 외로웠다. 잘할 수 있을까? 잘하고 싶다.

“김윤정 씨.”

“안녕하세요.”

떨린 나머지 목소리가 전혀 다른 소리가 나왔다. 온몸이 떨려서 식은땀까지 났다. 그러나 이젠 두려움도 불쾌함도 없다. 그저 나는 이 설레는 감정을 숨길 수 없다. 기분 좋은 떨림이다. 달콤한 식은땀이다.

“정말 보고 싶었습니다.”

“저를 만난 적이 있으신가요?”

“윤정아.”

심장이 복숭아뼈에 닿는 기분. 오랜만이었다.

“준상아.”

“나는 많이 변했는데, 너는 참 그대로다.”

“아니, 나도 많이 변했어.”

“널 계속 찾아다녔어. 그런데 도저히 연락이 안 되더라.”

“아무도 믿을 수 없었어.”

"이해해. 그때 현정이가 너에 대한 안 좋은 소문을 낼 거라고 했어. 자기랑 사귀지 않으면."

그랬던 거였구나……. 준상이 눈에 눈물이 고여 있었다.

"소문난 줄 알았을 때는 이미 네가 전학 간 뒤였어. 번호도 바꿨고."

그랬을 거다. 도저히 견딜 수 없었다. 나는 소문을 듣자마자 바로 도망쳤다. 도망치면 안 되었다. 그러나 나는 견딜 수 없었다.

"보고 싶었어."

무슨 말을 해야 할지 모르겠다. 어느새 흐른 눈물은 주체할 수 없었다.

"나. 나 말이야. 진짜. 진짜 힘들었어."

겨우 한 글자씩 말을 했다.

'알아……. 미안하다……."

'너무 힘들었어. 네가 싫고, 세상이 싫고, 내가 싫었어."

"윤정아……."

준상이의 눈에서 결국 눈물이 쏟아져서 흘렀다.

"근데 싫은 만큼 네가 너무 보고 싶었어. 네가 너무 싫은데, 계속 생각나고……."

준상이는 나를 안았다. 나는 싫지도 무섭지도 않았다. 오히려 시간이 멈췄으면 좋겠다고 생각하였다.

준상이와 나는 천천히 눈을 맞췄다. 무척 보고 싶었던 얼굴이 내 앞에 있다.

11. 오뚝이

드디어 나는 선생님이 되었다. 힘들었던 만큼 결과가 나왔을 땐 저절로 환호성이 나왔다. 선생님도, 엄마 아빠도 모두 나를 축하해 주었다. 물론 준상이 아저씨도.

나도 선생님처럼 아이들을 돕고 싶다. 그리고 나도 빨리 나의 사랑을 만나 선생님처럼 되고 싶다. 선생님은 지금 예전보다 더 행복하시다.

요즘은 배가 만삭이 되어 힘드실 텐데, 웃음꽃을 피운 채 아기용품 고르기에 바쁘시다. 태명은 ‘오뚝이’였다. 오뚝이는 누구보다 사랑받으며 자랄 것이다. 분명하다.

힘들어도 다시 일어서는 오뚝이는 선생님이었다. 그리고 나였다. 어쩌면 우리 모두 오뚝이인 것을 모르고 지내는 것 같다. 자신이 오뚝이라는 것을 잠시 잊은 것뿐, 넘어져도 다시 일어날 것이다. 또 넘어지더라도 우린 분명 일어날 것이다.

　사실 제가 소설을 제대로 써 본 것은 이번이 처음입니다. 그래서 대상이라는 큰 상을 받을 줄은 꿈에도 생각하지 못했습니다. 선생님께 통보를 받고 몇 번이나 되물어 봤는지 모릅니다.

　틈날 때마다, 어떨 땐 잠을 줄여 이 소설을 썼습니다. 생각하고 또 생각하여 줄거리를 완성하고, 감정을 이입하여 대사를 쓰는 등 제겐 정말 값진 시간이었습니다. 글의 제재를 아동 성폭행으로 정했을 때, 어떻게 하면 더 진실성 있고, 마음에 닿을 수 있을까, 고민이 많았습니다. 그러다 문득 제가 그런 일을 당했다면 오랫동안 트라우마(외상 후 스트레스 장애) 속에 갇혀 살 것 같다는 생각이 들었습니다.

　사람은 어렸을 때의 안 좋은 기억이나 상처를 대부분 가슴속에 안고 지냅니다. 또한, 그러한 경험으로 생긴 강한 트라우마로 대부분 고통받습니다. 저는 주인공인 윤정이가 이러한 트라우마로, 진심으로 사랑했던 첫사랑에 실패하고, 친구에게 배신당하지만 무너지지 않고 강하게 일어설 수 있음을 보여 주고 싶었습니다.

　또 청소년 심리 상담가가 되어 성폭행 피해자인 은하를 치료해 주는 동시에 아무에게도 말 못하고 숨겨 왔던 과거의 자기 자신을 위로하고, 자신의 상처를 어루만져 줌으로써 완전한 치유와 극복을 하고, 다시 사랑을 시작하길 바랐습니다.

윤정이를 통해 자신의 상처를 모른 척하지 않고, 나 자신이 나를 사랑해야 한다는 것을 알리고 싶었습니다.

글을 쓰는 동안 저는 윤정이와 하나였습니다. 윤정이와 같은 상처가 있는 사람들에게 윤정이가 은하에게 한 말이면서 자기 자신에게 한 말을 전하고 싶습니다.

"은하야, 넌 잠깐 돌에 걸려 넘어진 거야. 너는 거기에 돌이 있을 줄도 또 돌에 걸릴 줄도 몰랐었지. 네 잘못이 아닌 거야. 넌 여전히 정말 사랑스러워. 너는 사랑받을 수 있고, 그럴 자격 충분할 정도로 소중해."

또 이 말도 전하고 싶습니다.

"어쩌면 우리 모두 우리가 오뚝이인 것을 모르고 지내는 것 같다. 자신이 오뚝이라는 것을 잠시 잊은 것뿐. 넘어져도 다시 일어날 것이다. 또 넘어지더라도 우린 분명 일어날 것이다."

진심으로 윤정이와 같은 친구들이 아픔을 극복하고, 행복한 여자가 되었으면 합니다.

신은선

|2013 평사리 청소년 문학상 금상 수상작|

류이슬

바람의 독(毒)

류이슬
이화여대 병설 미디어 고등학교 2학년

바람의 독(毒)

　저개발 지역. 커다란 현수막이 판자촌 앞을 떡하니 지키고 있다. 바람이 몹시 불어 커다란 현수막이 제 몸을 주체하지 못하고 펄럭인다.

　나는 조용히 판자촌 계단 68개를 오른다. 고개를 오른쪽으로 돌리면 한때 내 아지트라 불렸던 작은 판잣집이 산산이 부서져 있다. 조금 더 고개를 돌리면 주황색 포클레인이 집들을 막무가내로 밀어 버리고 있고, 그 앞으로 사람들은 자기 집을 지키려 아등바등 울부짖는다. 하지만 사람들은 거대한 포클레인에 비해 너무나도 작고, 판자촌을 가득 채운 재개발 반대 현수막은 재개발 지역이라고 큼지막하게 쓰여 있는 현수막을 이기지 못한다.

　세상은 언제나 힘 있는 사람 편이다. 힘없는 사람들은 끊임없이 소리를 지르지만, 그 아무도 듣지 못한다. 바람 한 가닥이 내 뒤로 소스라치게 지나간다.

창가 맨 뒷자리에 앉아 아이들의 뒷모습을 보고 있으면 한 편의 그림을 보고 있는 듯하다. 똑같은 옷을 입고, 똑같이 머리를 묶은 아이들이 한곳만 바라보고 있는 모습. 나는 그 모습을 물끄러미 바라보다 책상에 고개를 푹 묻어 버린다.

언젠가부터 반에서 고요히 떠도는 섬처럼 내 주변에 오는 친구들은 아무도 없었다. 딱히 무언가 잘못하거나 미운 짓을 한 것도 아니다. 그저 어느 곳에도 속하지 않았을 뿐이었다.

아이들은 반에 들어서자마자 자기 무리로 쏙 들어가 철저하게 등을 돌려 버린다. 쉬는 시간, 아이들이 무리 지어 떠들면 나는 조용히 책상에 엎드린다. 그렇게 나는 아침에 등교해서 자리에 앉아 캄캄한 밤이 되고 야자가 끝날 때까지 한 번도 일어나지 않는다. 쉬는 시간과 점심시간도 쪼개서 숙제해야 겨우 학원 진도에 맞출 수 있기 때문이다.

가끔은 이렇게 공부하다 보면 '내가 뭐 하고 있는 거지?' 하는 생각이 든다. 이렇게 누구하고도 말도 섞지 않은 채 공부만 하다 사라지면 누군가 나를 기억은 해 줄까.

나 자신이 한 줌 먼지처럼 느껴지고, 그 먼지가 바람에 실려 흩날리는 허탈한 기분이 들 때면 야자 감독에게 학원 핑계를 대고 학교를 나선다.

학교 뒤에 있는 뒷산을 가로질러 옆 샛길로 빠져나가면 고개를 높이 들어도 끝없이 이어지는 계단과 쓰러져 가는 집들이 모인 판자촌이 보인다.

68개 계단. 계단을 딱 68개 오르면 바로 오른쪽에 주황색과 파란색을 아무렇게나 섞어 놓은 듯한 지붕의 집이 보인다. 그 대문을 열면 비릿한 시멘트 냄새가 가득했다.

나는 가방을 아무렇게나 던지고 바닥에 눕는다. 이 집은 나만의 아지트이다. 두 달 전, 집에 들어가기 싫어 학교 후문 주변을 뱅뱅 돌고 있을 즈음 노랗고 커다란 이삿짐센터 트럭이 내 앞을 스쳐 갔다.

나는 생각 없이 그 뒤를 따라갔고, 이삿짐센터 트럭이 도착한 곳은 판자촌이었다. 아무렇게나 칠한 지붕의 집의 주인은 몇 안 되는 가구를 싣고 유유히 판자촌을 떠났다.

주인이 어디로 갔는지 언제 돌아올지는 모르겠지만, 이곳은 버려진 것이나 다름없다. 내가 두 달 넘게 이곳에 찾아왔지만 사람이 왔다 간 흔적도 없고, 이런 집이면 부동산에서 취급하지도 않을 것이 분명했다.

아지트 안은 텅 비어 있다. 이사 갈 때 장판도 뜯어갔는지 온 집안은 시멘트로 가득했다. 집이라고 하기엔 어색할 정도로 단칸방에는 아무런 살림살이도 남아 있지 않았다. 문을 열면 반겨 주는 회색빛 방만이 유일하다.

아지트에 와서 딱히 하는 일은 없다. 하지만 시멘트 바닥에 벌러덩 누워 있다 보면 알싸하고 시원한 콘크리트의 바람이 내 몸을 파고들었다. 나도 모르게 집에서는 자지 못한 잠을 달게 자곤 했다.

"안미진! 안미진 어디 있어?"

야자 감독의 째진 목소리가 나를 부른다. 엄마가 학교에 오셨으니 어서 준비하라고 한다. 창문 밖을 보니 휴대전화를 들고 손을 올려 흔드는 엄마가 보인다.

가방을 대충 싸고 운동장으로 내려간다. 엄마가 직접 차를 몰고 학교까지 찾아왔다. 어제 학원을 빠진 것을 들킨 모양이다. 엄마는 아무런 말이 없다. 괜히 말을 꺼냈다 혼날까 봐 나는 가만히 엄마의 걸음에 맞춰 조용히 걷는다.

차를 타고 말없이 한참을 가는데, 갑자기 엄마가 혀를 끌끌 찬다. 고개를 돌려 보니 주차장에서 패싸움을 하는 아이들이 보인다. 옆 동네 소년원 학교 아이들이다.

"왜 옆 동네까지 와서 이러는지 몰라, 쯧쯧. 앞날이 훤하다, 훤해. 미진아, 넌 저런 애들이랑 길가다 마주치지도 마라. 부정 탈라. 왜 저런 학교가 옆 동네에 있는지 몰라, 땅값 떨어지게."

엄마의 끊임없는 잔소리에 나는 귀를 닫고 눈을 꼭 감아 버렸다. 서로 얼굴에 피를 튀기며 달려드는 아이들의 잔상이 눈앞에 어른거렸다.

손에 들린 종이가 바들바들 떨린다. 이마를 성적표에 처박는다. 이 성적을 부모님께 보여 줬다간 한동안 다시 잔소리에 시달려야만 한다. 아니, 쫓겨날지도 모른다. 나는 마음을 진정시키기 위해 무작정 아지트로 발걸음을 옮겼다. 무거운 마음으로 아지트 문을 열었는데, 내 또래로 보이는 여자아이가 눈에 들어온다.

나는 놀란 마음에 문을 다시 닫고 몸을 벽 쪽으로 붙인다. 몇 분이 흘렀을까. 가만히 생각해 보니, 나는 아이의 얼굴에 놀란 것이 아니라, 아이의 손에 들려 있던 담배에 놀랐던 것이었다.

나는 용기를 내서 문을 열었다. 담배를 피우고 있는 여자아이가 나를 위아래로 훑는다. 순간 흠칫했지만 지지 않으려고 아이를 똑바로 바라본다. 조끼에 달린 마크를 보니 옆 동네 소년원 학교 교복이다. 나는 다시 움찔했다. 이 사실을 안다면 엄마에게 더 혼나겠지. 속으로 엄마의 잔소리를 읊조리고 있을 때, 그 아이가 담배꽁초를 문밖으로 던지며 말을 걸었다.

"너희 집이냐?"

나는 담배꽁초를 피한 다음 잠시 생각했다. 저 아이는 아무리 봐도 이 집의 주인이 아니고, 나는 두 달 전부터 이곳에 드나들었으니 내가 이 집의 주인이라면 주인이다. 마음속으로 결심하고 '응, 그래.'라고 말하려고 했다.

하지만 아이를 다시 본 순간, 고개를 절레절레 저어 버렸다. 아이는 나의 대답에, 안심한 듯 씩 웃는다.

"그래? 그럼 나도 좀 쓰자."

그러더니 이내 바닥에 벌러덩 누워 버린다. 나는 잠시 같이 누울까 생각했지만 건드리지 않는 게 좋다고 생각해 먼저 아지트를 빠져나왔다.

이것이 그 아이와의 첫 만남이었다.

그 아이가 나타난 이후로 아지트에 가지 않은 지 꽤 되었다. 밀린 선행학습과 학원숙제, 그리고 성적표를 본 부모님의 잔소리에 어쩔 수 없었다.

그 무렵 학교가 고양이 때문에 난리였다. 누가 먹이를 주었는지 고양이가 하나둘 학교 주차장으로 모여들었다. 끊임없이 들리는 고양이 울음소리에 수업이 제대로 돌아가지 않는 것은 당연했다.

수업 시간에 체육 선생님은 이놈의 고양이들 하나도 빠짐없이 다 죽여서 씨를 말려 버려야겠다고 노발대발하셨다. 어제, 하굣길에 자동차 아래서 울고 있는 고양이를 발견했다.

아주 어린 새끼고양이였다. 많이 못 먹었는지 몸이 뼈만 앙상했다. 어쩐지 가엾어 보였다. 고양이를 뒤로하고 아지트로 향할 때 새끼고양이 울음소리가 생생했다.

아직 언어 숙제가 몇 장이나 남았지만, 문제집 위로 아련하게 고양이의 형상이 계속 떠다녔다. 눈을 질끈 감고 고개를 저어 보지만 생각을 멈출 수 없었다. 결국, 나는 야자를 빠지고 주차장에서 고양이를 불렀다. '야옹아.'를 몇 번이나 반복했는지 기억도 나지 않을 즈음에 새끼고양이가 모습을 드러냈다.

나는 누가 볼까 새끼고양이를 안고 서둘러 아지트로 향했다. 아지트에 도착하자마자 '내가 무슨 일을 한 거지?' 하는 생각이 들 정도로 고양이가 울어 댔다.

행여 고양이가 도망가지는 않을까, 몇 번이나 다시 와서 확인한 후 문을 살짝 닫고 슈퍼에 우유를 사러 그 많은 계단을 단숨에 뛰어갔다 왔다. 숨을 헐떡대며 나는 아지트 문을 열었다.

그 아이였다. 그 아이는 한 손에 우유가 든 검은색 비닐봉지를 들고 숨을 고르고 있는 나를 위아래로 훑어본다.

"고양이는 우유 먹으면 안 되는 거 몰라?"

그러더니 참치 통조림을 따 고양이 앞으로 밀어 넣었다. 고양이가 참치 통조림을 먹고 있는 것을 바라보는 그 아이의 눈빛이 따뜻하게 느껴졌다. 나는 고양이가 참치 캔을 먹는 모습을 바라보았다.

"이름이 뭐야?"

그 아이가 물었다.

"아직 정하지 않았는데……."

나는 고양이 가까이 다가가 머리를 쓰다듬었다.

"아니, 너 말이야."

아이는 피식 웃었다. 나는 당황하여 아무 말도 하지 못하고 우물쭈물하는데, 아이가 다시 말을 걸었다.

"수업이 지금 끝난 거야?"

나는 고개를 끄덕였다.

그 아이의 이름은 영지였다. 박영지. 옆 동네 소년원 학교에 다니며 사회봉사하러 다니는 중이라고 했다. 하지만 사회봉사에는 흥미가 없다며 출석 체크만 하고, 아무 데서나 농땡이를 피운다고 했다. 하루는 담배 피우기 좋은 곳을 찾아 옆 동네 판자촌까지 오게 되었고, 그러다 우연히 문은 열려 있는데, 사람이 아무도 없는 곳을 찾았다고 한다.

아마 전날, 콘크리트 바닥에서 아무렇게나 자다가 밤이 늦어 헐레벌떡 집으로 뛰어가느라 문을 열어 놓고 간 것이 시작이었을 것이다.

"떡볶이 사 왔는데 같이 먹을래?"

영지가 나에게 웃으며 물었다.

수업 시간에 지우개 좀 빌려 달라는 나의 요청에 짝꿍은 꽤 놀란 눈치였다. 반년이 넘게 옆자리에 앉았지만 변변한 말조차 걸지 않았던 내가 부탁을 한 것은 나름 큰일이었다.

영지와 함께 지내고 몇 주가 지나서야, 누군가와 말하는 게 그리 어렵지 않게 느껴진 것이다. 처음으로 짝꿍에게 지우개를 빌렸던 날, 영지는 나에게 소년원 학교에 가게 된 이유를 말해 주었다. 작년에 제법 떠들썩했던 옆 동네 패싸움 때문이었다.

당시 영지는 고등학교에 들어와 새로운 친구들을 만나게 되었고, 그 친구들을 통해 언니 오빠들을 만나게 되었다고 한다. 언니 오빠들과 무리 지어 어울리다 옆 학교와 싸움이 번지게 되었고, 그 것이 커져 패싸움이 되었다.

영지는 패싸움에 아무런 관여도 하지 않았지만, 그 자리에 있었다는 이유로, 영지를 못마땅하게 여긴 학교 아이들의 진술로, 친구들과 소년원 학교에 오게 되었다고 한다.

"지금은 부모님이랑 같이 안 살아. 아버진 어디 간다고 했던 거 같은데, 뭐 뻔한 레퍼토리지. 엄마는……."

잠시 말을 잇지 못한 영지는 아랫입술을 깨물고 찬찬히 입을 뗀다. 하얀 와이셔츠 속에서 목걸이를 꺼낸 영지는 목걸이를 손가락으로 쓰다듬으면서 "여기 계셔."라고 읊조린다. 영지는 얘기를 끝마치고 씁쓸한 미소를 지어 보였다.

영지의 얘기를 들으며 나는 영지가 이 낡은 아지트를 닮았다고 생각했다.

"담배 피워도 되지?"

나에게 묻고는 입에 담배를 물었다. 그 모습이 너무 가엾어 영지를 꼭 안아 주고 싶었지만, 상처가 될까 선뜻 그러지 못했다.

해가 지도록 영지는 오지 않았다. 영지와 지낸 시간 동안 이런 일은 없었기에 한참을 기다린 끝에, 칠흑 같은 어둠이 내린 다음에야 영지는 아지트에 돌아왔다.

나는 영지에게 왜 늦었는지 물었다. 영지는 나의 말에 잘 들리지 않는다는 듯 대답을 잘 안 했다.

"무슨 일인데?"

영지가 걱정돼 어깨에 손을 올리며 묻는데, 영지가 소스라치게 놀라며 내 손을 밀쳤다. 나는 연거푸 무슨 일인지 물었고, 영지는 아무런 대답도 하지 않았다.

한동안 느껴지지 않았던 영지와의 거리가 새삼 느껴졌다. 영지가 정말 원래 이런 아이였을까? 속으로 나에게 계속 질문을 했다. 하얀 와이셔츠 사이로 팔뚝에 선명한 퍼런 멍이 보였다. 내 머릿속에 있던 작은 실이 하나 끊긴 느낌이다.

나는 무슨 일이 있었던 거냐며 와이셔츠의 손목 단추를 풀고 걷으려 했지만 영지는 내 손을 거두며 흐지부지 넘기려 했다.

"아니야, 그냥 넘어진 거야."

"어떻게 넘어져도 팔뚝은 안 다쳐. 어디 봐. 누가 때렸어? 전에 그 친구들이야?"

나는 계속 벌처럼 쏘아 물었다.

"신경 쓰지 마!"

영지는 나의 말을 듣다 귀를 막고 소리치고는 판자촌 계단을 뛰어 내려갔다. 낑낑. 좁은 판잣집에는 고양이 울음소리만 가득했다.

집에 도착해 처음으로 거실에 있는 컴퓨터를 켰다. 컴퓨터를 켜자마자 인터넷에 들어가 소년원 학교를 검색해 보았다. 소년원 학교 패싸움, 묻지 마 폭행, 온갖 패륜적인 행동, 부모님 살인 사건까지. 이상한 기사뿐이다. 나는 다시 곰곰이 생각해 보지만 영지가 그럴 애가 아니라고 생각하고 고개를 젓는다.

마음을 다잡고 휴대전화를 꺼내 영지에게 문자를 보낸다.

—오늘은 내가 미안해. 언제 시간 돼? 고양이 이름 지어 줘야지!

밤이 늦도록 영지에게선 아무런 문자도 오지 않았다. 며칠 동안 영지의 휴대전화는 꺼져 있었고, 아지트에서도 그 모습을 더는 볼 수 없었다. 그리고 몇 주가 지나서야 나 혼자 있던 아지트에 모습을 드러냈다. 다른 말없이 문을 열고 들어오는 영지의 모습은 어쩐지 낯설었다. 머리는 헝클어져 있고 어딘가 초췌해 보였다. 군데군데 피어난 멍들을 보며, 나는 아무 말도 할 수 없었고, 영지는 패싸움 얘기를 했었을 때처럼 씁쓸한 미소를 지었다.

"무슨 일이야? 나한테 말 못하겠으면 신고라도 하든가."

평소답지 않은 답답한 영지의 행동에 괜스레 화가 났다.

"어떻게 된 건지 정말 말 안 해 줄 거야?"

영지의 눈이 붉게 충혈되어 있었다.

"말? 신고? 다 해 봤어. 근데 돌아오는 말이 뭔 줄 알아? 소년원 학교 애가 그렇지 뭐……."

전혀 예상치도 못한 상황이었다. 머리가 지끈거렸다. 영지는 울지 않으려 입술을 꾹 깨물었다. 이따금 터져 나오는 울음소리에 나는 말없이 영지를 안아 주었다. 내가 당장 할 수 있는 건, 그뿐이었다.

시멘트 바닥에 대자로 팔과 다리를 쭉 펴고 영지와 눕는다. 영지가 와이셔츠 속에 있던 목걸이를 꺼낸다.

"미진아, 이게 뭔 줄 알아? 우리 엄마 유품이다. 나 이거 없으면 불안해서 못 살아. 너한테만 보여 주는 거다."

영지가 미소 짓는다. 영지에게 목걸이가 얼마나 소중한 존재인지 짐작하고 있던 나는 그 말에 뿌듯하기도 하면서 부끄러워 고양이 이름 얘기로 말을 돌린다.

영지는 잠시 고민하더니 벌떡 일어나 "영지 어때, 영지?"라며 제법 진지한 얼굴로 날 쳐다본다. 나는 손을 뻗어 영지의 어깨를 눌러 다시 눕힌다.

"별로야."

"그런가? 완전 예쁠 거 같은데."

나의 냉정한 대답에 영지는 개미 기어가는 목소리로 중얼거린다.

"그럼 미지 어때? 미진의 미랑 영지의 지를 합쳐서 미지! 어때?"

영지가 기대에 찬 눈망울로 나를 바라보았다.

"뭐, 괜찮네."

나는 고개를 돌려 대수롭지 않게 답한다.

영지는 신이 나서 손을 흔들더니 "안녕, 미지야!"라고 판자촌이 떠나가라 소리친다. 나는 깜짝 놀라 "동네 사람들 깨잖아."라고 영지를 다그쳤다. 영지가 입을 삐죽 내민다. 한동안 서로 말이 없었다. 나는 다시 한 번 입을 열었다.

"그 멍 있잖아. 정말 말 안 해 줄 거야?"

"나중에…… ."

영지가 차분한 목소리로 대답한다. 머쓱해진 나는 한동안 말이 없다. 살며시 들어온 문틈 사이로 바람 하나가 타고 온다. 그 바람은 영지와 나의 몸을 간질인다.

"나는 가끔 바람이 되고 싶어. 바람처럼 자유롭게 날아다니고 싶어. 그냥 아무 생각 없이."

영지가 꽤 진지하게 말한다.

나는 영지의 얼굴을 물끄러미 바라본다.

"나중에 어른이 되면 뭐 하고 싶어?"

"너 되게 순진하구나."

나의 물음에 영지는 피식 웃는다.

"하고 싶은 건 딱히 없고 두 번 다시 하고 싶지 않은 건 많아."

"그럼 넌 하고 싶은 게 뭔데?"

영지가 물었다.

"나는 부모님이 이 세상에서 '사' 자 들어간 직업이 최고래서 의사가 꿈이었는데, 이젠 바뀌었어."

영지가 내 말에 흥미를 느꼈는지 내 쪽으로 몸을 돌리고 말했다.

"그게 뭔데?"

"비밀이야, 나중에 이루어지면 말해 줄게."

몸을 돌려 씽긋 웃자 영지가 내 겨드랑이에 손가락을 마구 쑤셔 넣어 간질인다.

"당장 말하지 못할까!"

그렇게 서로 한참을 간질이다 이내 지쳐서 다시 천장을 보고 눕는다. 후덥지근한 날씨와 알싸한 시멘트 바닥의 온도가 적절히 만나 영지가 잠이 들 때 즈음 허공에 나지막이 속삭인다.

"나는 치료 상담가가 되고 싶어. 너 같은 아이들의 이야기를 다 들어주고 치료해 줄 수 있는 그런 치료 상담가."

"드르릉."

기차 화통 같은 영지의 코골이 소리에 실소를 터뜨린다. 고개를 돌리니 아주 먼 꿈나라에서 헤매고 있는 영지가 보인다.

며칠째, 영지의 모습이 보이지 않는다. 전화는 계속 꺼져 있고, 텅 빈 고양이의 밥통을 보니 아지트에도 꽤 오랫동안 오지 않은 모양이다. '에이, 별일 아니겠지.'라고 고개를 젓지만 머릿속엔 온통 요즘 한참 떠들어 대고 있는 안 좋은 뉴스와 영지가 힘들어하는 모습이 주마등처럼 스쳐 간다.

나는 용기를 내어 옆 동네 소년원 학교로 찾아가기로 했다. 막상 여기까지 왔지만 역시나 선뜻 용기가 나지 않는다. 담배 연기가 자욱한 학교 옥상과 터질 듯한 교복을 껴입은 여자아이들, 팔에 문신을 한 남자아이들도 더러 보였다.

교문 앞에서 계속 서 있다간 해가 질 것 같아 그나마 제일 착해 보이는 여자아이를 불러 세운다.

"저기……."

들릴까 말까 한 자그마한 목소리로 불렀다. 다행히도 여자아이는 뒤돌아 나를 보았다. 나는 그 아이가 혹시 떠날세라 영지라는 아이를 아냐고 꼬치꼬치 캐물었다.

정말 운 좋게도 그 아이는 영지와 같은 반 아이였다.

“영지 병원에 입원했는데? 친하다며 그것도 몰랐어?”

그러더니 휙 하니 돌아서 가 버린다.

영지가 병원에 있다니……. 충격에 잠시 길에 멀뚱히 서 있다 정신을 차리고, 앞서 걷고 있는 그 아이를 잡아 세운다.

“어디 병원인데?”

겨우겨우 병실 앞까지 찾아왔다. 302호. 병실 앞 이름표를 몇 번이나 확인하고는 병실 문 앞에 기대어 고민했다.

‘영지가 나에게 말을 하지 않았던 데는 무슨 이유가 있지 않을까? 그래도 나에게 말해 주었으면 좋았잖아, 걱정되게. 그냥 확 들어가? 말아?’

온갖 상념에 시달리고 있을 때 내 이름을 부르는 익숙한 목소리가 들린다. 고개를 들어 보니 활짝 웃고 있는 영지의 모습이 보인다.

병실로 들어가 평소와 달라 보이지 않는 영지의 모습에 나는 안도의 한숨을 내쉬며 영지에게 심통을 낸다.

“내가 얼마나 걱정했는지 알아?”

별 시답지 않은 말들로 웃다 영지의 다리를 짚었다. 영지는 다리를 들어 아픈 신음을 내었다. 나는 어떻게 된 일인지 물었다.

순간 영지의 얼굴에 그늘이 졌다. 그리고 한참이 지나서야 영지의 입술이 조금씩 열리기 시작했다. 영지가 학교에 다니면서 있었던 왕따와 괴롭힘. 인권이 철저하게 무시되어 고개만 돌려도 보이는 CCTV. 별 대수롭지 않은 이유로 무자비하게 선생들에게 맞아야만 했던 날들⋯⋯.

갱생의 삶을 만들어 주겠다는 소년원 학교는 이미 사회로 다시는 돌아가지 못하게 막아 버리는 감옥과도 같았다.

"그⋯⋯, 그러니까 선생님이 성추행하려고 했다고? 그리고 넌⋯⋯, 저항하다 이렇게 된 거고?"

영지는 고개를 끄덕였다. 금방이라도 울음을 터트릴 것 같은 영지의 눈에 나는 정신을 차렸다.

"신고하자."

울음을 참으며 갈라진 목소리로 힘겹게 뱉어내자 영지는 고개를 절레절레 흔들었다.

"아무도 내 말, 믿지 않을 거야."

나는 영지의 손을 힘주어 잡으며 말했다.

"이건 너만의 일이 아니야. 소년원 학교는 잘못을 뉘우치고 다시는 그런 일을 할 수 없도록 도와주는 곳이지, 실수했다는 이유로 짐승 취급을 받아야 할 곳은 아니야. 신고하자."

나의 필사적인 목소리에 영지는 조심히 고개를 들어 내 눈을 바라보았다. 영지의 눈이 흔들리고 있었다.

처음으로 경찰서에 들렀다. 앳된 여학생 두 명이 손을 잡고 경찰서 문을 벌컥 열었더니 경찰들이 적잖이 놀랐나 보다. 경찰 중에서도 꽤 높아 보이는 아저씨가 우리들의 표정을 보더니 옆에 있는 의자에 앉으라고 한다.

의자에 앉자마자 나와 영지는 영지에게 있었던 모든 일을 낱낱이 말했다. 나도 몰랐던 영지의 얘기에 나도 아저씨도 놀랐다. 영지는 경찰서 문을 들어서기 전까지 무섭다고 걱정을 하더니 막상 용기를 내니 술술 자신의 이야기를 털어놓았다. 나는 영지를 바라보며 가만히 이야기를 들었다. 소파 위로 덜덜 떨리는 영지의 손을 꼭 잡아 주었다.

경찰 아저씨는 우리의 이야기를 듣고는 한참을 가만히 있다가 탁자 위에 안경을 벗어 놓았다.

"딱한 사정이네. 근데 법률상 경찰은 거기까지 관여하지 못할 것 같구나."

아저씨의 말 한마디에 나와 영지가 잡고 있던 손에 힘이 풀려 버렸다. 이야기를 들어 보니 다 정황일 뿐이고, 물증은 없어 소송도 힘들 거라고 말했다. 미안하게 됐다. 박 의경, 이 아이들 경찰차로 집까지 데려다 주지. 하고 차갑게 일어서는 아저씨를 멍하니 바라본다.

"물증! 물증 있어요. 영지, 여기도 다쳤어요. 같은 학교 애들도 많이 당했을 거예요. 조금만 조사해 보면 금방 나올 거예요. 도와주세요."

아저씨는 안경을 손가락으로 추어올리더니 자신의 옷자락을 잡고 있는 내 손을 살포시 떼어 놓았다. 그리고 헛기침을 두 번 하더니 "박 의경 부탁하네." 하고는 자리를 떠났다.

피해자를 도와주는 것이 경찰의 일이 아니었던가. 실성한 것처럼 버럭버럭 소리를 지르며 남에게 대들기는 처음이었다. 경찰서 언저리에서 쪼그려 자고 있던 노숙자도, 취객도 모두 내 고성에 깼을 때, 나는 경찰들 손에 들려 경찰차로 옮겨졌고, 영지는 눈에 초점이 잃고 끌려가는 내 뒤를 따랐다. 박 의경 아저씨가 태워 준 경찰차 안에서 우리는 아무 말 없이 서로의 손을 꼭 잡았다.

집으로 돌아와 침대에 누워도 영지의 서글픈 눈이 계속 떠올랐다. 한참을 뒤척인 끝에, 나는 컴퓨터를 켜고 익명으로 영지에게 있었던 일과 오늘 있었던 모든 것들을 쏟아 냈다.

누군가는 진심으로 내 글을 읽어 주길 바라며 무작정 키보드를 두드렸다. 다음 날, 영지에게 몇 번이나 전화해 보았지만 끝내 받지 않았다. 혹시나 하는 마음에 새벽에 올린 글을 보았지만, 조회 수도, 댓글도 적었다. 얼마 되지 않는 댓글엔 삼류 소설이 아니냐며 손가락질하는 사람도 많았다. 나는 떨리는 손으로 마우스를 잡고 글을 삭제했다.

한동안 아지트를 찾아가지 못했다. 다시 나의 목을 조여 오는 시험 기간과 언제나 꺼져 있는 영지의 전화. 이대로 끝인 걸까. 나는 영영 영지의 생기 넘치는 눈을 보지 못하는 것일까. 침대에 누워 가단히 생각하다 잠이 들었다. 그날 밤, 나는 꿈을 꾸었다. 나와 영지가 정말 행복한 모습으로 미지와 같이 아지트에서 뒹굴며 시간을 보내고 있는 꿈을.

나는 지금 어떻게 해야 할까. 무엇을 해야 할까. 어지러운 머릿속을 정리하려 냉수를 마시려 부엌으로 나왔다. 거실에는 티브이를 보다 잠이 든 엄마의 모습이 보였다. 나는 이불을 엄마에게 덮어 주고 리모컨으로 텔레비전을 끄려 했다.

텔레비전에서는 시민이 현실을 고발하는 한 프로그램이 흘러나왔다. 나는 옆에 있는 컴퓨터로 뛰어가 그 방송 프로그램 홈페이지에 글을 썼다. 어쩌면 이 방송이 이 모든 일을 해결해 줄 수 있다는 희망에 사로잡혔다. 그리고 며칠 뒤, 방송국 피디에게서 연락이 왔고, 피디는 당사자인 영지를 만나고 싶다고 했다.

나는 다시 휴대전화를 열고 전화 버튼을 누르고, 숨죽여 통화음에 귀를 기울였다. 잠시 뒤, 영지가 전화를 받았다. 나는 심호흡을 하고 말했다.

"영지야, 내 말 천천히 들어. 알았지?"

영지와 함께 방송국 앞에 섰다. 방송국은 생각보다 어마어마하게 컸다. 나와 영지는 서로 마주 보고 고개를 한 번 끄덕이고는 마른침을 꼴깍 삼켰다. 방송국 분위기는 뜻밖에 정신이 없을 정도로 산만했다.

방송국 피디는 우리에게 녹차를 건네며 그동안 있었던 일을 속 시원히 이야기해 보라고 했다. 그리고 주머니에서 조그만 녹음기를 꺼내 버튼을 눌렀다. 녹음기의 빨간색 전구가 반짝이는 동안, 우리는 다시 한 번, 모든 이야기를 털어놓았다. 덧붙여서 경찰서에 있었던 일도 함께 말이다.

인터넷에 글을 올린 것까지 말하려 했지만, 영지에게 허락을 안 맡고 올린 거라 선뜻 말할 수가 없었다. 우리의 이야기를 심각하게 듣던 피디는 당장 다음 주부터 재연 촬영에 들어갈 텐데, 도와줄 수 있냐고 물었다.

나는 입이 귀에 걸려 고개를 돌려 영지를 보았다. 영지도 아주 조그마한, 정말 조그마한 미소를 머금고 있었다. 바쁘게 촬영에 들어가고 우리는 촬영 현장에서 피디와 연기자들을 도울 수 있었고, 학업에도 미지에게도 충실할 수 있었다.

나와 영지는 기쁜 마음으로 응했고, 그 결과 제보한 지 한 달 만에 영지와 나의 이야기는 텔레비전에 방영될 수 있었다. 텔레비전에 방영되고 나서 영지와 나의 이야기는 큰 논쟁거리가 되었다.

소년원 학교의 실태를 고발한 프로그램은 영지를 괴롭힌 선생님을 법적으로 처리하자는 서명 운동으로 번졌고, 나에게 싸늘하게 등을 돌렸던 인터넷에서도 나와 영지의 이야기는 이슈가 되었다. 한동안 나와 영지는 바삐 살았다. 학교로 찾아오는 수많은 기자와 쏟아지는 질문들, 인터뷰 요청. 나와 영지는 이렇게 피하고 숨는다고 해서 될 일이 아니라는 것을 깨달았다.

우리가 벌인 일은 우리가 해결하자는 심정으로 한 기자와 인터뷰를 하였고, 인터뷰에서 나는 영지를 괴롭힌 교직원과 학교에 소송을 거는 것이 지금 내 목표라고 호언장담했다.

그 인터뷰가 또다시 논란을 휩쓸자 영지를 괴롭혔던 친구들과 같은 학교 친구들이 도와주겠다고 먼저 나섰고, 사람들의 관심 속에서 힘을 얻을 수 있었다. 모든 것이 파죽지세로 해결되고 있었다.

영지와 떡볶이를 사러 아지트 문밖을 향했다. 문으로 슬그머니 보이는 형상에 우리는 또 기자가 아닐까 했지만 문 앞에는 말끔한 정장을 입은 남자가 아지트 앞에 멀뚱히 서 있었다.

자신을 가만히 쳐다보고 있는 우리에게 남자는 명함을 건넸다.

법무법인 변호사 박준석. 변호사님 덕분에 우리는 소송을 결심하고 준비할 수 있었다. 절정으로 다다른 사람들의 관심과 시선, 주위의 도움에 힘입어 우리는 본격적으로 영지를 괴롭혔던 선생님들을 벌할 것이다.

모든 것이 순조로웠고, 역시 세상은 아직 정의롭다는 것에 대한 믿음도 있었다. 더는 제2의 영지 사건이 일어날 리 없을 거라 생각했다.

변호사님을 만나고 온 날, 집에 들어서자 집안 분위기가 달라진 것이 느껴졌다. 거실에 앉아 있던 엄마 아빠는 굳은 얼굴로 나를 바라보았다.

"이리 와서 앉아 보아라."

나는 천천히 거실로 들어가다가 처참히 산산이 조각난 컴퓨터를 보고 발걸음을 멈춘다.

고개를 돌리고 한숨을 쉬고는 엄마, 아빠 앞에 앉는다. 엄마는 차분한 목소리로 말한다.

"네가 이딴 거 때문에 시간 뺏길 처지야? 그런 글로 영웅이 된다고 대학이 널 받아주는 건 아니야. 지금은 네가 옳은 선택을 한 것 같지만, 시간이 지나면 다 철없는 시절의 객기였다는 거, 알게 될 거다."

아빠 말에 고개를 숙였다. 아니라고 말하고 싶었지만, 지금은 어떤 말도 할 수 없었다.

소송이 본격적으로 시작되고, 그렇게 학교와 학원과는 점차 멀어지고 있었다. 선생님들의 강압과 시선으로 소년원 학교까지 자퇴한 영지는 매일같이 아지트에서 나를 기다리고 있었다. 그리고 얼마 뒤, 나라를 뒤흔드는 10대 살인 사건이 발생했다.

10대 남자아이가 용돈을 안 준다는 이유로 부모를 칼로 찔러 죽인 사건으로, 이 일은 10대의 충동성과 인성 교육에 초점을 맞춰 비난받기 시작했다.

아직 미성숙한 10대에 대한 대책 강화가 논해졌고, 소년원 학교의 아이들도 또다시 불순한 아이들로 분류됐다. 화살은 영지에게도 돌아왔고, 사람들은 소년원 학교에 다니는 영지의 말이 거짓이 아니냐며 들끓고 일어났다.

그러다 영지의 이야기는 부글부글 끓다 순식간에 확 사라진 거품처럼 까맣게 잊혔고, 변호사도 여론의 움직임을 보더니 자신은 다른 사건으로 바쁘니 다른 변호사를 구하는 것이 낫겠다며 은근히 발을 빼기 시작했다.

변호사는 바쁘다는 핑계로 매일 대리인을 보냈고, 영지를 괴롭힌 선생 변호사가 영지의 과거를 운운하며 판사를 설득했다. 나는 증인 자격으로 영지는 그럴 아이가 아니라고 호소했지만, 끝끝내 우리는 허무하게 패소하고 말았다.

나와 영지 말고는 누구도 예상치 못했던 일이 아니었다는 듯, 평온했다. 마치 작은 바람이 불어 나뭇가지가 흔들렸던 것처럼 소소한 일상이었다. 하지만 영지는 태풍이 불어닥쳐 쓸고 간 자리처럼 허망한 얼굴로 법정을 떠나지 못하고 멍하니 앉아 있었다. 영지는 이제 울지 않았다.

아지트 문을 열자 영지가 보였다. 어제 온종일 연락이 안 되었던 영지는 줄곧 이곳에 있었던 모양이었다. 영지는 나를 보더니 미지와 함께 바닥에 벌러덩 누워 버렸다. 나도 괜스레 누워야 할 것만 같아 따라 누웠다. 한동안 잊고 있었던 알싸하고 시원한 시멘트 냄새가 내 코를 찔렀다.

나는 조심히 입을 열었다.

"아무것도 신경 쓰지 않도록 내가 다 도와주겠다고 호언장담했는데, 미안해."

내 말에 영지가 내 쪽으로 고개를 돌려 작게 웃었다.

"괜찮아, 너는 끝까지 내 편이었잖아."

영지의 평온한 얼굴을 보니 내 눈에 흐릿하게 눈물이 차올랐다.

영지는 어제 연락이 안 되었던 이유를 알려 주었다. 그동안 영지와 영지를 도와줬던 학교 친구들은 교직원에게 끊임없는 협박을 당했던 모양이었다.

온종일 "인터뷰했어, 안 했어?" "사람들이 지금 너 편들어 주니까 뭐라도 된 줄 아는 모양인데, 그거 순식간이야. 너, 다시 여기로 오고 싶지?"라는 내용의 협박 문자에 시달렸다고 한다.

도와주겠다던 친구들은 괜히 화살이 자신에게로 돌아올까 봐 변호사처럼 하나둘 발을 뺐다. 내가 간곡히 증인 요청을 해도 들어주지 않았던 그 아이들이 생각났다.

패소하고 난 뒤, 거짓말을 했다는 등, 관심 받고 싶었냐는 등, 입에도 담지 못할 협박 문자는 날이 갈수록 심해졌고, 영지는 차라리 전화를 꺼 두었다고 했다.

무엇이 잘못되었을까. 우리는 그냥 나쁜 것을 나쁘다고 말하고,

그것을 벌하고 행복해지고 싶었던 것뿐인데. 그게 나와 영지에게
는 시도조차 해선 안 될 일이었던 것일까. 어디서부터 잘못되었을
까. 이렇게 모든 것이 끝났다. 나는 온몸에 힘이 빠졌고, 서서히 어
둠이 나를 지배했다.

　눈을 뜨자 하얀색 벽이 보였다. 내가 잠들었던 아지트의 알싸한
시멘트 냄새가 아니었다. 뿌연 시야 앞으로 나를 걱정스럽게 보는
엄마가 보였다. 병원이었다. 엄마는 한참 울었던 모양이다.
　“이제, 다시 예전에 말 잘 듣던 내 딸로 돌아와.”
　나는 이것이 모두 악몽이길 바랐다. 하지만 내 바람과는 다르게
모든 것은 현실이었다. 엄마가 잠시 자리를 비운 사이, 허겁지겁
병원을 빠져나왔다. 병원복 차림이었지만 그런 것쯤은 신경 쓸 여
력이 없었다.
　나는 허겁지겁 판자촌 계단을 오른다. 숨을 헐떡이며 벌컥 아지
트 문을 연다. 문을 열자 알싸한 시멘트 냄새가 바람을 타고 몸을
감싸고 돈다.
　아무도 없다. 미지도 없다. 내 곁엔 아무도 없다. 그때 문득 바
람처럼 자유롭게 날고 싶다던 영지의 말이 떠올랐다. 나는 아무도
없는 아지트에 발을 내민다.
　으지끈. 신발 넘어 발바닥에 무언가 느껴진다. 발아래를 보니 내
발에 밟혀 처참히 끊어진 영지의 목걸이가 보인다. 그 순간, 문틈에
끼운 작은 종이 한 장이 바람을 타고 아지트 안으로 들어온다.
　‘이게 널 지켜 줄 거야. 나 대신 행복해야 해.’

종이를 든 손이 바들바들 떨린다.

손안에 끊어져 버린 영지의 목걸이를 가만히 내려다본다. 누군가에게는 무심코 던진, 지나가 버릴 바람으로 남겨질 말 한마디가 누군가에게는 독이 되어 온몸에 퍼져 나간다는 것을 사람들은 알고 있을까.

영지는 지금 어디에 있는 것일까. 나는 마치 독에 감염된 것처럼, 아주 오래도록 그 자리에 멍하니 서 있었다.

먼저, 살아 계시고 역사 하시는 하나님 아버지께 영광을 돌립니다. 넉넉지 않은 환경에도 글 쓰고 싶다는 딸을 위해 뒷바라지해 주고 전적으로 믿어 주는 부모님, 항상 나에게 감동을 주는 착하고 의젓한 동생 성룡이와 성민이, 부족한 학생 붙들어 주시고 지도해 주시는 석연주 선생님, 사랑하는 친구 지혜, 태희, 다솔, 은정, 채원, 솔, 이고추 친구들, 내 소식 듣고 기뻐하며 축하해 준 이화 미디어고 선배, 후배, 영상과 친구들, 고려중학교 3학년 5반 친구들, 언제든지 서로 기댈 수 있는 듬직한 광천 교회 친구들, 나를 위해 기도해 주시는 광천 교회 식구들에게 영광을 돌립니다. 그리고 진심으로 사랑하고 존경한다는 말을 전하고 싶습니다.

언제부터였는지 정확히 기억은 나지 않지만 저의 꿈은 글을 쓰는 사람이었습니다. 어렸을 때부터 내성적인 성격이었던 저는 모든 벽이 책장으로 이루어진 공부방에서 책을 읽는 것을 좋아했습니다. 그때 읽었던 에리히 캐스트너의 《로테와 루이제》《하늘을 나는 교실》, 이금이의 《너도 하늘말나리야》《유진과 유진》과 같은 책들은 저의 친구이자 감동이었습니다. 아마 이때부터 막연히 글을 쓰고 싶다는 생각을 했던 것 같습니다. 초등학교 4학년. 공부방 발표회에서 친구들과 손을 잡고 자신의 꿈을 말했을 때, 베스트셀러 작가가 아니라, 단 한 사람이라도 내 글을 읽고 감동받게 만들 수 있는 작가가 되고 싶다고 말했던 기억이 어제 일처럼 또렷합니다.

시간이 흐르고 2008년 3월. SBS에서 방영한 〈온에어〉라는 드라마를 통해 극 중 '서영은'을 만나게 됩니다. '서영은'은 제가 어렸을 적부터 꿈꿔 왔던 직업상과 여성상을 담고 있어 자연스럽게 드라마 작가라는 직업에 호감을 갖게 되었고, 막연한 존경심에서 꿈으로 자리 잡았습니다. 그 후로 저는 꿈에 한 걸음씩 다가가기 위해서 열심히 노력 중이고 현재는 학교에서 영상을 전공하며 글을 배우고 있습니다.

제가 쓴 《바람의 독(毒)》이라는 작품은 저와 제 친구의 이야기를 바탕으로 한 글입니다. 처음 쓰는 단편 소설이어서 많이 부족하고 미숙하지만 제가 하고 싶은 이야기들을 아낌없이 전할 수 있어서 만족하고 감사합니다. 지도해 주신 선생님과 제 글의 주인공이 되어 준 친구 영지와 미진이, 접수에 도움을 준 지선이에게 고맙다는 말을 하고 싶습니다.

앞으로도 어린이와 청소년에게는 꿈과 희망을, 아줌마와 어르신들에게는 친구가 되고, 위안이 될 수 있는 드라마를 쓰는 작가, 글로써 쓰임 받고 소통하는 작가가 되기 위하여 한 걸음씩 나아가겠습니다. 감사합니다.

류이슬

|2013 평사리 청소년 문학상 은상 수상작|

황예지

최고의 가구

황예지
청주 일신여자 고등학교 2학년

최고의 가구

사람들은 인생을 살며 각각 하나씩 가구를 만든다.

그 가구가 어떤 종류이고, 어디에 쓰이며, 어느 곳에 팔리느냐가 사람들에게는 가장 중요하다. 가구는 우리의 분신이고, 능력이다. 가구가 아름다울수록 그것을 만든 사람의 가치도 올라간다. 가구를 제대로 만들지 못하면 사회의 구성원으로서 제대로 된 취급을 받지 못한다.

그것이 우리 사회이다.

*

"이번에 우리 사촌 언니가 만든 탁자가 유명 업체 가구점에 들어갔어. 너희도 들어봤지? S 가구점 말이야."

"S 가구점? 야, 네 사촌 언니 팔자 폈다. S 가구점에 들어갈 정도니 그 탁자 엄청나게 예쁘겠지?”

“당연하지! 아주 그냥 반짝반짝 빛이 나더라.”

나는 서랍장을 손질하며 다른 친구들의 이야기를 훔쳐 들었다. 마치 자신의 가구가 그 가구점에 들어가기라도 한 것처럼 이야기하는 아이의 얼굴이 뿌듯해 보인다. 정작 그 아이가 만들고 있는 가구는 엉망진창인데 말이다.

나는 그녀의 가구를 몰래 훔쳐보았다. 얼기설기 맞붙여 놓기만 하고 겉멋만 잔뜩 부려 놓아 엉성해 보인다. 지난번에 그녀의 사촌 언니가 만들었다던 탁자 사진을 한 번 본 적이 있는데, 아마도 그것을 따라 한 듯했다. 그러고 보니 저 아이의 목표도 S 가구점이었다. 틀림없이 사촌 언니의 뒤를 따르려는 거겠지. 사촌 언니가 되었으니 자신도 될 거라며 떵떵거리는 아이의 얼굴에서 나는 시선을 돌렸다.

원래 그녀가 만들고 있던 것은 작은 스탠드였지만, 그녀는 급히 그것을 부숴 버리고 탁자를 만들기 시작했다. 그렇다고 스탠드보다 더 잘 만들어질 리 없는데⋯⋯. 그녀의 사촌 언니처럼 S 가구점에 팔릴 거라는 보장도 없고. 무엇보다도 그녀 자신이 탁자를 만들 재목인지도 미지수인데, 어쩜 그렇게 재빨리 자신의 스탠드를 부술 수 있는지⋯⋯. 벌써 그녀가 부순 가구가 몇 개인지 손으로 꼽히지 않을 정도였다.

나는 둥글게 깎은 서랍장의 끝을 문질렀다. 우수수 떨어지는 나무 부스러기를 한데 모아 버렸다. 쓸모없는 것은 내다 버리고 아름답게, 예쁘게 만드는 거야. 마치 암시를 하듯 나는 그렇게 중얼거렸다. 망치로 세심하게 이곳저곳을 두드렸다. 조금씩 손질할수록 아름다워지는 서랍장을 보니 뿌듯했다. 한참 그렇게 서랍장을 손보다 말고 망치를 내려놓았다.

우리 반 벽에는 여러 가구점의 포스터가 붙어 있다. '우리 가구점은 여러분의 아름다운 가구를 환영합니다.'와 같은 틀에 박힌 말이 쓰인 유명 가구점의 포스터는 아이들의 영원한 목표였다.

나는 그 포스터 가운데 Y 가구점의 포스터를 바라보았다. 진열된 아름다운 가구들의 향연이 마치 꿈결 같다. 내 서랍장이 그 안에 들어가면 얼마나 황홀할까. 서랍장을 만드는 일이 지겹고 힘들 때면 나는 언제나 그 포스터를 바라보며 마음을 다잡았다.

다시 내 서랍장을 바라보았다. 만드는 것은 힘들다. 하지만 이제 얼마 남지 않았어. Y 가구점에만 들어가면 그날로 이런 고생도 끝이야. 나는 다시 힘을 내어 내려놓았던 망치를 잡았다. 떠드는 친구들을 뒤로한 채 다시 뚝딱거리며 서랍장에 못을 박았다.

학교 수업을 마치고, 목공 학원으로 향했다. 얼마 전부터 같이 학원에 다니기 시작한 진아는 아직 학원에 적응하지 못해 꽤 어려움을 겪고 있는 듯했다. 작은 꽃 하나를 가구에 새겨 오기로 했지만 그것도 못했다며 거의 울 것 같은 표정이다. 나는 진아의 어깨를 토닥였다. 진아가 한숨을 내쉬며 말했다.

"걱정이야. 내가 공장에 가구를 팔아 버린 우리 오빠 이야기했었나?"

'아니, 너희 오빠 가구가 공장에 팔렸어?'

'응, 비싼 목공 학원도 보내고, 목공 책도 사 주고, 별짓을 다 했는데, 점점 놀기 시작하더니 결국 그렇게 됐지, 뭐. 이제 와서 후회해 봐야 별수 있니? 이미 때는 늦었는데. 지금이라도 다시 가구를 만들어 보겠다고 하더니만 아무것도 하지 못하고 우왕좌왕이야. 그러면서 나보고 이러더라, 지금 잘해야지 잘못하면 자기처럼 된다고. 그 말 들으니까 소름이 쫙 돋는 거 있지.”

“하긴 맞는 말이지. 지금 해야지, 나중엔 이도 저도 못하게 되니까.”

“내 목표는 R 가구점인데, 솔직히 말해서 거기 들어갈 수 있을지 잘 모르겠어⋯⋯. 목표를 최대한 낮추어 V 가구점에 들어갈 수 있을지 없을지도 미지수야. 오빠가 그렇게 되었으니 이제 우리 집의 희망은 나뿐인데, 미치겠다니까.”

“지금부터라도 잘하면 되지.”

“난 꽃 하나도 제대로 못 만들잖아. 이 상태로 어느 가구점에 들어갈 수 있겠어.”

진아의 가구는 침대였다. 아직 엉성하기 짝이 없어 몸은 물론 발 하나도 제대로 얹어 놓을 수 없는 진아의 침대는 사실, 조금 심각한 상태였다. 그녀도 그런 가구의 상태를 아는지 요즘 줄곧 어두운 얼굴을 하고 있었다. 진아가 넋두리하듯 말했다.

“너는 세공도 예쁘게 잘하고, 겉모양도 멋스럽게 만들 줄 알아서 좋겠다. 목표가 Y 가구점이었던가? 거기 들어가는 건 문제없겠어.”

“그래도 경쟁률이 워낙 세니까. 어떻게 될지는 아직 모르지.”

“아니, 내가 장담하는데, 넌 꼭 들어갈 수 있을 거야.”

진아가 말했다. 나는 아니라고 대답하면서도 속으로는 고개를 끄덕였다. 그동안 그토록 열심히 했던 세공에, 장식이다. 우리 반에서도 나처럼 예쁘게 가구를 만들 줄 아는 아이는 드물었다. 내 서랍장은 지금 상태로도 매우 아름다웠고, 마무리만 잘하면 Y 가구점은 들어가고도 남을 터였다.

진아는 내가 세공 연습을 하는 시간에 친구들과 잡담을 했고, 내가 여러 장식 방법을 고민할 때에도 친구들과 놀러다니기에 바빴으니 지금의 결과는 어떻게 보면 인과응보라고도 할 수 있었다. 나는 진아를 위로하는 척하면서 속으로는 또다시 고개를 끄덕였다. 그건 다 네 잘못이야, 라고 생각하면서.

오늘은 학원에서 특강이 있었다. 유명 I 가구점에 들어간 학원 선배가 특별히 초청받아 강의해 주는 것이다. 그는 자신이 어떤 방식으로 세공했고, 어떤 형식으로 가구를 돋보이게끔 하였으며, 어떻게 짜 맞추었는지를 우리에게 말해 주었다. 그의 눈빛에는 승리한 자, 이미 모든 것을 이룬 자 특유의 약간 오만한 빛과 함께 우리를 향한 옅은 연민이 감돌고 있었다.

언제나 어깨를 긴장시키고 있는 우리와는 달리 그는 느긋하게 어깨를 늘어뜨린 채, 말로는 긴장된다 내뱉으면서도 실제로는 이곳에 있는 그 누구보다도 편한 자세로 강의하고 있었다.

아직 미숙한 자, 이루지 못한 자인 우리는 수첩에 그의 강의 내용을 열심히 필기했다. 그의 방법이 우리에게 조금이라도 더 영향을 미쳐 우리도 그와 같이 유명 가구점에 들어갈 수 있기를 바라면서. 우리도 이곳에 그와 같은 눈빛의 승리한 자가 되어 돌아오는 상상을 하면서 말이다.

　강의가 끝나자 선배는 후련한 표정으로 그의 뒤를 따르는 여러 후배를 거느리며 먼저 걸어나갔고, 나는 자리에 앉아 수첩에 적힌 내용을 하나씩 정리했다. 이를테면 요즘 장식 추세는 끝을 내려가게 하는 것보다 올라가게 하는 거라든가, 세공은 꽃은 너무 흔하니 자신만의 독특한 무언가를 창조하는 것이 좋다든가 하는 것들이었다.

　선배가 실행했다던 계획표를 머릿속에 숙지하고, 나는 나만의 계획을 대충 수첩에 적어 내려갔다. 이렇게만 하면 내 서랍장도 더 아름다워져 어떤 가구점도 들어갈 수 있게 되겠지, 생각하면서.

　어느새 강의실에 있던 친구들이 전부 나갔다. 나 또한 수첩을 접고 자리에서 일어났다. 문밖으로 나가기 위해 불을 끄려는데, 저 끝에 누군가 앉아 있는 모습이 눈에 들어왔다.

　같은 반 아이, 다미였다. 다미는 수첩을 든 채 미동도 않고 고개만 푹 숙이고 있었다. 원래부터 말이 많은 편은 아니었지만, 요즘에는 특히 더 말이 없고, 표정도 어두워져 아이들은 다미에게 말을 거는 것을 꽤 꺼리고 있었다. 나는 문득 말 걸어 볼까 하다가 이내 고개를 저었다.

　다미의 일은 다미의 일, 내 일은 내 일. 어서 집으로 돌아가 계획을 완성한 다음, 가구를 만들어야 했다. 무슨 일이 있어도 그 때문에 내 앞길에 조금이라도 지장이 있으면 안 되지. 나는 결국 다미만 강의실에 내버려 둔 채 밖으로 나왔다.

　이미 밖은 어둑어둑해졌고, 집으로 돌아가 해야 할 일은 산더미처럼 쌓여 있었기 때문에 한시가 급했다.

오늘은 새로운 세공에 도전해 봐야지. 그렇게 다짐하며 부산히 짐을 챙겼다. 학원 문을 빠져나오며 문득 강의실 창문을 올려다보았다.

학원 교실 불은 거의 꺼져 있었지만 유독 그 강의실만이 환하게 빛나고 있었다. 다미는 아직도 자리에 앉아 있는 걸까? 무얼 생각하고 있던 걸까? 뒤늦게 그런 생각이 들었지만, 다시 학원에서 몸을 돌려 집을 향해 달려갔다.

"다녀왔습니다!"

대충 인사하고 나는 집 안으로 뛰어들어갔다. 가방을 부엌 의자에 놓고, 교복 단추를 하나하나 풀었다. 문득 거실 한쪽에 자리하고 있는 벽장이 눈에 띄었다.

그 벽장은 할머니의 것이었다. 보통 자신의 가구는 다 가구점에 팔아 버리기 마련이지만, 할머니 시대에는 여자가 가구를 파는 게 불가능했던 모양이었다. 그래서인지 할머니의 벽장은 언제나 할머니와 함께 있었는데, 그것은 내가 자라면서도 함께 있었다.

나는 할머니의 벽장을 물끄러미 바라보았다. 단조로운 색상, 장식 하나 없는 밋밋한 구조에 세공조차 특별하지 않다. 몇 가지의 덩굴줄기만 두서없이 죽죽 나 있을 뿐이다.

하지만 내게는 그 벽장이 어렸을 때부터 지금까지 '최고의 가구'였다. 그 벽장에서는 언제나 은은한 향내가 났다. 할머니는 그 벽장이 오래되어서 세월의 향기를 풍기는 거라고 말했지만, 꼭 그 이유만은 아닌 듯했다. 그것은 세월의 향기도, 나무의 향기도 아닌, 그저 그 벽장의 냄새였다. 그 벽장의 존재에서부터 풍겨 나오는 향내. 그 향내는 그 누구도 흉내 낼 수 없었다.

또, 아무것도 칠하지 않았는데도 반짝거리는 빛을 담은 듯한 그 반질거림은 예사롭게 보이지 않았다. 어떤 약품으로도, 어떤 방법으로도 그 반질거림은 따라 할 수 없었다.

할머니에게 어떻게 이 벽장을 만들었는지 물어보았지만, 할머니는 그저 빙긋 웃기만 했다. 그래서 여전히 그 벽장의 비밀을 풀지 못하고 있었다. 나는 물끄러미 벽장을 바라보다가 방으로 들어왔다. 언젠가는 저 벽장보다 아름다운 서랍장을 만들 거야. 그렇게 다짐하면서.

여느 때와 다름없이 오늘 하루도 별다른 문제 없이 시작했다. 똑같은 시간에 눈을 떴고, 학교 갈 준비를 마친 다음, 집에서 나왔다. 학교로 가는 길도 어제와 같았다. 하지만 무언가가 달랐다. 아이들의 표정에는 긴장감이 감돌았다. 평소보다 더 소란스러웠다. 웅성거리는 아이들의 시선은 한 자리를 향하고 있었다.

조회가 시작될 때까지 비어 있는 자리, 다미의 자리였다. 망치로 대충 서랍장을 뚝딱거리다 말고 나는 몇 번이고 다미의 자리를 바라보았다. 어제 본 다미의 모습이 이상하게 마음에 걸렸다. 고개를 푹 숙인 채 텅 빈 강의실에 홀로 남아 있던 다미……

조회 시간이 되었지만, 선생님은 오지 않았다. 언제나 제시간에 또박또박 맞춰 들어오던 선생님이라 그런지 아이들의 소란스러움은 더 거세어졌다. 나는 아이들의 웅성거림에 도무지 집중이 안 돼 손에 들고 있던 망치를 놓아 버렸다. 선생님은 조회 시간이 10

분 지나서 들어왔다.

어제의 다미처럼 고개를 푹 숙인 선생님은 두 손 가득 국화꽃을 들고 계셨다. 국화꽃을 보자 왠지 심장이 덜컥 내려앉는 것 같았다. 왜 선생님이 국화꽃을 들고 있는지, 그 용도가 무엇인지도 알지 못하면서 말이다.

선생님은 교탁에 서서 줄곧 말이 없으셨다. 웅성거리던 아이들이 제각각 짜 맞추기라도 한 것처럼 입을 다물었다. 숨소리도 들릴 만큼 조용한 침묵 속에서 선생님이 낮게 가라앉은 목소리로 입을 열었다.

얘들아, 다미가. 다미가……. 선생님은 이야기하려다가 입을 다물기를 반복하셨다. 선생님의 눈에서 눈물이 주룩 흘렀을 때는 우리 모두 놀라고 말았다. 선생님은 눈물 따위는 상관이 없다는 듯 계속해서 코를 훌쩍거리셨다. 처음 보는 선생님의 약한 모습이었다. 선생님은 손에 든 국화꽃을 꼭 쥐더니 이내 다시금 어눌한 목소리로 말씀하셨다.

죽었다.

교실이 얼음물이라도 끼얹은 것처럼 순식간에 얼어 버렸다. 교실 안에 맴돌던 긴장이, 불안이 현실이 되는 순간이었다. 우리는 일제히 다미의 자리를 바라보았다. 빈자리. 그 빈자리에서는 숨길 수 없는 죽음의 기운이 감돌고 있었다. 다미의 책상만 우리와는 별개의, 다른 공간이 된 것 같은 느낌이었다. 선생님은 손에 들고 있던 국화꽃 한 다발을 다미의 책상에 가져다 놓고 다시 교탁으로 돌아오셨다.

선생님이 말씀하셨다. 오늘 새벽에……. 학교 옥상에서 자살했다. 말릴 새도 없이 죽었대. 시체는 수습했지만 다미가 만들던 옷장은 아직 옥상에 있어. 그걸 수습하러 가야 하는데……. 선생님은 말을 끝내지 못하고 다시 입을 닫았다.

선생님의 얼굴은 이미 눈물범벅이었다. 아이들은 조용했다. 아무도 손을 드는 사람이 없었다. 죽은 아이가 만들던 옷장. 어제까지만 해도 우리와 함께 만들던 그 가구. 서로서로 눈치만 보고 있는 아이들 가운데 나는 손을 들었다. 순식간에 이목이 내게로 집중되었다. 나는 조용하게 말했다.

"제가 갈게요."

선생님이 고개를 끄덕였다. 그리고 더, 같이 갈 사람 없니. 아이들은 손을 들지 않았다. 결국, 나와 선생님만 다미의 옷장을 수습하러 가기로 했다.

선생님은 반 아이들에게 각자 자신의 가구를 만들고 있으라고 말하고는 나를 데리고 옥상으로 올라갔다. 선생님은 올라가는 와중에도 계속해서 눈물을 닦느라 여념이 없었다.

나는 조금은 무감각하게 그 모습을 바라보았다. 다미가 살아 있을 때 별달리 관심도 없었으면서, 어째서 그렇게 우세요? 다미는 선생님에게 낯선 아이였을 텐데요.

어쩌면 그 질문은 내게 던지는 질문인지도 몰랐다. 나는 왜 손을 들었을까. 모두가 꺼리는 일을 하기 위해서, 다미와는 일체 아무런 관계도 없던 내가. 다미와 나는 그저 클래스메이트였을 뿐, 그 이상도 이하도 아니었다. 나는 조용히 어제의 다미를 떠올렸다.

고개를 푹 숙이고, 긴 머리를 늘어뜨리고 있던 탓에 표정은 잘 보이지 않았다. 축 늘어진 어깨와 고정된 듯 의자에 앉아 있는 그 태도가 묘하게 거슬렸지만, 신경 쓰지 않았다. 수첩을 쥔 손이 유독 하얗게 질려 있는 것처럼 보였지만, 그게 나와 무슨 상관일까 싶었다. 집으로 돌아갈 때, 마지막으로 돌아설 때까지 줄곧 켜져 있던 불빛. 그 텅 빈 강의실에 홀로 앉아 있었을 다미.

그 아이의 생전 모습을 그토록 자세하게, 마지막으로 본 것은 결국 나였을 것이다. 그 모습이 무겁게 가슴속을 짓누르는 것 같았다. 머리카락에 가려져 있던 다미의 표정은 어땠을까. 내가 고개를 숙이고 있던 그녀를 보고 있었듯, 그녀도 문을 열고 나가던 나를 보고 있었을까. 그렇다면 결국 자신에게 말 한마디 붙이지 않고 나가 버린 날, 그녀는 어떻게 생각했을까.

나는 크게 심호흡을 했다. 몰랐다. 그저 아득했다. 그때의 다미의 마음 같은 것, 내가 알 리가 없었다.

허물어진 옷장이 구슬펐다. 이리저리 널브러진 목재는 마치 똑같이 널브러졌을 다미의 시체 같았다. 나는 그 목재를 하나하나 주웠다. 아직 얼기설기 이어져 있는 목재도 하나씩 부수어 한데 모았다. 이것은 아마 다미의 시체와 함께 소각될 것이다. 못 하나, 나무 조각 하나 남기지 말아야 했다.

부수어진 목재에 붙어 있는 장식과 세공은 별 볼 일 없었다. 너무 밋밋했고, 그나마 되어 있는 것도 어수룩해 보였다. 도무지 옷가게에 팔 만한 옷장으로는 보이지 않았다.

언젠가 학기 초, 자기소개할 때 다미가 떠올랐다. 멋진 옷장을 만들어 좋은 옷가게에 팔고 싶어요, 라고 우물거리며 말하던 모습……. 나는 목재를 주워 가슴에 안았다. 작은 박스 안에 하나씩 그 목재를 집어넣었다. 다미는 무슨 생각을 했던 걸까. 자신의 실력으로는 도무지 가구점에 자신의 옷장을 팔 수 없으리라는 것을 깨달았던 걸까. 그래서 자신의 옷장을, 그녀 자신을 포기해 버린 걸까.

나는 그녀의 목재를 박스에 집어넣는 것을 멈추고 작은 판을 바라보았다. 옷장의 가장 중심부, 받침대였다. 오래된 목재. 어릴 적부터 꿈꿔 왔던 꿈인 듯, 그 받침대는 오래되어 보였다. 무엇보다도 소중히 간직해 온 듯 흠집 하나 없었다. 나는 그 받침대를 손가락으로 쓸어 보았다. 손끝으로 느껴지는 받침대의 질감이 부드러웠다. 거칠한 면은 단 하나도 없었다.

묘한 향내가 코를 자극했다. 나는 받침대를 집어넣는 것을 멈추고 그것을 들어 코에 가져다 대 보았다. 은은한 향기였다. 인위적으로 낸 약품 냄새가 아닌 나뭇결, 시간, 정성 등이 한데 모여 나는 향기. 할머니 벽장에서 나던 향기, 그것과 다르지만 같은. 내가 목표로 한 그 느낌. 나는 받침대를 손에 꼭 쥐었다.

죽은 다미, 자신의 목공 실력을 비관해 죽은 다미의 옷장 받침대에 왜 '최고의 가구'의 향내와 질감이 있는 것인지 이해할 수 없었다. 나는 혼란스러운 마음으로 옷장을 정리했다. 작은 상자에 담아진 그녀의 옷장은 이내 학교로 온 부모님의 손에 전달되었고, 그 상자는 은은한 향내를 뿜으며 멀어져 갔다.

다미의 자살로 그날 학교 수업은 일찍 끝났고, 나는 그 길로 목공 학원이 아닌, 집으로 돌아왔다.

나는 학교에서 돌아오자마자 할머니의 방으로 들어갔다. 오랜만에 일찍 온 나를 보며 할머니는 조금 반가워하셨다.

"오늘은 왜 이렇게 일찍 왔니?"

"학교에서 일이 있었거든요. 그래서 오늘은 단축 수업했어요."

"여기 앉으렴. 귤 줄까?"

"괜찮아요."

나는 할머니의 권유에 따라 할머니의 옆자리에 앉았다. 가방을 벗고 할머니가 보는 TV를 나도 함께 보았다. TV 속에서는 유명한 가구점의 사람들이 나와 강의를 하고 있었다. 이렇게 하고 저렇게 하면 당신도 유명한 가구점에 들어갈 수 있어요, 라고 말하는 사람들을 보고 할머니는 혀를 쯧쯧 찼다. 겉모습만 저리 화려해서 뭐에 쓰나. 정작 중요한 내용물은 덜그럭거릴 게 뻔한데.

할머니의 말에 나는 다시 한 번 물었다.

"할머니."

"응?"

"할머니의 벽장, 어떻게 만든 거예요?"

"그건 왜?"

"그냥 궁금해서요. 아무것도 안 했는데, 향내가 나는 것도 이상하고, 반질반질 윤이 나는 것도 이상하고……. 뭘 해도 할머니의 벽장 같은 느낌이 나지 않아서요."

"그래?"

할머니는 빨간 바구니에 있는 귤을 까기 시작하셨다. 쑥스러운 듯한 얼굴이었다. 할머니는 귤을 까 반쪽은 할머니의 손에, 또 다른 반쪽은 내 손에 쥐어 주셨다. 나는 그 반쪽을 받았다. 할머니가 말씀하셨다.

“궁금하니? 별다른 건 없는데.”

“그래도 궁금해서요. 어떤 방법으로 만드셨어요?”

나는 귤을 먹으며 말했다. 할머니는 어쩔 수 없다는 듯 길게 한숨을 쉬더니, 이내 조금 머뭇거리셨다. 일생일대의 비법 같은 거라도 있는 걸까 싶어 숨죽여 기다리고 있는데, 할머니는 정말 뜻밖의 말을 꺼내었다.

“실은 아무 비법도 없단다.”

“네?”

무슨 말도 안 되는 소리냐는 듯 내가 되묻자 할머니는 큼큼 헛기침을 하셨다.

“정말 아무 비법도 없어. 그저 가구를 만들었을 뿐인데, 어느 날부터 그렇게 되었단다. 실은 나는 내 가구에서 향내가 나는지, 그리 예쁘게 윤이 나는지 모르는데 말이야.”

“아무것도 안 했는데, 어떻게 그렇게 돼요?”

“얼마 전까지만 해도 나도 그게 궁금했단다. 난 정말 아무것도 할 줄 아는 게 없어. 겉모양은 저리 밋밋한데도 윤기가 나고, 향내가 나니 이상하다 싶었지. 그러다가 깨달았단다.”

“뭔데요?”

“그걸 만든 이에 따라 그렇게 된다는 걸 말이야.”

내가 이해가 안 된다는 표정을 짓자 할머니가 조금 머쓱한 웃음을 지으며 말씀하셨다.

"그걸 만든 사람이 어떤 속을 가졌는지에 따라 가구도 결정된
단다. 안이 썩어 들어간 사람이 가구를 만들면 겉이 아무리 화려
해도 금방 썩어 들어가지. 그런 가구는 오래 쓰지 못해. 하지만 아
무 재주가 없어도 속이 꽉 찬 사람이 가구를 만들면 그 가구는 백
년이고 천 년이고 쓰지. 튼튼하고 알차서 먼지 한 점 끼어들 새가
없고, 시간과 정성이 듬뿍 담기면 자연히 향이 나기 마련이지. 그
래서 가만히 있어도 빛이 나는 거야."

"전 잘 모르겠어요……."

"겉이 화려하지만, 속이 금방 망가지는 것과 겉은 밋밋하지만,
속이 알차고 쉽게 무너지지 않는 것. 너는 그 둘 중 뭐가 좋니?"

"후자요."

"하지만 안타깝게도 요즘 사람들은 겉모습만 중요시한단다.
유명 가구점에 있는 가구는 겉보기에는 무척 아름다워 보이지만,
실상 무너지기 일보 직전인 게 많단다. 그래도 사람들은 겉이 너
무나도 아름답기에 그 가구를 사지."

"사람들도 눈이 있잖아요. 그런 걸 왜 사가겠어요?"

'저 TV를 보렴."

나는 화려한 세공 방법에 대해 떠벌리고 있는 TV 속 유명 가구
점 사람들을 바라보았다. 자신이 만들었다는 가구들을 선보이는
사람들의 표정은 우월함과 자만심이 가득했다. 할머니는 안타깝
다는 듯 그들의 얼굴을 바라보고 있었다.

"요즘 사람들, 겉모양을 어떻게 하자는 소리는 해도 정작 중요

한 알맹이를 어떻게 하자는 소리는 안 하잖니? 목재를 뭘 골라야 한다든지, 어떤 방식으로 안의 구조를 짜 맞추어야 한다든지 하는 것들 말이야. 실제로 가구를 만드는 데 그게 제일 중요한데 말이야. 겉모습에만 치중해 있는 거야.”

“…….”

나는 선생님들의 수업과 선배의 강연을 생각했다. 장식은 이게 좋고, 요즘 트렌드는 무엇이다. 그런 방식으로 만드는 것은 좋지 않고, 가구의 종류도 주류와 비주류가 있다. 할머니가 말한 것처럼 정작 중요한 알맹이에 관한 것은 아무도 말하지 않았다. 할머니는 다시 말했다.

“안타까운 일이지 않니. 겉모습만 치중해 정작 중요한 속이 튼튼한 것은 뒷전이 되고 있는 세상이니. 속이 아무리 튼튼해도, 봐주는 사람이 없으면 점점 무너지기 마련인데. 그렇게 무너지는 가구가 한둘이 아닐 것을 생각하니 가슴이 아프단다. 목공 실력을 비관해 자살하고 있는 학생들이 많다고 뉴스에 자주 나오던데, 그 학생들도 실제로는 얼마나 좋은 목재를 갖고 있었고, 튼튼하게 가구를 짜 맞추었을지 생각해 보렴. 겨우 겉모양 때문에 꿈을 이루지 못하고 죽어야 한다는 게 우습지 않니.”

좋은 향내를 풍기고 반질반질 윤이 나던 다미의 받침대가 떠올랐다. 소중하게 품어 온 그 아이의 꿈, 좋은 재료와 좋은 짜맞춤을 가지고 있던 옷장. 하지만 점차 무너져 내렸을, 그 옷장. 나는 문득 나의 서랍장을 떠올렸다. 화려한 세공으로만 가득 차 있는 내 서랍장.

내 서랍장은 어떨까. 세상에는 많은 가구가 있지만, 나는 어째서 서랍장을 만들고 싶었을까. 그 서랍장을 어디에 팔고 싶었고, 어떤 도움이 되게 하고 싶었을까. 나는 조용히 할머니의 방을 나와 내 방으로 들어왔다. 침대에 몸을 묻었다. 눈물이 나왔다.

내 서랍장의 못을 하나하나 풀어 버렸다. 거추장스러운 장식도 세공도 다 떼어 버렸다. 싸구려 목재, 거친 짜맞춤. 전부 이리저리 흩어 놓은 채로 버렸다. 하나하나 떼어 내다 보니 결국 마지막에 남은 것은 제일 기본이 되는 받침대밖에 없었다. 나는 받침대를 바라보았다. 예쁘지 않다. 그저 편하고, 그 무엇도 잘 받칠 것처럼 보일 뿐이다.

나는 그 받침대를 들어 올렸다. 어릴 적 골랐던 목재, 무엇보다도 열심히 손질했었지. 그것을 받침 삼아 조금씩 다른 것들을 올렸지. 나는 내가 만들고 싶었던 서랍장을 생각했다. '무엇이든 담을 수 있는 서랍장'을 만드는 것이 목표였다. 가벼운 것도 무거운 것도, 동그란 것도 들쭉날쭉한 것도 전부 담을 수 있는 만능 서랍장. 그게 내 목표였다.

나는 지금까지 만들어 왔던 내 서랍장을 생각해 보았다. 겉모양에 치중한 탓에 안은 좁아터지고 조금만 무거운 것을 올려놓아도 금방 무너져 내렸을 얇은 바닥.

나는 조용히 받침대를 쓸었다. 나무 부스러기가 흩날렸다. 나는 할머니의 벽장과 다미의 받침대를 떠올렸다. 나는 나의 받침대를 바닥에 내려놓았다. 공구를 새롭게 정리하고 목재를 다시 골랐다.

의식을 치르듯 경건한 마음으로 받침대를 다시 들어 올려 쓸었다.

어떤 서랍장을 만들까. 나는 오랜만에 그런 고민을 했다.

언제나 아름답고 화려하게 만들 생각만 했기에, 이 고민은 내게 너무도 그립고 또 한편으로는 낯선 고민이었다. 나는 어릴 적 나를 떠올렸다. 목재 하나 달랑 들고 이 세상에서 가장 '좋은' 가구를 만들 거라며 큰소리치던 모습을. 나는 빙긋 웃고 받침대 위로 새로운 목재를 올렸다. 그리고 못을 박았다.

이번에야말로 '좋은 가구'를 만들어야지. 어릴 적 그 목표를 다시금 마음속에 새기며 나는 그 어느 때보다도 더 신중히 손을 움직였다.

언젠가는 나도, '최고의 가구'를 만들 수 있을까.

코끝으로 할머니의 벽장, 다미의 받침대에서 나던 은은한 향내가 스쳐 지나가는 것 같았다.

어렸을 때부터 책을 좋아했습니다. 집에 있는 책, 도서관에 있는 책은 물른이고 심지어 친구네 집에 놀러 가서도 막상 친구는 내팽개쳐 둔 채로 친구네 집에 있는 책을 읽는 것에 더 열중하기도 했습니다.

학교에서도 수업 시간에 몰래 책을 읽다가 벌서고, 반성문을 썼던 적도 있그, 별명이 항상 책벌레였을 만큼 책은 저와는 떼려야 뗄 수 없습니다. 초등학교 4학년 때부터 인터넷에 접속해 소설을 쓰기 시작했습니다. 어느덧 '소설'은 제 인생에서 아주 큰 부분을 차지해 버렸습니다.

소설을 읽지 않는 나, 소설이 없는 곳은 상상할 수조차 없게 되어 버린 거지요. 그렇게 소설을 쓰다 보니 자연스럽게 제 꿈은 소설가가 되었고, 소설가가 아닌 다른 무언가가 되어야겠다는 생각을 할 때도 어떤 꿈에 플러스 소설가가 따라붙곤 했습니다. 어렸을 때부터 지금까지 그렇게 줄곧 소설가의 꿈을 꿔 왔습니다.

인터넷 소설은 꽤 꾸준히 썼지만 실제로 제대로 된 소설을 쓴 지는 거의 반년 정도밖에 되지 않았습니다. '문예창작과'라는 과가 있다는 것을 알게 된 것이 얼마 되지 않았고, 쉽사리 진로를 결정하지 못했기 때문이

기도 합니다.

올해 초에야 겨우 진로를 확실히 정했고, 그것을 위해 제대로 된 '소설'을 쓰게 되었습니다. 하지만 그렇게 진로를 정하고 소설을 쓰면서도 머릿속에서는 항상 정말 내가 재능이 있을까, 내가 이 길로 가서 성공할 수 있을까, 하는 의문을 저버리지 못했습니다. 이 꿈에 기대도 좋을까, 꿈만 바라보아도 좋을까, 불안했고 다시 진로를 바꿔야 하는 것은 아닐까, 마음속으로 방황도 했습니다.

평사리 청소년 문학상은 제가 두 번째로 도전한 공모전입니다. 초조한 마음으로 마감에 맞추어 이틀 만에 쓴 소설이기에 자신 없었고, '설마……, 나는 안 될 거야.'라고 마음속으로 단정 짓고 있었습니다.

그렇기에 당선이라는 소식을 들었을 때, 그것도 은상이라는 소식에 저는 무척 놀라고 기뻤습니다. 당선되었다는 전화를 받았을 때 "헐, 제가요?"라는 말이 절로 나왔을 정도니까요.

실은 아직도 제가 당선되었다는 말이 얼떨떨하고 믿기지 않습니다. 그만큼 또 기쁩니다. 이제 꿈에 완전히 기대도 된다는, 이 꿈을 보고 나아가도 된다고 확답을 받은 기분입니다. 이제 제 꿈을 의심하지 않을 수 있을 것 같아 행복합니다. 앞으로도 열심히 제가 쓰고 싶은 소설, 좋아하는 소설을 쓰고 싶습니다.

마지막으로 어렸을 때부터 책을 좋아하던 제게 아낌없이 지원해 주고 소설가가 되겠다고, 진로를 결정했을 때 응원해 준 부모님, 꼭 당선될 거라고 격려해 주고, 도와준 제 소중한 친구들에게 고맙습니다.

꼭 좋은 작가가 되어서 멋진 글로 보답하겠습니다. 감사하고 또 사랑합니다.

황예지

|2013 평사리 청소년 문학상 장려 수상작|

남명현

착시 현상

남명현
대구 외국어 고등학교 1학년

2008 대구광역시립북부도서관 제25회 개관기념글짓기대회 교육감상
2009 제8회 재난예방글짓기공모전 교육과학기술부장관상
2010 제19회 전국 고전읽기 백일장대회 문화체육관광부장관상
2012 제5회 세계인의 날 "다문화 사회통합 글짓기대회" 교육과학기술부장관상
2013 제1회 현진건 청소년 문학상 우수상 수상

착시 현상

착시를 느낀 적이 있는가?

착시 : 시각적인 착각 현상

착시를 못 느끼면서, 착시를 느낀 적이 있는가?

그것이었다. 언니와 나를 구분 지은 것은.

착시를 못 느낀다는 사실을 처음 안 것은 열 살 때. 엄마는 빈의 집에서 착시와 관련한 그림책을 빌려 왔다. 소파에 앉아 한 장 한 장 책장을 넘기며 연신 짧은 탄성을 터뜨리는 언니 옆에서 엄마는 흐뭇한 표정으로 웃고 있었다. 나는 무언가 싶어 언니 곁에 앉아 언니가 가리키는 부분을 바라보았다.

흰 바탕에 평행한 두 개의 선분이 있었다. 한 직선의 양쪽 끝은 화살 표시가 안쪽을 향해 있었고, 다른 한 선분은 바깥쪽을 향해 있었다. 그림 밑에 '뮐러리어의 도형'이라는 글씨가 적혀 있었다.

"이게 왜?"

"신기하지 않아? 이쪽이 훨씬 길어 보이잖아."

"뭐가? 똑같아 보이는데?"

"어?"

언니는 내 반응에 실망한 눈치였다. 엄마가 다른 쪽을 펼쳐 보였다. 엄마는 내가 미리 그 그림을 본 적이 있어서 시큰둥한 태도를 보이는 거라고 생각하는 듯했다. 내가 뭘 잘못한 거지? 언니는 책의 여기저기를 짚으면서 나의 반응을 살폈다. 나로서는 답답한 노릇이었다.

원 여러 개가 이어진 그림이 빙글빙글 돌고 있다고 하지를 않나, 나이테 속에 그어진 직선이 휘어져 있다고 하지를 않나. 한 그림 속에 꽃병과 두 사람의 얼굴이 함께 있다고 하는데, 내 눈에 그것은 체스 말처럼 생긴 괴상한 물체일 뿐, 꽃병으로도 사람 얼굴로도 보이지 않았다. 저건 왜 휘어야 하고, 그건 왜 돌아야 하고, 이건 왜 그렇게 보여야 하는가. 엄마와 언니가 번갈아 가며 내게 그림에 대해 설명했지만, 나는 글쎄, 혹은 왜 따위의 반응을 보였다.

며칠 뒤, 나는 엄마가 정기적으로 다니는 안과에 따라가게 되었다. 그림 몇 개가 남들과 다르게 보인다고, 오히려 더 정확하게 보인다고 병원에 간 것은 우스운 일이지만, 엄마는 꽤 걱정했나 보다. 얼굴에 초조한 빛이 역력한 엄마에게 의사 선생님은 애매한 답변을 내놓았다.

"저도 처음 보는 증상이라 뭐라 자세히 말씀드리기 어렵군요.

겉으로는 문제가 없고, 나이를 고려했을 때 스트레스 증상도 아닌데, 어머니께서 지속해서 안과 치료를 받으시는 걸 보면 유전적인 문제가 아닐까 싶기도 하고요."

"네? 유전적 문제라니요? 애가 일란성 쌍둥이인데, 그럼 애가 제 언니랑 유전이 뭔가 다르단 말씀이세요?"

"일단 시력도 양쪽 다 1.2로 좋은 편이고, 색맹 검사에서 이상한 점을 보였던 것도 아니니, 문제가 있다면 좀 더 지켜봐야겠지요. 저도 이런 경우는 처음이라⋯⋯."

엄마는 한동안 불안한 눈빛으로 나를 바라봤다. 그러나 착시를 못 느끼는 것을 제외하고는 별다른 이상이 없었기에 우리는 점차 그 일을 잊었다.

그리고 그로부터 5년이라는 시간이 흘렀다. 그동안 여러 가지 일이 있었다. 가장 큰 변화라면 먼저 내 시력이 양쪽 다 0.5로 나빠진 것. 달라지지 않은 것이 있다면 그럼에도 안경을 쓰지 않는다는 것이다. 엄마는 생활에 지장이 있지 않느냐며 걱정했다. 불편하지 않은 것은 아니었지만 나는 별로 내키지 않았다. 뭐라고 해야 할까, 버스로 가는 것이 훨씬 빠르고 편하다는 걸 알지만, 굳이 걸어서 목적지에 가고 싶은 마음. 안경에 대한 내 입장은 그러한 것이었다. 특히 이런 생각은 언니를 볼 때마다 강하게 들었다. 언니의 어떤 점 때문인지는 정확히 알 수 없었지만, 그 막연한 무엇은 불편함을 감내하게 했다.

또 한 가지 변화는 늘 나와 같다고 생각한 언니가 나와 다른 존재라는 사실을 뚜렷이 알게 되었다는 것. 우리는 생긴 모습만 제외하면 성격도, 성적도, 어울리는 친구들도 전부 달랐다. 사람들이 우리가 일란성 쌍둥이라는 사실이 의심스럽다고 할 정도로.

4월 마지막 주 수요일, 생일을 맞아 열 명 남짓한 친구들과 시내로 놀러 갔다. 오후의 시내는 평소보다 훨씬 한산했다.

“민, 천천히 좀 가. 마음이 그렇게 급하니.”

“재 원래 발걸음이 빠르잖아. 그나저나 좀 있으면 7시인데, 슬슬 집에 갈까?”

“다른 애들은 몰라도 민, 넌 가 봐야 하지 않겠어? 여기 온다고 수학 학원도 빠졌잖아. 더 늦으면 혼날라. 가서 진이랑 생일 파티 해야지.”

“무슨 상관이야. 밤에 하면 되지.”

“아, 그나저나 식구들은 너희 둘을 어떻게 구분한대? 우리야 교복 명찰을 보면 바로 알 수 있지만, 집에서 파티할 때 나란히 앉아 있으면 참 헷갈리겠다.”

“뭐, 가족이면 알아보겠지. 나 엄마한테 전화 왔어. 그만 가야겠다.”

“그래, 내일 봐.”

버스 정류장에 다다르자 아이들은 저마다 시계를 확인하더니 손을 흔들며 사라졌다. 남은 아이는 빈과 나, 둘뿐이었다.

“넌 안 가?”

“난 엄마 선물 사러 가야 해.”

“엄마 선물?”

“좀 있으면 엄마 생신이야. 집에 안 갈 거면 너도 같이 갈래?”

나는 빈을 따라갔다. 내게도 '어디야?' 하는 엄마의 문자 메시지가 있었지만, 못 본 척하고서.

우리가 찾아간 곳은 액세서리, 의류, 잡화를 모아 놓은 대형 상점이었다. 빈이 선물을 찾는 동안 나도 환한 조명 아래 놓인 상품을 이리저리 둘러보았다. 아기자기한 물건으로 가득했지만, 별로 사고 싶은 생각은 들지 않았다. 반찬은 많은데, 선뜻 젓가락이 가지 않는 밥상처럼. 그러다가 의류 판매대에 다다른 순간, 나는 눈에 확 들어오는 블라우스를 발견했다.

유행이 바뀌어도 편하게 입을 수 있고, 어느 하의에나 잘 어울릴 듯했지만, 비싼 것이 흠이었다. 칠만 원. 여느 때 같으면 유별난 가격 때문에 미련을 안고 돌아섰겠지만, 오늘은 내 생일이 아닌가. 오늘만큼은 괜찮을 수도 있겠다는 생각이 들었다. 지갑을 열어 보았다. 칠만 천 원이 들어 있었다.

"민, 이리 와 봐."

빈이 부르는 소리에 나는 공상에서 깨어나 그쪽으로 걸어갔다. 머리핀이 진열된 곳이었다.

"이거 어때?"

빈은 리본 문양이 새겨진 갈색 올림머리 집게 핀을 들고 있었다. 특이한 디자인은 아니었지만, 튼튼해 보이는 데다가 빈 아주머니에게도 잘 어울릴 듯해서 나는 천천히 고개를 끄덕였다.

'너도 하나 사 드리지?'

"뭘?"

"너희 엄마한테 말이야. 좋아하실걸."

말을 마친 빈은 계산대로 갔다. 나는 머리핀을 찬찬히 둘러보았다. 큐빅이 부담스러울 정도로 많이 박혀 있는 검은 머리핀이 대부분이었다. 저런 건 아니야, 하며 돌아서려는 찰나에, 아기 주먹만 한 나비 모양 머리핀 하나가 눈에 띄었다.

어느 먼 섬나라의 해안가를 연상시킬 정도로 푸른 빛깔이었다. 가격표를 살폈다. 칠천 원. 나는 머리핀을 손에 쥐고 의류 코너를 한 번 돌아보고선, 다시 지갑 안을 들여다보았다. 한숨이 나왔다. 계산을 마친 빈이 다가왔다.

왜 그러는데, 하는 빈의 물음에 나는 남은 돈이 있느냐고 물었다. 빈은 없다고 했다. 나는 내 상황을 설명했다.

"그런 고민을 왜 해. 일단 엄마한테 이 머리핀을 사 드려. 나중에 엄마를 데리고 다시 이 가게에 오면 그땐 네 돈 쓰지 않고도 저 옷 살 수 있을 거 아냐."

그럴듯한 대답이었다. 나는 머리핀을 들고, 돌아서는 빈을 따라 계산대로 향했다.

카페에 들렀다가 버스 정류장에 도착하니 9시가 훌쩍 넘어 있었다. 벌써 이렇게 되었나. 나와 집으로 가는 방향이 다른 빈은 앞서 온 버스를 타고 떠났지만, 내가 타야 할 버스는 12분이나 기다려야 했다. 그사이 엄마에게서 부재중 통화 한 건과 문자 메시지 두 건이 도착해 있었다. '어디니? 밥 먹자.' 와 '언니 기다린다.' 이모티콘이 없으니 그것만으로는 엄마의 감정을 읽을 수 없었다. 그전에 엄마와 주고받은 문자 내용을 살피다가, 그제야 내가 엄마에게 시내에 간다고 알리지 않았다는 사실을 깨달았다.

그렇다고 이제 와서 뭐라고 답할 수는 없는 노릇. 버스가 조금 일찍 온다면, 그리고 내가 최대한 빠른 걸음으로 집까지 걸어간다면 10시 반 전에는 집에 도착할 수 있을 것이다. 나는 버스가 올 방향만 바라보았다.

버스는 예정보다 늦게 왔다. 최대한 빠른 걸음으로 집까지 걸었지만, 현관 앞에 다다랐을 때는 휴대전화 시계가 11시 17분을 가리키고 있었다. 살며시 문을 열었다. 엄마는 소파에 앉아 신문을 보고 있었다. 소파 앞에 있는 탁자에는 깔끔한 필기체로 'HAPPY BIRTHDAY' 문구가 새겨진 초콜릿 케이크, 오렌지 서너 개가 놓인 접시, 빈 접시 몇 개와 포크가 놓여 있었다.

"어디 갔었어?"

이런, 엄마의 목소리는 예상했던 것보다 더 딱딱했다.

"……시내에."

"기지배가 말이야, 해 좀 길어졌다고 세상 위험한 줄 모르고. 연락하니 답도 없고. 학원도 빠지고 이게 뭐 하는 짓이야. 지금이 도대체 몇 시야?"

엄마가 보던 신문을 내려놓으며 일어났다.

"가족은 안중에도 없어?"

엄마의 언성이 높아졌다. 방에서 언니가 나와 나를 힐끗 보더니 부엌으로 들어갔다.

"시험도 2주밖에 안 남았는데, 일찍 좀 다닐 것이지……."

언니가 컵에 물을 따르며 중얼거렸다. 그 순간, 가스레인지에 올려놓고 그 존재를 까맣게 잊었던 주전자가 불현듯 내 가슴속에서 끓어오르는 느낌이 들었다.

"어쩌라고, 언니가 내 일에 무슨 상관인데!"

"너 지금 언니한테 무슨 말버릇이야!"

엄마가 내 앞으로 다가섰지만, 나는 엄마를 밀치고 내 방으로 들어가 쾅 소리 나게 문을 닫았다. 방 안의 창문이 열려 있었기에 문소리는 생각보다 훨씬 컸다.

"뭐야. 자기가 왜 난리래."

"그냥 놔둬라. 공부는 잘되니? 케이크 먹고 해라."

엄마와 언니가 두런거리는 소리가 들렸다. 항상 저런 식이다. 언니와 내가 같은 방을 쓰지 않는 것을 다행으로 여기며, 나는 외출복 그대로 침대에 엎드렸다. 옷장에 달린 거울 속으로 내 모습이 보였다. 언니와 같다.

언니와 같은 얼굴형에, 같은 머릿결에, 같은 피부색. 그러니까 나는 언니의 외관에 정반대의 성격을 지니고 있는 존재였다.

'그나저나 식구들은 너희 둘을 어떻게 구분한대?

친구의 말이 떠올랐다. 나는 홱 돌아누웠다. 방 안은 시곗바늘이 툭, 툭 끊기는 소리를 내며 돌아가는 것을 빼고는 고요했다. 시곗바늘이 이백 번쯤 그 소리를 반복했을 즈음에, 나는 스르르 잠이 들었다.

그다음 날부터였다. 옷장에 달린 거울 속의 내가 두 명으로 보이기 시작한 것은. 창틀이 조금씩 휜 것처럼 보인 것은. 액자의 한쪽 선이 다른 쪽보다 길어 보인 것은. 4개였던 의자 다리가 5개로 보이거나, 시계 속 숫자가 천천히 회전하는 것처럼 보인 것은.

나는 아무에게도 이 사실을 말하지 않았다. 처음에는 너무 피곤해서 그러려니 했다. 하지만 며칠이 지나도 그런 증상은 여전했다. 그것들은 나를 약 올리고 있었다.

내가 조금만 집중해서 바라보면 거울 속엔 나 혼자뿐이었고, 창틀은 네모 반듯했고, 액자와 의자, 시계도 예전 그대로였다. 그렇지만 초점이 조금만 흐려지면, 내 눈앞의 그것들도 어김없이 삐뚤어졌다. 문제의 사물을 손으로 잡아 보기도 했지만, 여전히 내 눈은 어떻게 된 노릇인지 이해하지 못했다.

그 현상은 줄기차게 나를 따라다녔다. 그 현상이 나타날 때마다 내 기분이란, 반에서 새 짝을 정할 때 가장 싫어하는 친구와 옆자리가 되지는 않을까 할 때의 조마조마함 같은 것이었다. 마치 짝이 다 정해진 후에도 자꾸만 뜸을 들이며 그 결과를 알려주지 않는 한 무리의 악동이 나를 향해 킬킬 웃고 있는 것처럼 느껴졌다.

시간이 지나도 증상은 사라지지 않았다. 대신, 내가 그것에 익숙해졌다. 다만 그 여파 때문인지, 내 머리가 멍청한 이유에서인지, 나는 언니가 말한 2주 뒤의 시험에서 개죽을 쒔다.

영원히 받고 싶지 않았던 성적표를 받고 며칠이 지난 어느 날 오후. 빈 아주머니가 우리 집에 찾아왔다. 언니는 도서관에 간다며 외출했고, 나는 방에서 오랜만에 책상 앞에 앉아 수학 수행 평가 과제물을 작성하고 있었다. 빈 아주머니와 엄마는 부엌에 앉아 담화를 나누었다. 방문이 닫혀 있었지만, 두 사람의 이야기는 들려왔다.

"이게 얼마 만이야. 요새는 눈 좀 괜찮아?"

“괜찮을 게 뭐 있겠어, 아직도 안과 다니지. 어라, 못 보던 머리 핀이네?”

“이거? 빈이가 내 생일 때 사 준 거야. 어때?”

“잘 어울리네. 빈이 보는 눈 있다야. 그런 딸 두어서 좋겠어.”

“나는 그쪽이 더 부럽지. 진이는 이번에도 1등이라며?”

“참, 그게 무슨 별거라고.”

수학 수행 평가 과제물을 다 풀고 막 일어서려던 순간, 나는 동작을 멈추었다. 문제집 표지에 그려져 있던 이름 모를 수학자의 얼굴 속에 또 다른 얼굴 대여섯 개가 깜빡이다가 사라졌다.

어른들의 대화는 계속되었다.

“작은 애 이름이 빈이랑 비슷했던 것 같은데……, 민이였나? 민이는 어때?”

“학업 면에서는 진이가 나아. 민이도 진이 만큼 한다면 나야 별 걱정 없겠지만.”

“아유, 그건 욕심이야. 어떻게 자식이 다 잘날 수 있나?”

나는 문제집을 가만히 내려놓고 부엌과 맞닿아 있는 벽 쪽을 향해 귀를 기울였다. 가슴속에서 물풍선 같은 무언가가 터져 버릴 것만 같았다. 호흡과 심장박동이 제각각 이루어지는 느낌이었다. 나는 반대편으로 고개를 돌렸다. 옷장에 달린 거울 표면이 흐느적 거리고 있었다. 그 안으로 일그러진 얼굴이 하나 보였다. 며칠 전 까지는 두 개가 보이더니, 이번에는 하나였다.

나는 거울 속 얼굴이 나인지, 언니인지 알 수 없었다. 어느 쪽이 든 상관없었다. 그것이 밉상이란 사실만큼은 분명했으니까.

둘의 대화는 계속해서 그런 식으로 흘러갔다. 나는 빈 아주머니가 집을 떠날 때까지, 아니, 그 뒤에도 오랫동안 조용히 침대에 누워 있었다. 잠든 것은 아니었다. 천장을 멍하니 쳐다보고 있었을 뿐. 한참이 지나자 저녁쯤에야 돌아온다던 언니 목소리가 들려왔다. 그리고 벌컥 방문이 열렸다.

"전자사전 있어?"

언니가 물었다. 전자사전은 책상 서랍 첫째 칸에 있다고 대답하지 않았다. 언니 쪽을 쳐다보지도 않았다. 오히려 언니 눈을 피하려고 벽 쪽으로 돌아누웠다. 언니가 문을 닫고 부엌 쪽으로 걸어가는 소리가 들렸다.

"쟤 또 왜 저래? 꼼짝 않고 침대에 엎드려서. 묻는 말에 대답도 않고."

"피곤한가 보지. 언니인 네가 참아라."

언니인 네가 참아라. 너는 왜 언니로 태어난 걸까. 내 또래 친구들은 다 언니에게 반말을 쓰는데, 나는 왜 '언니'라고 해야 할까. 고작 몇 분 먼저 태어났다고 평생 언니 행세인가. 그렇다면 나보다 생일이 늦은 아이들은 모조리 내 동생인가. 무엇 때문에 언니는 언니 행세인가.

똑같이 생겼는데, 뭐가 달라서.

깜박 잠이 들었나 보다. 내가 침대에서 몸을 일으켰을 때 바깥은 이미 어두컴컴해져 있었다. 시계를 들여다보니 자정이 훨씬 넘어 있다. 제기랄.

그사이 언니가 전자사전을 꺼내 간 것은 아닌가 싶어 책상 서랍

첫 번째 칸을 열어 보았다. 전자사전은 그대로 있었다. 그 옆에 놓인 바다색의 나비 모양 머리핀과 함께. 전자사전은 몰라도, 언니가 이것만큼은 보면 안 돼. 가슴 깊숙한 곳에서 속삭임이 들려왔다. 나는 얼른 머리핀을 집어 벽의 옷걸이에 걸려 있는 교복 치마 주머니에 넣었다. 그곳이라면 아무도 건드리지 않을 거라 생각하면서. 짧은 한숨을 내쉰 후 나는 다시 침대로 향했다.

다음 날 아침. 나는 가족과 한마디도 하지 않았다. 얼굴을 맞대고 식사하는 동안에도 나는 내 밥그릇 근처만 바라보며 묵묵히 젓가락질했다.

"엄마는 왜 이렇게 일찍 밥 먹어? 오늘 어디 가?"

"모임이 있어서. 엄마도 너희 가고 곧 나가 봐야 해. 오늘이 수요일이지? 어쩌면 너희보다 집에 늦게 돌아올지도 모르겠다."

"아아, 알겠어."

엄마와 언니도 그날따라 길게 이야기하지 않았고, 가만히 입을 다물고 있는 나를 건드리지 않았다. 엄마가 내게 건넨 말이라고는 내가 신발을 신고 있을 때 했던 인사말이 전부였다.

"저녁 차려 놓을 테니까 일찍 들어와."

나는 아무 대답 없이 현관문을 열고 나갔다. 그리고 필요 이상으로 거칠게 닫았다. 문고리가 잠시 휘어져 보였다. 나는 시선을 돌렸다.

학교에 오는 내내 굳은 표정이었던 얼굴이, 반에 도착해서는 구겨진 표정이 되었다. 수학 수행 평가 과제물. 아이들이 실장에게 제 번호를 부르며 각자의 과제물을 제출하고 있었다. 하지만 나는 과제물을 가방에 챙겨 넣은 기억이 없었다. 지푸라기라도 잡는 심정으로 가방을 뒤지고 신주머니까지 살펴보았지만 허사였다. 미제출은 최하 점수라는데 큰일이다. 중간고사 때 가장 충격적인 점수를 받았던 과목이 수학인데, 수행 평가 점수까지 날아가게 생겼다. 엄마에게 가져다 달라고 할까. 아니다. 이 시간이면 집을 나섰을 것이다. 왜 하필 오늘 모임이 있어서…….

결국 나는 반에서 유일하게 최하 점수를 받았고, 그날 오후에 수학 학원을 가지 않았다. 같은 학원에 다니는 언니가 열심히 수업을 듣고 있을 동안, 나는 혼자 시내에 나가 이곳저곳을 싸돌아다녔다.

7시 5분, 나는 현관문 앞에 도착했다. 휘어진 듯한 문고리가 똑바로 보일 때까지 가만히 바라보다가 손잡이를 돌렸다. 집 안은 깜깜했다. 나는 거실 전등을 켠 후 부엌으로 들어갔다. 식탁은 텅 비어 있었다. 전기밥솥 안에는 밥이 없었고, 개수대에는 아침에 썼던 그릇과 접시가 그대로 담겨 있었다.

더 돌아다니려다 일찍 들어왔더니, 지금 뭐 하자는 거지.

"진이 왔니?"

돌연 안방 문이 열렸다. 나는 무언가 훔치려다 들킨 사람처럼 화들짝 놀라 뒤를 돌아보았다. 엄마가 집에 있었던 건가. 엄마는 깊이 잠들어 있다가 막 일어난 듯했다. 헐렁한 잠옷은 아침에 입었던 것 그대로였고, 머리는 산발이었으며, 초췌한 두 눈은 반쯤 감겨 있었다. 어딘지 모르게 불안정한 모습이었다.

상황으로 판단하건대 모임에도 가지 않은 듯했다. 갑자기 취소

되었나. 그렇다면 엄마는 아침에 수학 수행 평가 과제물을 가져올
수도 있었다는 말이 되는 건가. 거기까지 생각이 미치자 표정이
일그러졌다.

"진이야?"

엄마가 다시 물었다. 나는 잠깐 말없이 서 있었다. 내가 대답해
야 할 말은 내가 진인지 아닌지에 대한 여부가 아니었다. 초점이
흐릿하긴 하지만, 엄마가 두 눈을 온전히 뜨고 나를 바라보고 있
기 때문이었다.

"엄마는 이제 내가 누구인지도 구별하지 못해?"

내 쪽으로 다가오려던 엄마가 그 자리에 멈춰 섰다.

"엄마는 항상 언니부터 찾지? 엄마 눈에는 내가 언니 분신으로
밖에 안 보여? 엄마한테 언니가 전부라면, 언니 낳고 나는 또 왜 낳
았어?"

시야가 점점 흐려졌다. 눈물이 차오르기 때문이 아니었다. 눈앞
에 있는 것들이 전부 일그러졌기 때문이었다. 이런 적은 처음이었
다. 무엇이 무엇인지도 분간하지 못할 정도로 사물이 왜곡된 적
은. 물로 가득 찬 세상 속에서 모든 것이 녹아 사라지고 있는 것처
럼 보일 즈음, 그나마 또렷했던 엄마의 상도 점점 희미해졌다. 그
래서 나는 엄마의 표정을 살필 수 없었다.

"그럼 대체 나는 뭐냐고!"

넓은 보폭으로 부엌과 거실을 가로질러 무작정 현관문을 박차
고 나갔다. 어디로 가야 하는지도 모른 채 나는 달렸다. 놀이터를
가로지르고 상점을 지나쳤다. 왜 그랬는지 모르겠다. 보통 이런

상황이 닥쳤을 때 모두 달렸던 것으로 기억한다. 그 사람들 영향인지, 나도 내가 왜 달리고 있는지 모른 채 막무가내로 달리고 있었다. 교복 치마가 펄럭였지만 별로 신경 쓰지 않았다. 이렇게 달렸던 사람들 중에 나와 같은 상황, 나보다 더한 상황에 있었던 사람이 있었을까.

공원에 다다를 즈음 나는 속도를 늦췄다. 가쁜 숨을 몰아쉬며 근처에 있는 벤치에 주저앉았다. 친구 몇 명에게 뭐 하냐는 문자를 보냈는데, 답장을 하는 아이는 없었다.

이제 어떻게 하지, 생각하며 허공을 응시하고 있다가 치마 주머니에 손을 찔러 넣었다. 왼쪽 주머니에서 천 원짜리 지폐 두 장과 동전 몇 개가 나왔다. 오른쪽을 뒤적이자 딱딱한 무언가가 손에 잡혔다. 나비 모양 머리핀이었다.

그런데 형체를 알아보자마자 그것이 변하기 시작했다. 푸른 빛깔이 퇴색하여 어두운 보랏빛이 되었다가, 죽은 식물의 이파리 색으로 변했다. 곧게 뻗은 날개가 점점 접히는 것처럼 보이더니 밑으로 축 처졌다. 이제 그것은 나비 모양이 아니라 나방 모양이었다.

뚝, 나는 그것을 두 조각으로 부러뜨렸다. 그리고 곁에 있는 쓰레기더미에 던졌다. 마음속에 큰 파도가 일렁이는 느낌이 들었다.

윙― 휴대전화 진동 소리가 났다. 문자 메시지가 한 건 와 있었다. 친구인가 싶어서 확인했더니 언니였다.

어디야?

학원에 왜 안 왔냐는 추궁이겠지. 나는 그냥 휴대전화를 내려놓으려다가, '왜.'라고만 답장을 보냈다.

'어디냐고.'

내가 바른 답을 할 때까지 끈질기게 물어올 언니다. 공원이라고 사실대로 말하기는 싫고, 어떻게 둘러댈지 고민하던 차에 잇따라 문자가 도착했다.

'엄마 입원했어.'

응? 한참 동안 그 여섯 글자를 바라보며 나는 가만히 서 있었다. 목덜미에 얼음물을 한 바가지 들이부은 것 같다. 이게 무슨 소리지. 윙— 상황을 판단하기도 전에 한 건이 더 도착했다.

'오늘 엄마 생일인 건 알고 있었어?'

종합병원에 도착했다. 치료가 끝나고 엄마는 잠들어 있었다. 나는 언니와 침대 옆에 나란히 섰다.

"뭣 때문인지는 나도 몰라. 조금 있다가 의사 선생님이 오셔서 설명하시겠지. 분명한 것은 내가 십 분만 엄마를 늦게 발견했으면 실명했을 수도 있었다는 거야."

깊이 잠들었지만 평온해 보이지는 않는 엄마를 보며 언니가 중얼거리듯 말했다. 말투는 그렇지 않았지만, 꼭 나를 질책하는 것처럼 들렸다. 나는 조용히 서 있기만 했다. 마음속에 거미줄이 끝없이 얽히고 있는 것만 같다. 환자복을 입은 엄마의 몸이 무척 왜소해 보였다.

고작 두어 시간 전, 내가 엄마에게 마음의 소리를 토해낼 때, 그때 엄마는 나를 못 알아본 게 아니라 내 얼굴이 아예 보이지 않으셨다는 말인가. 그래서 그렇게 비틀거리셨던 건가. 내 눈은 점점 풀렸지만 그럴수록 엄마의 얼굴이 또렷하게 보였다. 알 수 없는 노릇이었다.

언니가 주섬주섬 지갑을 꺼냈다.

"엄마 일어나면 드리게 음료수 같은 거라도 사 올게."

"아, 잠깐만."

나는 언니를 막아섰다.

"내가 사 올게."

이곳을 벗어나고 싶어 내뱉은 말이었다. 언니는 그런 나를 의아한 눈빛으로 쳐다보았다. 그 시선을 피해 언니에게 돈을 건네받았다.

나는 느리게 걸었다. 엄마가 깨기 전에 다녀와야 한다는 생각이 들었지만, 힘이 나지 않았다. 보통 때 같으면 대여섯 걸음 만에 스쳐 지나갔을 복도를 십여 초가 흐르도록 벗어나지 못했다. 언제 이렇게 천천히 걸어 본 적이 있었나 싶을 정도였다. 나는 한참이 지나서야 건물을 빠져나왔다.

밤하늘은 깊었다. 흐릿한 별 몇 개가 번쩍이다가 사라졌다. 주위에는 아무도 없었다. 걸음이 느려지자 사물의 윤곽이 전보다 더 잘 보였다. 그러나 하나같이 쓸쓸한 형상들이었다. 발걸음이 점점 더 더뎌졌다. 발을 내딛는 폭도 점점 줄어들어 마침내 나는 어딘가에 멈추어 섰다.

조금만 쉬었다가 가자. 잠시 멍하니 서 있고 싶었다. 공 수십 개가 머릿속에서 마구 튀고 있다가 일제히 내려앉는 기분이었다. 내 안과 내 밖에 일제히 고요함이 찾아왔다. 아주 오랜만에, 어쩌면 처음으로. 그리고 그 고요함 속 저만치 멀리 새하얀 환자복을 입은 여인과 그 여인의 팔을 꼭 붙잡은, 나이가 두 자리 수도 되어 보이지 않는 꼬마가 걸어갔다. 그들의 걸음걸이는 조금 전의 내 것과 꼭 비슷한 속도였다. 거리가 멀어 자세히 알 수는 없었지만, 여인은 앞이 보이지 않는 듯했다. 그 옆을 꼬마가 꼭 지키며, 함께 걸음을 맞추어 걷고 있었다. 그 순간, 망치질을 당한 듯 가슴이 울컥했다.

나는 엄마가 정기적으로 병원에 다니는 이유가 무엇인지 알기나 했던가. 엄마가 나를 분간하지 못한 것은 경우에 없는 일이고, 내가 엄마의 상태를 파악하지 못한 것은 받아들일 수 있는 일이던가. 그렇지만 넌 네가 바라던 옷까지 포기하며 엄마 선물을 사기도 했잖아, 하고 내 안의 또 다른 내가 반박했다. 그건 지금 어디에 있지? 반대쪽에서 물어왔다. 그리고 과연 그게 엄마를 위한 선택이었을까?

결국, 나는 엄마에게 해 준 것이 아무것도 없지 않은가.

엄마는 그날부터 보름 후, 화요일에 퇴원했다. 의사 선생님은 길지는 않았지만, 그동안 치료한 덕에 엄마 눈이 많이 호전되었다고 전해 주셨다. 앞으로 안과에 방문해야 하는 주기가 더 길어질 것 같다고도 하셨다.

우리 가족이 처음에 봤을 때보다 더 화목해진 것 같다고도 덧붙이셨다.

수요일 저녁 6시 30분. 나는 현관문을 열었다.

"누구야? 민이? 진이?"

부엌에서 엄마 목소리가 들렸다. 내 얼굴에 어렴풋이 미소가 떠올랐다가 사라졌다. 민이, 하고 나는 답했다.

"학원은 어쩌고? 또 빼먹었어?"

엄마가 현관에서 책가방을 받아 주며 물었다. 그러나 타이르는 목소리는 아니었다.

"오늘 쉬는 날이야. 언니는 독서실에 갔어."

그렇게 말하며 나는 엄마에게 등 뒤로 감춰 뒀던 케이크를 내밀었다.

"어머나, 이게 뭐야?"

"병원에서는 자꾸 음식물 반입이 안 된다고 해서 지금 주는 거야. 초콜릿 케이크가 제일 맛있어 보여서 샀는데, 괜찮지?"

그리고 보니 엄마가 어떤 케이크를 좋아하는지조차 모르고 있었다. 내가 초콜릿 케이크를 고른 이유는 다름 아닌 내 생일 때의 케이크가 생각나서였다. 결국 생일 주인공 중 한 명은 한 입도 먹지 못했던 그때의 초콜릿 케이크를 생각하면 마음이 아팠다.

우리 가족에게 마음 아픈 기억의 상징으로 무언가 남기를 원하지 않았다. 그렇지만 엄마가 좋아할까. 엄마의 첫 반응은 야릇했다. 하지만 나는 엄마의 표정이 점점 환해지는 것을 느낄 수 있었다. 엄마는 그것을 그냥 케이크가 아니라, 매일 속만 썩이던 작은 딸의 진심이 깃든 선물로 생각하는 듯했다.

내 방으로 들어오며, 나는 또 한 번 기분 좋은 웃음을 흘렸다. 병원에 도착했던 그날부터였을 것이다.

일상에서의 내 발걸음이 점점 여유를 가지게 된 것은. 옷장에 달린 거울 속의 내가 다시 온전한 나 한 명으로 보이기 시작한 것은.

창틀이 조금씩 곧게 보인 것은. 액자의 한쪽 선과 다른 쪽 선이 같은 길이로 보이며, 의자 다리가 원래의 개수대로 보이고, 시계 속 숫자들이 제자리를 찾아간 것은.

안녕하십니까? 이번 평사리 청소년 문학상을 받게 된 대구 외국어 고등학교 1학년 남명현입니다.

당선되었다는 연락을 받고 많이 놀랐습니다. 작품을 보내고 나서 주위 분들에게 제 작품을 보여 드렸고, 모자란 점이 많다, 아쉬움이 남는다는 평가를 많이 들었습니다. 나름대로 열심히 썼다고 생각했지만, 혹평을 듣고는 섭섭했습니다.

소설가를 꿈꾸어 왔던 저였기에 글이 아직 많이 부족하다는 사실에 서글픈 생각마저 들었습니다. 그렇게 《착시 현상》은 저에게 부끄러운 습작으로 남을 줄로만 알았습니다. 그랬던 제게, 당선 소식은 정말 뜻밖이었습니다.

덕분에 저는 제가 이 글을 쓰게 된 과정을 다시 한 번 돌아보게 되었습니다. '착시'라는 소재가 떠오른 것은 지난여름, 국어 교과서에 나왔던 착시 그림을 보고 난 직후였습니다.

같은 듯 다른 그림. 상황에 따라 다르게 보이는 그림. 불현듯 착시가 느껴지지 않는다면 어떨까 하는 호기심이 들었고, 그것은 일상에서도 착시가 보이면 어떻게 될까 하는 궁금증으로 옮겨 갔습니다.

언젠가 그것을 소설에 담아내야겠다고 작정했지만, 그 순간이 예상했던 것보다 빨리 온 듯합니다. 저는 돌이켜 생각해 보았습니다.

'《착시 현상》을 제가 더 자란 뒤에 썼더라면 주위로부터 서운한 평가를 받지도 않았을 것이고, 나 자신도 만족스러웠을 텐데…….'

그렇지만 곧바로 이런 생각이 뒤따랐습니다.

그렇다면 기교적 측면에서는 조금 더 발전되었을지 모르지만, 이 글에서 다루고 있는 사춘기 소녀의 심리 묘사는 훨씬 더 어색해졌을지도 모른다고. 나는 이 글을 적절한 시기에 쓴 것이라고. 이 작품이 비록 부족하기는 하지만, 틀림없이 나를 향상시켜 주었을 것이라고. 그리고 나에게 이 작품은 마지막이 아니라 시작이며, 앞으로도 많은 기회가 있을 것이라고.

저는 제 작품이 훌륭하다고는 생각하지 않습니다. 그렇지만 저는 이 작품을 통해 저 자신을 깊이 돌아볼 수 있었고, 제가 아직 많은 가능성을 지니고 있다는 희망을 품게 되었습니다.

포기하지 말고 더 높은 곳을 향해 도약하라는 격려의 의미로 받아들이고, 앞으로도 최선을 다하겠습니다. 감사합니다.

남명현

|2013 평사리 청소년 문학상 장려 수상작|

김은진

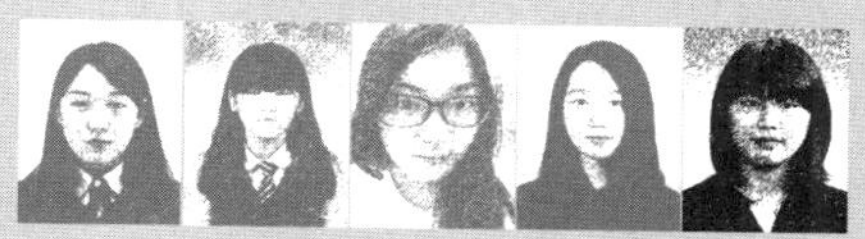

검은 양이 집으로 돌아왔다

김은진
안양 예술 고등학교 1학년

검은 양이 집으로 돌아왔다

고모의 사진은 살아 계실 당시 그 모습 그대로였다. 흑발의 머리카락에 표독스럽게 위로 올라간 눈매. 유독 가늘고 작은 코와 아래로 축 처진 입꼬리까지. 금방이라도 그 안에서 뛰쳐나와 역정을 낼 것만 같았다.

무미건조한 눈빛으로 고모의 얼굴을 바라보다 고개를 돌렸다. 검은색 정장을 챙겨 입은 오빠가 사람들과 인사를 나누고 있었다. 밤 11시가 조금 넘자 찾아오는 사람들의 발길이 뜸해졌다.

집안을 가득 메운 향 향기에 얼굴을 찡그렸다. 그리고 거실 한쪽 창을 열었다. 창문을 여는 순간, 하 하고 숨을 내뱉었다. 봄, 봄이 왔다. 집안에 부는 바람은 따스한 기운을 품고 있었다.

항상 이맘때면 아빠가 생각났다. 나는 유독 아빠의 냄새를 좋아했다. 씁쓸한 담배 냄새와 레몬 향 향수가 뒤엉킨 냄새. 그 냄새를 맡고 있으면 불안한 마음도 진정되는 것 같아서 아빠의 품에 안기

길 좋아했다. 하지만 아빠가 돌아가신 뒤로 그 냄새를 맡을 수 없었다. 그저 아주 오래된 기억을 더듬어 그때의 기분을 회상하는 게 전부였다.

"지희야. 이제 창문 닫아라."

엄마의 목소리에 천천히 창문을 끌어당겼다. 그때 초인종이 울렸다. 엄마는 방 안에서 고개를 내밀어 나를 바라보았다. 나 역시 멍하니 엄마를 보다 마당으로 나갔다. 그리고 녹이 슨 파란색 철문 앞으로 다가갔다. 고모 제사를 보러 온 사람인가? 엄마가 중얼거렸다. 천천히 철문 손잡이를 돌려 안으로 당겼다. 철문은 기기 긱 하는 기괴한 소리를 내며 열렸다.

"아."

아무 말도 할 수 없었다. 그건 엄마도, 이상한 침묵이 의아해 고개를 내민 오빠도 마찬가지였다. 민희는 어색한 미소를 지어 보였다. 3년 사이 몰라보게 변한 민희의 얼굴과 그 품에 안긴 어린아이가 눈에 들어왔다. 민희는 가족을 둘러보며 중얼거렸다.

"다녀왔습니다."

스무 살 되던 해, 봄밤.

고모의 제삿날에 가출했던 동생이 돌아왔다.

엄마와 오빠는 아무 말도 하지 않았다. 충격이 컸는지 그저 멍하니 민희를 바라보기만 했다. 민희 역시 어색한 듯 아이 얼굴만 들여다보았다. 3년 사이 민희는 많이 변해 있었다.

앳된 얼굴은 온데간데없이 사라지고, 까무잡잡하게 탄 피부에 짙은 다크서클이 눈 밑에 자리 잡고 있었다. 항상 날카롭게 쏘아

보던 눈빛은 기가 많이 죽어 축 처져 보였고, 바짝 마른 몸은 안쓰러워 보일 정도였다. 아무 말도 하지 못하고 자신을 바라보는 가족을 보던 민희가 어색한 웃음을 보였다.

"배고프다. 밥 있어?"

잔뜩 쉬어 갈라진 목소리에 오빠는 번뜩 정신을 차린 듯했다. 오빠는 새언니 불러 음식을 챙겨 달라고 부탁했다. 새언니는 민희를 힐끔 바라보았다. 그리곤 알겠다는 대답을 한 뒤, 자리에서 일어섰다. 그때 아이가 자지러질 듯 울음을 터뜨렸다.

민희가 아이를 토닥토닥 두들기며 어르기 시작했다. 엄마는 기가 막힌 표정으로 민희를 바라보았다. 민희는 그런 시선도, 아이의 신경질적인 울음소리도 익숙한 듯 아무렇지 않아 보였다. 새언니는 금세 제사 음식을 챙겨 내왔다. 한 상 가득 차린 음식에 민희는 침을 꿀꺽 삼켰다. 하지만 아이는 좀처럼 울음을 그치지 못했다. 그런 모습을 멍하니 바라보던 엄마가 손을 내밀었다.

"이리 내."

민희가 불안한 눈빛으로 엄마를 바라보았다. 단 한 시간 만에 폭삭 늙은 듯한 엄마는 한숨을 내쉬며 말했다.

"애 어떻게 안 하니까 넌 밥이나 먹어."

그제야 민희가 떨리는 손으로 아이를 건네주었다. 엄마 품 안으로 들어간 아이는 금세 잠잠해지기 시작했다. 민희는 놀란 듯 눈을 동그랗게 떴다.

하지만 이내 먹음직스러운 음식으로 눈길을 돌렸고, 밥을 먹기 시작했다. 조금은 성급하게 입안으로 음식을 밀어 넣는 민희에게

서 엄마는 고개를 돌렸다. 엄마의 눈가가 촉촉해졌다.

"누구 애야?"

아무 말도 하지 않던 오빠가 물었다. 민희는 오빠를 바라보지 않았다. 그저 흰 쌀밥을 자신의 입안으로 밀어 넣고 있었다.

"누구 애긴. 내 아이지."

민희의 대답은 능청스러웠다. 오빠는 한숨을 내쉬었다. 갑갑한 공기가 방 안을 가득 메우기 시작했다. 순간 민희가 집 나갔을 때가 떠올랐다.

아마 그때는 여름방학이 얼마 남지 않았던 시기였을 것이다. 모의고사를 마치고, 집에 일찍 온 나는 한가로이 컴퓨터를 하고 있었다. 그때 잔뜩 울어 얼굴이 퉁퉁 붓고 목소리가 쉬어 버린 민희가 집안으로 뛰어들어왔다. 그 모습에 놀라 아무 말도 하지 못했다. 샛노란 민희의 머리카락은 잔뜩 헝클어져 있었고, 짧은 교복 치마는 구겨질 대로 구겨져 제 모양을 내지 못하고 있었다.

모든 상황은 엄마가 집에 오고 나서야 알 수가 있었다. 학교에서 민희가 반 아이들의 돈을 훔쳤다고 담임 선생에게 연락이 왔다. 하지만 민희는 자신이 범인이 아니라 잡아뗐고, 그 결과 반 아이들과 몸싸움을 벌였다는 것이다.

이 일로 민희는 정학을 당했다. 정학이라는 말에 엄마는 소리를 내지르며 민희에게 온갖 욕을 내뱉었다. 민희는 아무런 변명도, 불만도 토해내지 않았다. 한참 뒤에 엄마는 민희를 싸늘히 내려다보면서 말했다.

"내가 어쩌다 너 같은 딸을 낳았는지……."

엄마는 쾅하고 방문을 닫고 들어가 버렸다. 민희는 그 자리에서 꿈쩍도 하지 않았다. 나 역시 혀를 차며 방으로 들어갔다. 항상 그렇듯 말이다. 중학교에 입학하고 민희는 소위 '날라리'가 되었다.

샛노란 머리에 짧은 교복을 입고 짙은 화장품 냄새를 풍겼다. 집에 늦게 들어오는 건 일상이었다. 외박에, 술과 담배를 했고, 종종 학교 아이들 돈을 뜯는 그런 아이. 그게 바로 민희였다. 사건이 있을 때마다 엄마는 항상 폭언과 욕설을 서슴지 않았고, 민희는 그것을 묵묵히, 아무렇지 않은 듯 들었다.

그날도 그럴 거라 생각했다. 평소와 같이. 하지만 다음 날, 민희가 사라졌다. 세뱃돈, 용돈을 틈틈이 모아 120만 원가량 돈이 든 통장을 들고.

민희는 밥 두 그릇을 싹싹 비워 먹었다. 그리곤 엄마 품에서 곤히 잠든 아이를 안아 들었다. 민희의 움직임은 능숙했다. 오빠는 그런 민희와 아이를 노려보며 다시 물었다.

"똑바로 말해. 누구 애야? 언제 낳은 거고?"

민희는 대답하기가 망설여지는 듯 입술을 축였다. 그리곤 고개를 숙이고 중얼거렸다. 그녀는 지난 3년간 자신과 함께 동거한 남자친구가 있었다고 말했다. 자신보다 한 살이 많은 그를 인터넷 채팅에서 우연히 알게 되었고, 그의 집에서 함께 살다 결국 아이까지 가지게 된 것이었다.

하지만 남자친구는 민희가 아이를 갖자 그녀를 자신의 집에서 내쫓았다. 임신을 한 채로 노숙할 수가 없어 보호 시설에 들어갔고, 아이를 낳자 그곳에선 아이를 입양시키는 게 어떠냐고 끈질기게 권유했다. 더럭 겁이 난 민희는 아이를 데리고 도망쳐 집까지 오게 되었다고 이야기했다. 오빠는 심각한 표정으로 민희를 바라보았다.

"누구야. 어디 사는 누구냐고. 너 똑바로 말해."

하지만 민희는 대답하지 않았다. 그저 고집스럽게 입술을 다물고 있을 뿐이었다.

민희가 온 뒤, 집안 분위기는 달라졌다. 매일 새벽, 아기의 우렁찬 울음소리가 울려 퍼졌다. 엄마는 시도 때도 없이 민희에게 소리를 질렀고, 오빠는 끊었던 담배를 다시 피웠다. 새언니는 겉으론 상냥한 척 굴었지만, 돌아온 민희가 탐탁지 않은지 항상 싸늘한 눈길로 내려다보았다.

하지만 정작 당사자는 태평했다. 그 모습이 더욱 마음에 들지 않았는지 엄마는 아빠의 사진을 보면서 푸념을 늘어놓기도 했다. 조용하고 차분했던 집에 묘한 긴장감이 흘렀다.

짜장 라면, 당근, 감자, 그리고 분유. 영수증을 천천히 읽어 내려가던 눈길이 '분유'라는 글자에서 멈췄다. 장 본 물건을 힐끔 쳐다보았다. '해피 마트'라고 적힌 주황색 봉지 틈에서 분유통이 보였다. 한숨을 내쉬며 골목길로 들어섰다.

그때 저 멀리서 거친 고함이 들렸다. 오빠의 목소리였다. 직감적으로 불안함을 느낀 나는 집으로 뛰어갔다. 녹슨 파란색 대문 안으로 들어섰을 때 그 어떠한 말도 내뱉을 수가 없었다.

집안은 난장판이 되어 있었다. 화분이나 그릇은 깨져 있었고, 벽에 걸려 있던 가족사진과 책장 속 책들은 마당에 널려 있었다. 거실 바닥에서는 아이가 악을 쓰며 울고 있었고, 민희는 엉망이 된 꼴로 마당에 주저앉아 있었다.

오빠는 얼굴이 벌게지도록 민희에게 고래고래 소리를 지르고 있었고, 엄마는 새파랗게 질린 얼굴로 민희를 보고 있었다. 너무 놀라 목소리도 제대로 나오지 않았다.

오빠는 당장 그 여자와 남자네 주소를 대라고 소리치고 있었다. 그 순간, 오빠의 목소리에 엄마는 번뜩 정신을 차렸는지 얼굴을 잔뜩 구기면서 민희를 바라보았다. 그리고 민희에게 달려들어 억 센 손으로 민희의 등을 내려쳤다. 짝짝 하는 소리와 함께 엄마의 날카로운 목소리가 들렸다.

"이 제정신 아닌 것! 엄마 얼굴에 먹칠하는 것도 유분수지! 네 가 제정신이야? 어? 말해 봐! 어떻게 네가 엄마한테 이럴 수 있어? 네가 사람이야? 어떻게 나한테 이럴 수 있냐고!"

민희는 묵묵히 엄마의 분노를 받아 내고 있었다. 엄마는 민희의 어깨를 잡아끌었고, 민희는 힘없이 휘청거렸다.

"엄마, 진정해."

오빠가 엄마의 팔을 잡아끌며 말했다. 하지만 엄마는 이미 이성 을 놓아 버린 듯 계속해서 소리를 질렀다.

"널 낳는 게 아니었어! 내가!"

엄마의 비명은 울음소리로 바뀌었다. 엄마는 그 자리에 털썩 주 저앉아 가슴을 내려쳤다. 엄마의 통곡, 민희의 흐느낌, 아이의 울 음소리, 오빠가 나를 향해 소리치는 소리. 머리가 아팠다. 온몸이 붕 떠오르는 기분이었다.

우선 오빠를 도와 엄마를 방 안으로 데리고 갔다. 그리고 마루에서 정신없이 우는 아이를 안아 들었다. 아이는 얼굴이 벌게지도록 소리를 내지르고 있었다. 그제야 아이 울음소리를 들었는지 민희가 넋 나간 얼굴로 아이를 달라고 손을 뻗었다. 그 모습에 더럭 겁이 났다. 민희는 붉게 충혈된 눈으로 나를 바라보았다. 민희의 얼굴을 똑바로 바라보는 것이 얼마 만인지 모르겠다. 민희는 잔뜩 가라앉은 목소리로 말했다.

"줘."

민희의 품안으로 아이를 넘겨주었다. 그제야 아이는 잠잠해지기 시작했다. 민희는 비틀거리며 자신의 방 안으로 들어갔다.

오빠와 나는 집 안을 치우기 시작했다. 누군가 밟아 버린 가족사진을 닦아 다시 걸어 놓고, 책들을 원래 자리에 꽂았다. 쓰레기를 치우고 걸레질을 하며 흔적을 지워 나갔다.

오빠는 한숨을 내쉬더니 담배를 꺼내 입에 물었다.

모두 밖에 나가고 집에 엄마와 민희, 이렇게 단둘이 있을 때 민희 남자친구와 그의 어머니가 들이닥쳤다고 오빠는 말했다. 남자친구의 엄마라는 여자는 다짜고짜 민희의 머리채를 잡아끌며 소리 질렀고, 민희를 마당으로 내던졌다. 그리곤 집안에 있는 물건이란 물건은 다 내던지며 난동을 피웠다. 엄마가 놀라서 밖으로 나오자 여자는 엄마에게 삿대질하며 온갖 욕을 퍼부었다. 고성이 오가고 폭력이 오갔다. 민희는 남자친구에게 엄마를 데리고 나가라고 소리 질렀고, 남자친구는 각서를 쓰라며 서류를 내밀었다. 각서의 내용은 그에게 어떠한 양육비나 위자료를 요구하지 않겠다는 내용이었다. 민희는 각서를 쓰지 않겠다고 버텼고, 여자는 민흐의 뺨을 내리치고 소리를 지르며 사인을 요구했다. 한참의 실랑이 끝에 그들은 기어코 민희의 사인을 받아 냈다.

오빠는 전후 상황을 말하고는 담배를 빨며 인상을 썼다. 힐끔 민희가 있는 방을 바라보았다. 그리고 마당에서 일어나 방으로 들어갔다. 민희는 바닥에 주저앉아 아이에게 밥을 먹이고 있었다. 머리는 여전히 산발이었고, 입고 있던 뜨개옷은 목이 다 늘어나 엉망이었다.

나는 민희를 노려보며 말했다.

"너 제정신이니? 어쩌다 그런 놈이랑 애까지 낳은 거야?"

민희는 대답하지 않았다. 그저 멍하니 허공을 보고 있었다. 답답함에 화가 터져 나왔다.

"우리한테 미안하지도 않아? 무슨 생각으로 다시 들어온 거야? 너 지금 겨우 열아홉 살이야! 남들은 학교, 독서실, 학원 다니면서 수능 준비하는데 너는 지금 여기서 이러고 있다고! 아빠 돌아가시고 우리 키우겠다고 고생한 엄마, 오빠한테 미안하지도 않아? 정말 한심스럽다."

그 말에 민희는 고개를 돌려 나를 바라보았다. 벌게진 눈 밑 사이로 눈물이 차오르는 게 보였다. 민희가 부들부들 떨리는 목소리로 말했다.

"미안하지 않아? 무슨 생각이냐고? 우리 키우겠다고 고생한 엄마, 오빠? 우리가 아니고 언니겠지. 애초에 내가 이 집 가족이긴 했어? 우리 집에서 진심으로 날 아껴 준 사람이 있긴 한 거냐고!"

민희가 버럭 소리 질렀다. 반박하지 못했다. 그저 놀라 민희를 바라보기만 했다. 민희는 독기 어린 눈빛으로 이야기했다.

"어쩜 이렇게 한결같아? 명문대생에 엄마, 아빠 사랑 혼자 독차지하니까 자기가 뭐나 되는 줄 아나 봐? 그래, 나 중졸에 미혼모야! 근데 내가 이 꼴이 될 때까지 우리 가족은 뭐 했는데? 나 욕하고 때리고 따돌린 거 말고 한 게 뭐가 있는데? 언니가 말해 봐. 언니가 나한테 해 준 게 뭐야?"

민희는 숨을 거칠게 몰아쉬더니 고개를 돌려 버렸다. 얼굴이 달아올랐다.

"너!"

민희를 향해 소리쳤다. 하지만 이내 민희가 내뱉은 한마디에 더는 어떠한 말도 하지 못했다.

"내 인생을 망친 건 언니야."

멍하니 민희를 바라보았다. 발아래 지탱하던 무언가가 무너져 내리는 기분이 들었다. 숨을 거칠게 몰아 내쉬던 민희는 고개를 숙였다. 덜덜 떨고 있는 민희의 목덜미 사이로 푸른 멍이 보였다.

아빠의 죽음은 갑작스러웠다. 뇌졸중으로 쓰러진 아빠는 우리 가족이 준비할 틈도 없이 세상을 떠났다. 아빠의 장례식 날 우린 그 안에 들어가지도 못했다. 무서웠다.

난생처음 들어 보는 엄마의 비명 섞인 울음소리도, 흰 꽃에 둘러싸인 아빠의 사진도. 그저 한자리에 서서 민희의 손을 꼭 붙잡고 있었다. 그때 민희의 손은 부드러웠던 것으로 기억한다.

아빠의 장례식이 끝나고 오빠와 엄마는 생계에 뛰어들었다. 아직 나와 민희는 초등학생이었고, 돈이 필요했다. 매일 밤, 새벽녘까지 엄마와 오빠를 기다리다 잠드는 날이 늘어갔다.

아빠의 부재로 찾아온 공포감과 외로움은 어린 나에게 큰 충격으로 다가왔다. 그때 결심했다. 내가 정신을 차려야 한다고. 공부를 열심히 했다. 그래야 오빠와 엄마의 부담을 줄일 수 있을 거라고 생각했다.

처음 학교에서 1등을 했을 때, 엄마는 나를 껴안고 한참 동안 울었다. 처음엔 엄마가 왜 우는지 몰랐다. 엄마가 신경 쓰지 않게 준비물도 잘 챙기고, 공부도 열심히 하고, 대회 나가서 상도 받고 그랬는데 엄마는 왜 눈물을 흘리는 것일까? 엄마는 그저 나를 꽉 안아 주었다. 참으로 오랜만에 느끼는 엄마 품이었다.

그 뒤로 오빠와 엄마의 관심은 내게 쏟아졌다. 내게 많은 것을 기대하고 의지했다. 성적을 올리고, 상을 받아 오고, 칭찬을 받을수록 내게 생긴 건 기쁨보다는 안도감이었다. 엄마와 오빠의 걱정을 덜 수 있겠다는 안도감.

정신을 차려 보니 내가 짊어지고 있는 짐들은 엄청났다. 혹시라도 성적이 떨어질까 봐 언제나 노심초사했고, 선생님이나 친구들 눈 밖에 날까 전전긍긍이었다.

하지만 민희는 달랐다. 나와 달리 그 아이는 자유로웠다. 자기가 하고 싶은 것을 마음껏 하면서 자유를 누렸다. 민희는 나와 달리 친구들에게 인기도 많았고, 끼와 재능이 넘쳤다. 민희가 성적을 조금이라도 올리고 온 날이면 집은 잔치라도 열 듯 기뻐했고,

타고난 재능으로 상이라도 받고 오면 그날 엄마는 잠든 민희를 보며 그 누구보다 환한 미소를 지어 보였다.

'내가 만약 저 점수를 받고 와도 저리 웃어 보일까? 내가 저 상을 받아 오면 똑같이 잠든 내 머리를 쓰다듬어 주실까?' 라는 생각을 수도 없이 했다.

아무런 의무도 짊어지지 않은 민희가 부러웠다. 자기만의 꿈을 꾸고 주위에 사람들이 자연스레 모여들어 남의 눈치라고는 보지 않는 그런 아이. 늘 의무감과 강박관념에 시달리는 나와 전혀 달랐다. 사춘기를 겪으면서 단 한 번도 엄마에게 소리를 질러 보지 못한 나와 달리 민희는 자신의 감정을 있는 그대로 드러냈다. 내가 섣불리 싫다고 하지 못하는 것을 천연덕스럽게 하지 않겠다며 투정을 부렸다. 내가 놓칠까 봐 전전긍긍하는 친구들은 민희를 잃을까 봐 불안해했다.

어쩌면, 어쩌면 나는 민희가 중졸에, 미혼모가 된 모습을 보며 내가 민희보다 나은 삶을 살고 있다고 안도하고 있었는지도 모른다. 민희가 고통스러워하는 것을 보며 스스로 만족하고 있는지도 모른다.

이런 생각이 밀려들어 민희에게 어떠한 말도 하지 못했다. 나의 지독한 이기심을 들켜 버린 것 같아서 민희의 얼굴을 볼 수 없었다.

민희는 방 밖으로 나오지 않았다. 엄마와 나는 만나려고 하지 않았다. 때문에 민희의 뒷수발을 드는 건 오빠와 새언니였다. 새언니는 그런 민희의 태도가 마음에 들지 않았는지 불평을 늘어놓았다.

민희는 하나의 상처였다. 고름이 생기고, 부풀어 오를 대로 올라 터뜨리면 엄청난 아픔이 찾아오는. 우리 가족에게 생긴 흉터였다. 그렇기에 그 누구도 민희를 건드리려고 하지 않았다. 하지만 상처에 생긴 고름은 언젠간 흘러나오게 되는 법이었다.

"엄마, 안 자?"

새벽녘 안방에 여전히 불이 켜져 있어 그 안으로 들어섰다. 어느새 작아져 버린 엄마는 방 한가운데 몸을 웅크리고 앉아 무언가를 보고 있었다. 그림일기였다.

엄마는 자신의 눈가를 연신 훔치며 그것을 보고 있었다. 그런 엄마를 멍하니 쳐다보았다. 가슴 안에서 무언가 꿈틀대는 게 느껴졌다. 엄마의 등 뒤로 가 엄마를 안았다. 엄마는 내 기척에 나지막이 중얼거렸다.

"생각해 보니 네 아부지 돌아가시고 우리 가족끼리 어디 여행 간 적이 없네."

엄마는 손을 뻗어 그림일기의 그림을 매만졌다. 어린아이 둘, 여자와 남자. 이렇게 가족 네 명이 동물원에 있는 그림이었다. 엄마는 울먹거리며 말했다.

"민희 고것이 동물원에 가는 걸 참 좋아했는데, 나는 왜."

"엄마."

"왜 고것을 한 번도 데리고 가지 못했을까, 이 생각이 들어."

엄마의 허리를 더욱 강하게 안았다. 엄마는 고개를 숙이며 중얼거렸다.

"왜 한 번도 민희를 안아 주지 못했을까, 왜."

엄마의 목소리가 귓가에 맴돌았다. 왜. 이 말이 가슴 안쪽에 깊게 새겨졌다.

학교를 마치고 천천히 골목 안쪽으로 걸어갔다. 엄마의 목소리가 귓가에 자꾸만 걸려 마음이 불편했다. 이것 역시 민희에 대한 질투일까? 그건 아닌 것 같다.

더는 민희를 질투하지 않는다. 왜일까? 스스로 드는 의문은 매듭짓지 못한 끈처럼 널브러진 기분이 들었다. 그때, 멀리 한 무리의 사람들이 모여 있는 게 보였다. 그리고 그 틈 속에서 아이를 자신의 배 쪽에 앉힌 민희가 보였다. 민희는 잔뜩 벌게진 얼굴로 김씨 아줌마를 노려보고 있었다. 김씨 아줌마는 우리 동네 골목길 앞에서 작은 슈퍼를 운영하는 여자였다. 김씨 아줌마는 비웃음을 흘리며 민희를 바라보았다.

"지금 뭐라고 하셨어요?"

민희의 말에 김씨 아줌마는 가소롭다는 듯 어깨를 으쓱 들어 올렸다. 민희는 흥분해서 김씨 아줌마 앞으로 달려들었다.

"뭐라고 하셨냐고요!"

"아니, 이거 왜 이래!"

김씨 아줌마는 민희의 팔을 붙잡고 바닥에 내던졌다. 휘청거리던 민희는 자신의 품에 안은 아기를 감싸며 쓰러졌다. 하지만 이런 상황에도 동네 사람들의 수군거림은 멈추지 않았다. 쓰러져 있는 민희를 발견하자마자 온몸이 굳어 버리는 것 같았다. 민희는 차마 고개를 들지 못하고 아이를 끌어안고만 있었다.

"쟤, 도씨네 둘째 아이 맞지? 세상에, 요즘 발랑 까진 기집애들이 갉다고 하던데. 내 주위에 있을 줄이야."

"싹수는 옛날부터 노랬지. 쟤가. 쯧쯧, 싹수없는 기집애. 저런 애들은 된통 혼나야 해."

바로 앞에서 민희를 보며 수군거리는 아줌마의 대화가 귓가를 때리고 갔다. 머리가 멍해졌다. 순간 민희의 목소리가 들리는 듯했다. 심장이 조금씩 빨라졌다. 내가 품어 왔던 나의 부끄러운 감정이 빙하가 녹아내리듯 사라지는 기분이었다.

"지……, 지금 뭐 하시는 거예요?"

사람들을 향해 소리쳤다. 민희가 그제야 고개를 들어 올렸다. 그 앞으로 달려나가 사람들 사이를 헤치고 파고들었다. 그리고 쓰러진 민희를 일으키고 김씨 아줌마를 노려보았다. 아줌마는 흠칫 놀라며 뒤로 물러섰다. 민희의 손을 붙잡았다. 민희의 온몸이 떨리는 게 느껴졌다.

"지금 제 동생한테 뭐 하시는 거예요?"

민희의 떨림이 순간 멈췄다. 속에서 무언가 올라오는 기분이 느껴졌다. 내 동생. 더 크게 소리쳤다.

"내 동생한테 무슨 짓을 하는 거냐고요!"

아줌마들은 멍한 표정으로 나와 민희를 바라보고 있었다. 손이 덜덜 떨리는 게 느껴졌다. 민희의 손을 붙잡고 그곳을 나와 집으로 천천히 걸어갔다. 아이의 울음소리가 귓가에 들렸다. 민희와 발을 맞추어 걸어갔다. 뿌옇게 흐려지는 시야에 눈을 연신 깜빡이며 걸어갔다.

"민희야, 집에 가자."

“응.”

민희의 목소리는 축축했다. 다시 한 번 민희의 손을 붙잡았다. 오랜만에 붙잡은 손이었다. 손에 따스한 기운이 느껴졌다. 나는 더는 민희를 질투하지 않는다. 어쩌면 내가 갈망했던 것은 민희가 아니었을까. 민희의 자유를, 민희의 끼와 재능을 함께 보듬어 주고 격려하고 싶었던 것일지도 모른다. 아니, 그건 당연하다.

왜냐하면, 민희는 내 동생이니까.

“Whittaker의 검은 양 이론이라는 게 있다. 가족 구성원 사이에 정서적 갈등이 생겼을 때 검은 양은 계속해 문제 행동을 일으킨다. 하지만 그 문제는 검은 양이 가족에게 갈등의 문제가 있음을 알려 주는 경고나 신호 같은 것이다. 하지만 가족 구성원은 알아채지 못하고 검은 양만 탓하는 경우가 많다. 그와 반대로 가족의 모범이 되는 백기사가 있다. 하지만 백기사 역시 뒤틀려 버린 가족 관계의 피해자라는 이론이다. 자, 여기서 알 수 있는 심리적 갈등이 뭐가 있을지 그 사례를 찾고 분석해서 8일까지 리포트로 제출하도록. 오늘 수업 끝.”

수업의 끝을 알리는 교수의 목소리에 모두 자리에서 일어섰다. 부지런히 짐을 챙기는 사람들 틈에서 가만히 그 자리에 앉아 있었다. 검은 양과 백기사. 기분이 묘했다. 그때 휴대전화 문자 알림이 떴다. 언제 오냐는 민희의 문자였다.

아이의 이름은 오빠가 지어 주었다. 성은 민희의 성을 따라 도경빈. 경빈은 이제 정식으로 민희의 아들이 되었다. 민희는 검정 고시를 보기로 했다. 이건 엄마의 뜻이었다. 아직 엄마와 민희의 사이는 어색하다. 둘 사이에 쌓인 오해가 풀리기 위해서는 조금 더 많은 시간이 필요한 듯했다. 서로에게는 한없이 조심스러워지는 둘의 모습이 재미있다.

건물 밖으로 나가며 민희에게 답장을 보냈다. 그리고 교과 책을 가방 안에 집어넣었다. 그 순간 바람이 불었다. 휘날리는 머리를 더듬으며 얼굴을 찡그렸다. 바람 끝에서 봄 향기가 나고 있었다. 권터로운 나의 스무 살 봄. 나의 동생이, 내 동생 민희가 집으로 돌아왔다.

처음 쓰는 수상 소감이라 뭐라고 적어야 할지 모르겠습니다. 우선 이 작품을 내기까지 많은 고비가 있었습니다. 마감 전날 밤을 꼬박 새워 글을 써야 했던 저에겐 커피 캔 두 개와 아이돌 가수의 노래가 전부였습니다. 자꾸만 감기는 눈을 억지로 떠 가며 글자 하나하나 타이핑 하던 와중에 몸살까지 왔습니다. 으슬으슬거리는 몸으로 학교에서도 글을 썼습니다. 이번 공모전은 물 건너갔구나, 생각하면서.

다 그만두고 푹 자고 싶은 마음이 굴뚝같았지만, 밤을 새운 게 억울해 이를 악물고 오기로 버텼습니다. 후들거리는 다리를 이끌고 우체국에 갔고, 제정신이 아닌 몸으로 이 글을 부쳤습니다. 그렇게 올해 문학제는 끝이라고 짐작했습니다.

여러 차례 공모전에서 낙방했고, 저는 큰 충격을 받았습니다. 사실 그전까지는 제가 천재인 줄 알았습니다. 자신감이 넘쳤고, 무모함은 저의 견고한 성이었습니다. 계속해서 실패하면서 그 성벽은 허물어졌고, 저는 겸손을 배웠습니다. 자신감은 바닥이었고, 소재는 떠오르지 않아 지칠 대로 지쳐 있던 저는, 될 대로 되라, 하는 식으로 써 내려갔습니다.

처음 문자를 받았을 때 눈을 의심했습니다. '무의식에 잠재된 욕망이 헛것으로 보이는 게 아닌가?' 하는 생각이 들었습니다. 친구들이 확인해 주었고, 전화를 걸어 보고 나서야 현실이라는 것을 깨달았습니다.

'글을 쓰는 사람이 되어야지.'라고 마음먹었을 때 동생 이야기를 소설로 쓰고 싶다고 생각했습니다. 매력적이고 엉뚱한 제 동생은 우리 집의 '검은 양'이었습니다. 성질도 못되고 언니한테 버릇없게 구는 전형적인 못된 동생이었습니다. 하지만 그게 사랑해 달라는 신호라는 걸 깨달은 것은 얼마 되지 않았습니다. 우리는 그 아이의 표현이 진심이 아니라는 걸 충분히 알지만, 종종 오해하기도 합니다. 그런 동생의 이야기를 쓰고 싶었습니다. 부끄러워서 한 번도 표현하지 못했던 '사랑한다.'는 말도 전하고 싶었습니다.

심리학책에서 검은 양 이야기를 읽었을 때 동생을 떠올렸습니다. 백기사와 검은 양. 저와 제 동생이었습니다. 바로 이것으로 글을 쓰겠노라고 결심했습니다. 실력이 부족하다는 걸 알고 있었지만, 그저 쓰고 싶었습니다.

민희라는 캐릭터를 매력적으로 만들어 준 정신이, 힘들 때 다시 시작할 수 있게 일으켜 세워 준 영빈, 은희, 민지, 재은이, 지현이, 혜원이한테 고맙다는 말을 전하고 싶습니다.

저를 이끌어 주시고 도와주시는 안양예고 문창과 선생님들, 그리고 문창과 30기 친구들, 선배님들한테도 감사의 말을 전하고 싶습니다. 그리고 저를 이곳까지 오게 해 주신 신태일 선생님에게도 감사하다고 전하고 싶습니다. 마지막으로 사랑하는 우리 집의 두 괴물에게 미숙한 이 이야기를 전하고 싶습니다. 아직 부족하고 어리석은 글이지만 좋게 봐 주셔서 감사드립니다.

김은진

2012

평사리
청소년 문학상
수상작

김채린

방(房)

김채린
홍진 고등학교 2학년

2010. 국원문학상 중등부(산문) 최우수상
2010. 대한민국 기행문 공모전 문화체육관광부 장관상
2011. 국원문학상 고등부(소설) 가작
2011. 범골문학상 우수상
2012. 둔촌청소년 문학상 차상
2012. 통일창작동화 공모전 통일부장관상 수상

방(房)

 내 방이 사라질 위기에 놓였다. 태어나서 지금까지 단 한 번도 혼자만의 방을 갖지 못하다가 올봄이 끝나갈 즈음에서야 비로소 내 방을 갖게 되었다. 그런데 그 방을 잃게 될 지경에 처한 것이다.

 지난겨울 언니가 결혼한다고 했을 때 나는 뛸 듯이 기뻤다. 환호성을 지르는 나를 보고 식구들이 의아해할 만큼 난리법석을 떨었는데, 그것은 드디어 내 방을 갖는다는 사실 때문이란 걸 아는 사람은 아무도 없었다.

 사실 언니가 누구와 결혼하는지는 내게 중요치 않았다. 심하게 말해 어디가 좀 부족한 사람과 결혼한다 할지라도 반대하기는커녕 축하해 줬을 것이다. 내 방이 생기는 것만큼 절박한 일이 또 있을까 싶었다. 그것은 내가 몇 년에 걸쳐 하루도 빠짐없이 꿈꿔 온 일이었기 때문이다. 그런데 호사다마라고 아슬아슬하게 찾아온 행복은 고작 보름 만에 끝났다. 나는 다시 내 방을 잃을 위기를 맞았다. 지금껏 고향이 좋다며 그곳에 뼈를 묻을 거라고 입버릇처럼 말씀하시던 할머니가 갑자기 우리 집으로 올라온다는 것이다. 시골에 내려가신 아빠는 이틀 뒤면 할머니를 모시고 올라올 거라는 날벼락 같은 소식을 전해 왔다. 이건 상상에도 없었던 변수로 나만의 방을 가지려고 내가 절절하게 소망했던 꿈이 일순간에 헝클어진 셈이다.

그렇다고 해서 방이 두 개뿐인 이 집을 벗어날 방법이 따로 있어 보이진 않는다. 초등학교 시절 무주택자 임대 아파트 공모에 당첨돼 이 집에 와서 5년을 산 뒤, 임대 기간이 지나 분양을 시작했을 때 부모님은 빚을 내 이 집에 눌러앉았다. 그때 빚은 아직도 청산되지 않고 매달 통장에서 인쇄 소리를 내며 빠져나가고 있을 터였다.

방이라고 해 봐야 복도에 창을 둔 두 평 남짓한 공간이다. 다른 이들이 방을 본다면 창고가 아닌가 하고 민망해할 만큼 좁다. 그나마 창이 아파트 복도 쪽으로 나 있길 망정이지 그렇지 않았다간 질식해 버릴 것처럼 답답하다. 이 방의 산소량을 측정한다면 사람이 사는 데 지장 없을 만큼의 산소가 녹아 있다는 수치가 나온다 할지라도 육안으로 보기엔 사람들 숨골을 짓누를 만큼 좁은 방이었다.

이 방에서 나보다 일곱 살 많은 언니는 고3을 보냈고, 좁은 방을 탈출하기 위해 죽어라 공부해 명문대에 입학했다.

"난 진짜 돈 많은 사람하고 결혼해서 큰 방에서 살 거야. 이 방은 정말이지 숨이 막혀 버릴 것 같아."

큰 방에서 살겠다던 언니는 명문대에 입학하면 큰 방을 가진 남자와 결혼할 수 있다는 사실을 알고 있었던 것일까. 대학을 졸업하자마자 언니는 남들이 부러워하는 공기업에 취직한 뒤, 결혼하겠다는 선언을 했다. 그리곤 남자를 집에 데려오기 전날 대뜸 이렇게 말했다.

"그 집에서 삼십 평짜리 새 아파트를 사 준대."

원하던 것을 얻은 희열에 입꼬리가 잔뜩 올라간 언니를 보면서 나는 가질 수 없는 것은 탐하지 않겠다고 마음을 다스렸다. 어쨌든 언니는 쥐며느리처럼 웅크리고 있던 몸을 쫙 펴고 이젠 야간 조명이 번쩍이는 고급 아파트에 몸을 누일 것이다. 상견례를 마치고, 언니는 결혼 준비로 바빴다. 아니, 농도 짙은 연애를 하느라 바빴다고 하는 것이 맞을 것이다. 잘난 언니를 맞을 예비 형부의 집에선 몸만 오라며 모든 것을 그쪽에서 알아서 준비했다. 잘난 언니는 그렇게 보쌈당하듯 화려하게 이 방을 떠났다.

복도로 나 있는 창살 박힌 창문으로 달빛이 스며들었다. 초라하기 이를 데 없는 창문에 얼굴을 디밀고 안에서 무슨 일이 벌어지고 있는 건지 물끄러미 들여다보고 있는 것처럼 보였다. 뭘 봐! 잘난 것 하나 없는 서주희가 누워 있다, 왜? 구경 났냐? 나는 혼자서 중얼거렸다. 오랜 기간 발효를 거쳐 이제 막 손에 쥐게 된 꿈이 물거품이 될 지경이라고 생각하니 억울하고 분했다. 이틀 뒤면 기간이 만료될 내 방의 소유권은 아무런 감흥을 주지 못했다.

언니가 떠나고 난 뒤, 용돈으로 사 두었던 꽃무늬 이불을 꺼내놓지 않았다. 언니가 간 직후엔 방을 차지했다는 기쁨에 정신없었고, 정신이 든 지금은 할머니가 시골에서 올라오면 끝장날 텐데

싫어 그만뒀다. 그때였다. 띠링~ 하고 죽어 있던 휴대전화 화면
이 환하게 깨어나며 문자가 떴음을 알려 왔다.

—진짜 미치겠어. 오늘도 온종일 학주한테 불려 가서 혼났는데, 난
이 상황이 이해가 안 돼. 제길. 솔직히 뒷말한 것은 내 잘못이지만 그
렇다고 죽일 듯 괴롭힌 건 걔넨데 왜 나만 죽일 년이 되냐고? 낼 선도
위원횐가 뭔가 열린다는데 울 엄만 아직도 연락이 안 돼.

며칠 동안 지수는 애들로부터 심한 괴롭힘을 당하고 있었다. 뒷
말했다는 게 이유였다. 사실 내가 봐도 걔네들은 뒷말해도 될 만
큼 못된 구석이 있었다. 예쁜 척, 돈 많은 척. 따지고 보면 그 애들
이 잘난 것은 없었다. 돈 많고 배경 좋은 집안이라 돈으로 처바른
티가 난다는 것뿐이었다.

딱 보기에 있는 집 냄새가 난다는 것 말고는 별 볼 일 없는, 지수
나 나와 다를 게 없었다. 그런데 그 애들은 지수가 뒷말했다는 이
유로 혹독하게 지수를 괴롭혔다. 잠들면 죽인다며 새벽까지 카톡
으로 욕을 했고 교실에서는 지수를 울타리 쳐 놓고 다섯 명이 돌
아가며 애들 앞에서 공개 망신을 줬다.

지수가 왜 그랬을까. 그년들 미친년들인 건 어제오늘 일이 아닌
데 뭘 새삼스럽게 씹었을까. 재수 없으면 나한테나 씹지. 그걸 또
고자질한 인간은 뭔가 싶었다. 지수에게 온 문자에 답글을 줘야
하는데, 선뜻 답을 못하고 휴대전화만 만지작거렸다.

—ㅁ 친년들이니까 그냥 무시해.

한참 뒤에 답글을 보내면서도 허무하기 이를 데 없는 말이라고 생각했다.

—낼 걔네 부모들이 떼거리로 몰려올 텐데. ㅠㅠ

지스는 겁을 먹고 있는 듯했다. 나는 버럭 화가 났다.

—사실대로만 말해! 뒷말을 하긴 했는데, 그건 뭐 누구나 조금씩 하는 일 아니냐고? 뭐 지네들은 안 했냐구? 그치만 너야말로 뒷말했다는 이유로 걔네들한테 모질게 당했으니 피해자는 바로 너라고.

이럴 때 별 볼 일 없는 집안인 것이 화가 났다. 문제 될 것 없는 상황에서는 배경이 무엇이든 상관없다. 그러나 문제가 생기고 나면 그때부턴 얘기가 달라진다.

배경이 빵빵한 자와 허접한 자의 차이는 엄청나다. 지금까지 많이 경험하진 않았지만, 언제부턴가 머릿속에 그것들이 자리 잡았다. 그 영향력은 교실에서도 암암리에 느껴졌고, 아이들 대화 속에서도 묻어났다. 굳이 말하지 않아도 그런 배경을 가진 애들의 몸에선 힘이 느껴졌다. 간교한 것은 그 애들은 절대 드러내고 잘난 배경에 대해 말하지 않는다는 점이다. 그냥 슬쩍 흘린다거나 주변 아이들이 대신 떠들도록 만들었다. 그리곤 아이들이 와 하고 내지르는 탄성에 무심한 척했다. 문제는 그러한 행동조차도 그것이 연출된 것이 아닌가 의문이 간다는 것이다.

몇 달 전 지수가 했던 말이 떠올렸다. 엄마가 완전히 미쳤어. 이젠 집에 안 들어오는 날이 더 많아. 사이비에 미치더니 딸도 눈에 안 보이나 봐. 남들은 이혼하고 보란 듯이 잘 산다는데, 우리 엄만 왜 그렇게 못 사냐고? 그깟 딴 년하고 바람나서 도망간 인간한테 무슨 미련이 있어 저 모양이냐고.

연락도 되지 않는 지수 엄마가 낼 학교에 올 리 없었다. 지수에게서 더는 문자가 오지 않았다. 그 아인 밤새 죽일 놈의 세상을 욕하며 자신을 괴롭힐 것이다.

—난 가끔 잔혹 범죄를 저지른 인간들이 이해돼. 이놈의 더러운 세상 콱 끝내 버리려고 그랬어요. 그래야 개 같은 내 인생도 끝날 테니까, 라는 말이 무슨 뜻인지.

안 돼. 더러운 세상이지만 그걸 지수 네가 끝낼 순 없어. 난 갑자기 무서워졌다. 지수야, 안 돼. 난 전화를 걸며 계속 중얼거렸다. 한참 신호음이 가더니 말라비틀어진 지수의 목소리가 바람에 날리는 먼지처럼 건조하게 날아왔다.

—왜?
—아니, 그냥.
—무슨 생각한 거야. 그런 일 없어. 얼른 자. 나도 이제 자려고.

—응.

작은 책상을 두고 남는 공간에서 언니와 나는 새우처럼 등을 구부리고 잠을 잤다. 우리 자매의 키가 유난히 작은 것은 좁은 방에서 쪼그리고 잤기 때문이라고 우리는 생각했다. 등을 쫙 펴고 두 다리를 뻗고 두 팔을 벌리고 잘 수 있다면 얼마나 좋을까. 누가 잘 때 두 다리와 두 팔을 벌리고 자겠는가만 우리는 좁은 방에서 그것들을 꿈꿨다. 감옥처럼 샷시가 쳐진 창문으로 들어오는 달빛은 그 꿈을 숙성시키고 부화시키기에 딱 좋은 분위기였다.

언젠간 우리도 웅크린 몸을 쫙 펴고 눕는 날이 올 거라고 꼽추처럼 그부린 서로의 몸에 위로를 보냈다. 달빛 아래에 비친 언니의 두 눈은 큰 방을 갖고야 말겠다는 의지로 번뜩였다. 난 언니의 얼굴을 바라보다 슬며시 고개를 돌렸다.

나겐 언니 같은 실력도 자신감도 없었다. 언니만큼 특출나게 공부를 잘하지도 못했고 의지도 약했다. 그래서 애당초 큰 방은 내 몫이 아니라고 생각했다.

다만 언니 의지가 확고한 만큼 언젠가 언니가 떠나고 나면 방을 갖게 될 거라고 믿었다. 이 방에 혼자 남는다는 생각만으로도 가슴 벅차올랐다. 내가 꿈꿀 수 있는 것은 딱 거기까지였다.

언니의 남자가 왔다 가고 난 뒤 내가 가장 먼저 한 것은 엄마를 졸라 침대를 산 것이다. 엄마는 침대를 사 달라고 조르는 나를 보며 기가 막힌다는 표정으로 말했다.

"말이 되는 소리를 해! 니 눈으로 방 좀 보고 말해. 저기다가 어떻게 침대를 갖다 놓느냐고? 아마 들어가는 침대도 없을 거다."

"아니야, 책상을 치우면 작은 침대 하나는 들어갈 수 있어. 공부는 상 펴고 하면 되고. 엄마! 아동용 침대도 상관없어, 제발 사 줘."

난 필사적으로 매달렸다.

"애가 왜 이래? 생전 지 것이라곤 모르던 애가 뒤늦게 어리광을 부리네. 알았어. 언니 시집가면 사 줄게."

엄마는 슬그머니 꼬리를 내리고 사 줄 뜻을 내비쳤다. 나는 뛸 듯이 기뻐 흥분 상태가 되었다. 혼자만의 방에 침대까지 생긴 것이다.

"고마워, 엄마. 내가 언제 뭐 사 달라고 조른 적 있어? 없잖아. 침대만 사 주면 내가 머리에 이고 자든 깔고 자든 알아서 할게."

그런 나를 보고 엄마는 예의 그 착한 얼굴로 웃어 주었다. 주름살마저도 착하게 번지는 엄마의 얼굴에선 언제나 피곤함과 선함이 함께 묻어났다. 누구에게 화낼 줄 모르고 계산을 따지지도 않는 엄마는 늘 쉬지 않고 일거리를 찾아 몸을 움직이면서 가난한 아빠를 도왔다. 그러나 가난이란 독버섯처럼 독성이 있어 아무리 떨쳐 내려 해도 도망갈 줄 모르는 지독한 놈이었다. 그래서 우리 집은 늘 가난했다.

일 때문에 부모님이 새벽 일찍 나가고 난 작은 집에서 언니와 나는 살아가는 법을 자연스레 익혔다. 아니 좀 더 엄밀히 말하면 나는 몸을 움직이는 일을 열심히 해 머리 움직이느라 바쁜 언니를 도왔다. 나는 아무리 머리를 움직여도 성적이 나빴고, 웃기게도 몸을 움직이지 않으면 어딘지 쑤시는 것만 같은 몸을 지녔다. 친구들은 부지런을 떨며 움직이는 나를 보고 아줌마라고 부르며 놀렸다. 애초에 태어날 때부터 몸을 움직이는 사람과 머리 움직이는 사람이 정해진 것은 아닐까 하는 생각이 들 만큼 자매에게서 그 경지는 선명하게 드러났다. 나는 아침에 일어나면 등교 준비를 마친 뒤 냉장고에서 밑반찬을 꺼내 놓고, 엄마가 끓여 놓고 간 찌개를 데워 상을 차린 뒤 공부하느라 늦게 잠든 언니를 끌어다가 손에 숟가락을 쥐어 주곤 했다.

이런 나를 두고 어른들은 언니를 살뜰히도 살피는 세상에 둘도 없는 착한 동생이라고 했지만, 난 그 소리를 들을 때마다 스스로 되묻곤 했다. 정말 착해서? 아니면 언니가 잘돼 얼른 나가야 방을 가질 거니까? 잘되든 못 되든 언니와 나이 차이가 있으므로 어느 시점이 되면 방을 차지할 테지만 나는 언니가 한시라도 빨리 잘되길 간절히 바랐다. 언니도 나 못지않게 이 방을 싫어했으므로 언니가 잘되면 제일 먼저 이 방을 탈출하고 싶어한단 것을 너무도 잘 알고 있었기 때문이다.

혼자 이 방을 차지하고 누웠던 첫날을 나는 지금도 어제 일처럼 선명하게 기억한다. 언니의 결혼식을 치르고 오던 날 사람들은 번듯한 시집 식구들의 입성과 훤칠하게 잘생긴 신랑에 대해 부러워했다.

"연주가 죽어라 공부하니까 하늘이 길을 열어 주는구먼. 이제 연주는 딴 세상 사람이 된 것 같아."

같은 아파트에 사는 엄마 친구들은 언니를 무척이나 부러워했다. 어쩜 그들은 자신들이 꿈꾸다 피워 내지 못하고 사그라진 오래전 꿈들을 기억해 냈는지 모른다. 자신들이 애쓰다 포기한 현실을 멋진 모습으로 완성한 언니를 보면서 스스로 안쓰럽다는 생각을 하면서 말이다.

선도위원회는 예상대로 지수에게만 학교 봉사 5일 명령을 내리는 것으로 끝났다. 다시는 뒷말을 해서 그 애들을 불편하게 하지 않는다는 각서를 쓰고 나서 내려진 처벌이었다.

"네 말대로 어찌 보면 내가 피해자일 수도 있다고 했더니 그 애들이 내게 했던 행동은 정당방위란 거야. 어쩌면 이 게임은 시작 전에 이미 끝이 나 있었는지도 몰라. 위원회가 열릴 교실로 들어섰을 때 잘난 부모들이 와서 인자한 웃음으로 선생들과 인사를 하고 있었어. 학부모 열 명 앞에 난 혼자서 두 마디도 제대로 못 했어. 그 잘난 인간들을 보고 기가 질렸거든. 우리 엄만 지금 어디서 뭐 하고 있는 거야? 저 사람들 좀 봐. 바람나서 다른 여자와 살러 간 아빠, 여기 좀 와 주세요. 난 지금 혼자라고요. 이 말만 속으로 백번쯤 말하는데, 결론이 났다고 그만 가 보라는 거야."

지수는 몸뚱이가 빠져나간 뱀의 허물처럼 금방이라도 폭삭 내려앉을 듯 보였다. 그러면서 돌이킬 수 없는 현실에 대해 깨끗하게 체념했다.

내가 지수였다면 우리 부모는 어땠을까. 선하고 착한 아빠와 엄마는 놀라서 학교를 찾을 것이다. 그다음은? 선생님, 우리 주희 좀

너그럽게 봐 주이소. 지가 잘 타일러서 다신 그런 일 없도록 할 거
니꺼. 지가 사는 게 바빠 고만 아 교육을 잘못 시켰다 아입니꺼. 그
러니 딱 한 번만 눈 감아 주이소. 고개를 조아리며 뭐든 당신의 잘
못으로 몰아갔을 것이다.

눈 세상 다 산 얼굴을 하고 남 애기하듯 중얼대는 지수의 얼굴을
올려다볼 자신이 없었다.

"뭐 이런 뭣 같은 일이 다 있냐. 쌍, 확 그냥 전쟁이나 나서 다
죽어 버렸으면 좋겠다."

화가 나 씩씩대는 내 얼굴을 지수가 물끄러미 올려다보다 픽하
고 웃었다. 난 지수의 웃는 얼굴을 보면서 자꾸 눈물이 나려는 걸
아랫입술을 깨물며 참았다.

드디어 올 것이 오고야 말았다.

아빠가 할머니를 모시고 올라온 것이다. 관절염이 심해 밥도 못
해 드시니 그런 분을 혼자 둘 순 없다는 것이었다. 아빠는 차지한
지 겨우 보름된 내 방에 할머니 보따리를 내려놓고는,

"어무이, 편히 지내이소. 인자 여기가 어무이 방인 기라예. 주
희야, 니도 좋제?"

하는 것이었다.

난 이성을 잃을 지경이었다. 누구 맘대로? 세상을 뒤엎고 싶었
다. 그러나 나머지 식구들은 할머니의 서울행을 좋아했다. 할머니
도 엄마처럼 선한 얼굴이어서 웃을 때마다 주름이 온화하게 번졌
다. 수줍은 소녀처럼 하얀 틀니를 드러내고 웃는 할머니는 말소리

도 나직나직했다. 어릴 적엔 그런 할머니가 좋았다. 억세지 않은 것도, 목소리가 크지 않은 것도, 욕심이 없는 것도 좋았다. 물론 지금도 그 마음은 변함없다. 내 방을 차지했다는 사실만 제외한다면 말이다. 그러나 모든 것을 통틀어도 그 한 가지와 바꿀 수 없는 일이다. 어쩌면 할머니 성품이 나쁘다 해도 내 방을 침범하지 않는다면 모든 걸 참아 낼 수 있을 것 같았다.

할머니는 내가 떼를 써 들여놓은 침대 밑에 자리를 깔고 누울 채비를 했다. 그러나 살집이 두둑한 할머니가 누울 공간은 없었다. 서너 뼘 넓이의 공간에 살을 끼워 넣으려니 몸이 들어갈 리 만무했다. 그 모습을 바라보고 있자니 곤혹스럽기 짝이 없었다. 아무리 할머니가 미워도 이건 아니다 싶어 나는 벌떡 일어나 할머니를 침대 위로 끌어올렸다.

"우예 내가 그랄 수 있겠나? 아이다. 내사 마 그냥 여기 아래서 자믄 된다 앙카나."

할머니는 몸 둘 바를 몰라 하며 미안해했다. 나는 불을 끄고 침대 아래에 누웠다. 숨이 막혔다. 이럴 줄 알았으면 침대를 들여놓지 말걸 그랬다. 나는 밤새 소리 죽여 울었다.

몇 년을 기다려 내 방 좀 가져보자는 마음이 욕심이냐고 사람들을 붙잡고 묻고 싶었다. 남들은 노력하지 않아도 저절로 방이 주어지는데, 난 방을 가지려고 갖은 노력을 해야 했다. 언니가 나가고 나면 내 방이 생길 거라는 희망 속에서 언니를 도왔다.

내게도 방을 달라고 어려운 형편의 부모를 조른다 해도 그다지 비난받을 일이 아니건만 그저 소박한 마음으로 그 긴 세월을 참아

온 내게 지금 닥친 현실은 가혹하기 이를 데 없었다.

방을 뺏긴 답답한 날들이 지속되면서 나는 삶의 목적을 잃었다. 얼굴에서 핏기가 사라졌다. 아무 때고 웃어 사람 좋아 보인다는 소리를 듣던 웃음도 자취를 감췄다. 스스로 거울을 봐도 딴사람처럼 낯설어 보였다. 종이 인형 같았다. 이제 뭘 위해 살지? 할 일이 없어졌다.

이런 나와 달리 시집가서 잘사는 언니의 표정은 딴사람이 돼 있었다. 타고 다니는 차도, 입고 있는 옷도, 언니의 얼굴도 낯설었다. 언니, 언니 부르면서도 나는 그녀가 나와 한방을 쓰던 언니가 맞나 하는 의심이 갔다.

그러다 문득 나 자신을 돌아보곤 했다. 아무리 생각해 봐도 이 답답한 상황을 치고 나갈 재료가 없었다. 좁은 임대 아파트에서 쥐며느리처럼 웅크리고 습한 공기와 어둠과 마주하며 살 운명이 내가 처한 현실이었다. 그런데 왜 예전에는 이런 현실에 대해 그다지 비관하지 않았던 것인지 이상했다. 이제 와 생각하니 이유는 언니였다. 언니가 이 집에서 나가면 그저 형편없는 작은 집이라도 내 방이 하나쯤은 생길 것이고, 그러면 나도 내 방에 커튼을 달고 침대를 들여놓고 나름대로 꾸미면서 그 지독한 가난의 냄새를 지울 수 있을 거라고 생각했다.

베란다 너머로 발갛게 몸을 달군 노을이 몸을 비틀고 있는 것이 보였다. 한낮의 뜨거웠던 열기를 털어 내느라 힘들어 보였다.

할머니가 우리 집에 온 지 두어 달쯤 지났을 때 할머니께 인사차 찾아온 언니가 이렇게 말했다.

"할머니도 오셨는데, 이 집은 너무 좁아요. 제가 어떻게든 돈을 모아 좀 넓은 집으로 이사 갈 수 있도록 보태 보겠어요."

나는 기뻤다. 아아 그런 방법이 있었구나. 우울했던 기분이 활짝 개는 느낌이었다. 나는 눈을 동그랗게 뜨고 언니에게 바짝 다가가 앉았다.

"그게 언젠데? 좀 빨리 안 될까?"

내 말이 떨어지기 무섭게 나를 바라보는 엄마의 시선이 매서웠다. 그러더니 언니에게 선전포고하듯 쐐기를 박았다.

"말도 안 되는 소리 하지 마. 너나 잘 살아. 친정에 곁눈질하는 거 좋아할 시집이 세상에 어디 있겠어? 안 그래도 결혼할 때 하나도 해 준 게 없어 정 서방 보기가 미안해 죽겠는데, 얘가 지금 무슨 소릴 하는 거야! 정신 똑바로 차려. 너 잘사는 게 엄마 도와주는 거야. 이 집에서 십 년을 살았어도 우린 불편한 거 없었어. 아무리 없이 살아도 딸내미 가슴 졸이게 하면서까지 덕 보고 싶은 생각 눈곱만큼도 없으니까 그런 소리 두 번 다신 입 밖에 내지 마."

개학했는데도 지수 자리는 비어 있었다. 지수가 자퇴했다는 소문이 학교에 쫙 퍼졌다. 지수에게 그 일이 있고 난 뒤 곧바로 여름 방학이 시작됐고 나는 할머니를 내 방에 들인 탓에 내 의지를 버리고 살았다. 그러고 보니 지수와 연락한 지 꽤 오래됐다. 방 때문에 제정신이 아니었다 해도 내가 너무했다.

황급히 연락해 봤지만, 답이 없었다. 전화를 걸어도 문자를 남겨도 답이 없자 난 지수가 진짜 자퇴했을까 봐 겁이 났다. 사실 확인을 위해 교무실로 담임을 찾아갔을 때 담임은 남 얘기하듯 자퇴 사실을 인정해 주었다. 옆자리 지리 선생과 비스킷을 먹다 내가 다가가자 예의 그 동그란 눈동자를 키우며 왜 왔냐는 표정을 지었다.

"지수가 자퇴했다는 말이 사실인가요?"

내가 울 듯한 표정으로 묻자 그녀는 먹고 있던 비스킷을 입속으로 구겨 넣으며 고개를 끄덕였다. 그 바람에 넓적한 그녀의 얼굴이 더 도드라져 보였다. 바스락바스락 그녀 입에선 여전히 과자 부서지는 소리가 들렸다.

"직접 학교에 왔었나요? 언제요?"

나는 인상을 찌푸리며 물었다. 지금 내가 지수 자퇴 문제를 묻고 있다고요! 지수가 과자만도 못하냐고요? 나는 얼굴이 시뻘겋게 달아오르는 것을 느꼈다.

"아니, 지수 엄마가 개학 전날 학교로 찾아오셨어. 지수가 학교를 그만두겠다고 했다면서. 말려도 소용없다고 하시더라. 주희 네가 허전하겠네. 단짝이었는데."

담임은 혀를 굴려 입천장에 눅눅하게 붙은 과자 찌꺼기를 훑어 삼켰다. 욕이 나오려는 걸 참고 교무실을 빠져나왔다.

"너희는 모두 내 자식이야."

담임은 언제나 말끝에 자식이라는 말을 달았다. 갓 서른인 여자가 자식이라는 말을 말끝에 매달 때마다 나는 의구심이 들었다. 그녀는 작년에 아이를 낳고 올해 복직했으니 그녀의 자식은 이제 두 살이 되었을 것이다. 그런 그녀의 입에서 자식이라는 말이 하루에도 수차례씩 쏟아지니 그 말을 곧이곧대로 믿는 애들은 아무도 없었다. 어쩌면 담임조차도 그 말이 진실이 아니란 걸 알고 있을지도 모른다. 그런 그녀를 보면서 지수와 나는 그저 월급 기계라는 냄새를 풍기기 싫어 그럴듯한 포장을 한다며 비웃었다.

진짜 자식으로 생각한다면 그녀가 굳이 자식이라고 말하지 않아도 우리가 먼저 느낄 거라고. 근데 그것이 사실로 드러났다. 그녀의 입에 매달고 있던 자식이 학교를 그만둔다는데, 어떻게 아무렇지 않게 과자를 부수고 있는 것인지 이해가 가지 않았다. 교무실을 나왔는데도 과자를 먹던 담임의 입이 자꾸만 눈앞에서 아른거렸다.

"나쁜 지지배. 병신같이 왜 학교를 그만둬! 그년들은 시시덕거리며 잘살고 있는데. 바보같이, 저만 그년들한테 밀려 중졸로 끝내려 하냐고. 왜 암말도 안 하고 지 맘대로 학교를 때려치워."

이럴 줄 알았으면 내가 찾아 나섰어야 하는 건데. 때늦은 후회가 밀려왔다.

방학을 보내고 나면 지수 마음의 상처가 조금은 아물 줄 알았다. 그때까지 가만 내버려 두는 게 나을 것 같다고 생각했는데…….

그래도 내가 너무 무심했다. 방학 내내 그놈의 방에 모든 신경을 쏟는 바람에 지수를 챙기지 못한 것이다. 교실을 향해 걷는데 창 너머로 큼직하게 보이는 구름 덩어리들이 잔인할 만큼 깨끗하고 맑아 보였다.

그날 오후 나는 집으로 돌아오면서 내 방을 사수하기로 마음먹었다. 지수처럼 아무것도 해 보지 않은 채 바보처럼 내 것을 뺏기 진 않을 거라 다짐했다.

이제 내 것을 지켜 낼 방도를 찾기로 했다. 아픈 할머니가 마음에 걸리긴 했지만, 그래도 난 내 방을 지켜야 했다. 방은 이제 내게 신념이고, 삶의 목적이었다. 그것을 잃으면 모든 것을 잃을지도 모른다. 지난 두어 달 동안 난 나인 적이 없었다. 내 방이 사라지는 순간 나도 사라졌다.

우울한 기분으로 현관문을 여는데, 할머니 품에 뭉치가 안겨 있었다. 할머니 무릎에 누워 쓰다듬는 손길을 즐기며 눈을 감고 있다가 내가 들어서자 가늘게 눈을 떠 나를 반겼다. 녀석은 누운 채로 꼬리를 두어 번 흔들었다. 그러고 보니 지난 몇 달 동안 녀석의 존재도 기억이 없었다. 전엔 아양 떠는 녀석을 무척 예뻐했는데, 이것만 보더라도 내가 참 심각한 지경이 이르렀구나 싶었다. 녀석을 번쩍 들어 뽀뽀했다. 그러는 사이 할머니가 꾸물꾸물 다리를 펴고 일어서더니 뜨끈한 옥수수를 건넸다.

"얼른 먹어 보거래이. 뜨뜻할 때 먹으믄 먹을 만할 끼야. 주희니 오믄 줄라꼬 때맞춰 쪄 놓은 기라."

입안에서 옥수수 알이 터질 때마다 구수한 냄새가 풍겼다. 할머니는 그런 나를 보고 조용히 웃고 있었다. 나도 따라 웃었다.

"엄마, 할머니가 이상해. 아무래도 정신이 온전치 않은 것 같아."

나는 출근하는 엄마를 뒤따라 나오면서 할머니 얘기를 흘렸다.

"얘가 뜬금없이 무슨 소릴 하는 거야. 할머니가 뭐가 어떻다고? 왜 너보고 뭐라 하시든?"

엄마는 엘리베이터 거울에 비친 옷매무새를 살피며 옷태가 나지 않는다고 속상해하는 눈치였다. 등 아래 브래지어 끝 밑으로 두툼한 비곗살이 겹쳐 보였다. 속 좋은 사람들은 모두 저렇게 살이 찔까. 나는 잠시 딴생각을 하다 정신을 차리고 대답했다.

"아니, 그런 게 아니라 아무래도 치매 끼가 있으신 거 같아."

없는 말을 하려니 가슴이 쿵쾅거려 말이 계획대로 나오질 않았다. 엄마도 내 어설픈 말에 관심을 보이지 않았다.

"기운이 좀 없으시긴 해도 정신은 말짱하신 분이야. 그런 말 함부로 하면 못써. 하긴 네가 할머니와 함께 있는 시간이 많으니 제일 마음이 가는가 보구나. 착한 우리 둘째 딸, 근데 아무래도 지금 네가 하는 말은 심하게 오버인 것 같아."

등교하면서 나는 첫 시도가 허무하게 끝나 다리에 힘이 풀렸다. 밤새워 뒤척이며 계획한 것은 할머니를 치매로 몰아 시설로 보내는 일이었다. 그러면 몸도 좋지 않은 할머니에게 좁은 집보다는 요양원이 나쁘지 않을 것이고, 내게도 좋은 일이라고 수십 번 다짐했다. 시큰둥한 엄마의 반응을 뒤로하고 학교로 향하면서 뭔가 치밀한 계획이 필요하다고 생각했다. 대충 구실을 갖다 붙였다간 할머니가 정갈한 분이어서 식구들을 속이는 일이 쉽지 않아 보였다.

어쨌든 달라진 것이 있다면 이제 새로운 비전이 생겼다는 점이다. 방을 가지려고 먼저 해야 할 절차가 명확해졌다. 나는 틈만 나면 치매 노인이 보이는 징후를 조사해 메모했다. 치매 노인을 판별할 수 있는 증상은 계산 능력 저하, 방향 감각 저하, 판단력 장애, 기억력 장애, 감정 변화, 수면 장애 등이었다. 그러나 현재 상태에서 할머니가 보이는 장애는 없었다.

반듯한 노인에게 어떡해야 치매라는 병을 빼도 박도 못하게 덮어씌울지 난감하기 이를 데 없었다. 나는 할머니의 행동과 종이에 적힌 증상을 연관 지으며 연구하기 시작했다.

먼저 식구들이 없을 때 보일 수 있는 이상 행동으로 무엇이 있는지 찾아야 했다. 그러다 나는 판단력 장애와 감정 변화라는 증상에 동그라미를 쳤다. 이 정도라면 할머니와 많은 시간을 함께하는 내가 우길 만한 거리가 된다고 판단했다.

그렇다 해도 지난번처럼 어설프게 말했다간 도저히 먹힐 것 같지 않았다. 이번엔 치밀한 뭔가가 보완되어야 했다. 앉은뱅이책상을 펴 놓고 열심히 고민하고 있는데, 뭉치가 쫄래쫄래 오더니 내 사타구니로 파고들었다. 그리곤 혀로 발바닥을 핥았다. 무심결에 미끈둥한 혓바닥이 살에 닿자 나는 깜짝 놀라 녀석을 걷어찼다. 여느 때 같으면 반가웠을 테지만 한껏 예민해져 있던 터라 나는 화가 났다. 녀석은 찢어질 듯한 소리를 내며 주춤 물러났다.

"그래, 바로 이거야."

난 놀라서 눈이 휘둥그레진 녀석을 안고 현관문을 나섰다.

"다 늦은 저녁에 어델 갈라꼬? 밥 안 묵나?"

화장실에서 급하게 나오며 묻는 할머니 목소리가 들렸지만 나는 뒤도 보지 않고 엘리베이터에 올랐다. 거울 안에서 녀석이 꼬리를 흔들며 웃고 있다. 뭉치가 우리 집에 온 지 어연 십여 년이 지났다. 녀석의 수명이 20년이라고 하니 녀석에겐 아직 십 년이 남아 있었다.

"미안해. 어쩔 수 없어. 니가 날 좀 도와줘야겠어."

나는 뭉치를 안고 옥상으로 올라갔다. 저녁 어스름이 깔린 옥상엔 아무도 없었다. 도로가 인접한 곳이라 그런지 지나가는 차 소리가 매우 요란했다. 나는 눈을 감고 녀석을 구타하기 시작했다. 녀석이 놀라 내 발밑으로 기어들었다.

나는 달라붙는 녀석의 몸통을 사정없이 걷어찼다. 녀석이 안 되겠다 싶었는지 나를 향해 덤벼들었다. 내 눈에서 불꽃이 일었다. 난 내 방을 가져야겠어. 이건 절대 욕심이 아니라고. 내 방! 내 방이 필요해.

어느 순간 녀석이 도망치기 시작했다. 그러나 나는 녀석을 놓칠세라 재빠르게 뛰어다니며 때렸다. 등줄기를 타고 땀이 비 오듯 흘러내렸다. 한참 뒤 힘 빠진 녀석이 옥상 구석에서 축 늘어진 다음에야 난 녀석을 안고 집으로 내려왔다. 녀석은 내 품에 안겨 꺼져 가는 시선으로 나를 올려다보다 스르륵 눈을 감았다.

할머니가 밖에 나갔는지 다행히 집에는 아무도 없었다. 나는 녀석을 안고 내 방으로 들어가 누웠다. 정신없이 녀석을 때린 탓에 몸이 나른했다. 내 품에 안겨 있는 녀석의 심장이 콩 튀듯 팔딱거렸다. 나는 녀석을 벽 쪽으로 밀쳐 놓았다.

6학년이 끝나가는 추운 겨울날이었다. 학교가 파하고 민정이 손에 이끌려 들어간 집은 현관부터가 달랐다. 고급 인테리어로 꾸민 현관에 들어서는 순간, 난 몸이 굳어졌다.

그때 금방 백화점에라도 다녀온 듯한 멋진 차림의 민정이 엄마가 우아한 말투로 나를 맞았다.

"네가 주희구나. 민정이가 그렇게 착하다고 자랑하더니 정말 착하게 생겼네."

나는 고개를 들 수 없었다. 착하다는 것이 왜 그렇게 나를 부끄럽고 내세울 것 없는 아이로 만드는지 모를 일이었다. 어쩌면 민정이는 내가 건너편 임대 아파트에 사는 아이라고 말했을지도 모른다. 민정이 엄마는 내게 많은 얘기를 하기도 하고 묻기도 했는데, 유독 내가 사는 곳에 대해선 묻지 않는 것을 보니 더욱 확신이 들었다.

민정이 방은 공주가 사는 방처럼 몽환적이었다. 침대는 둘이 눕고도 남을 만큼 넓었다. 사진첩을 펴든 민정이가 나보고 침대 위로 올라오라고 손짓했다. 난 순간 내 양말이 더럽지 않은지 살폈다. 침대엔 하얀 레이스 이불이 깔렸는데, 꼭 천사의 몸만 허락할 것 같은 느낌이 들었기 때문이다. 난 머뭇거렸다. 구질구질한 옷차림으로 그 위에 올라가는 것이 왠지 내키지 않았다.

그때 민정이가 머뭇거리고 있는 나를 확 당겨 침대 위로 끌어올렸다. 난 당황했다. 그러나 그것은 잠시였다. 푹신한 침대는 사람을 기분 좋게 했다. 나는 표 나지 않게 살금살금 몸을 흔들며 쿠션을 즐겼다. 기분이 야릇했다.

"아휴, 민정이 잠버릇이 너무 고약해서 아주 큰 사이즈가 아니면 안 되거든."

민정 엄마는 한겨울엔 볼 수 없는 과일을 내놓으며 해사하게 웃었다. 머리가 몽롱했다. 이 집에 사는 사람은 어른이나 아이나 모두 어깻죽지에 날개를 숨겨 놓고 사는 것 같다는 착각이 일었다.

그날 저녁 우리 집 현관에 들어섰을 때 난 하늘에서 추락한 기분이었다. 퀴퀴한 냄새, 정리되지 않은 물건들이 이리저리 나뒹굴며 좁은 집을 더 좁아 보이게 했다. 엄마는 너저분한 거실에 앉아 이른 저녁을 먹고 있었다.

"어서 와. 마트에 손님이 많아 점심을 놓쳤지 뭐니. 몰릴 땐 사람들이 예고도 없이 몰려든다니까."

입가엔 급하게 먹다가 흘린 찌개 국물이 묻어 있었다. 숟가락질이 바빠질수록 엄마 입가는 점점 더 벌게졌다.

"어서 오라니까 뭐 하고 있어. 너 좋아하는 돼지고기 넣고 끓인 김치찌개야."

엄마는 흘린 음식을 손으로 먹으며 온몸으로 가난을 드러냈다. 난 방으로 들어가 문을 세게 닫았다. 이 집이 싫었다. 이 집에서 나는 가난의 냄새도 싫었다. 나도 우아하게 살고 싶었다. 나는 가구라곤 책상 하나뿐인데도 좁기만 한 방에 앉아 내 몸을 훑었다.

나한테서 나는 촌티나 빈티는 지금 거실에서 허겁지겁 김치찌개를 넘기고 있는 엄마의 뱃속에서부터 만들어진 거라고 생각했다. 한참 동안 달그락거리며 밥을 먹던 엄마가 속이 든든해졌는지 질펀한 소리로 외쳤다.

"어서 와서 밥 먹으라고! 치우는 김에 치우게."

나는 고개를 파묻고 기어들어 가는 소리로 대꾸했다.

"민정이네 집에서 간식 먹었어. 저녁 생각 없어."

오늘 저녁만큼은 이 집 꼴을 보고 싶지 않았다. 집안 전체에 녹아 있는 가난의 냄새도, 살집 푸짐한 엄마 모습도, 새까맣게 탄 얼굴로 집에 들어서자마자 속옷만 입고 다닐 아빠 모습도 보고 싶지 않았다.

내 방이 생긴다면 방문을 닫아걸고 그 모든 것들을 보지 않으리라 다짐했다. 내 방에선 나만의 상상력으로 부잣집 외동딸이 될 것이고, 방 안에서만큼은 품위 있는 태도로 저들과 다른 사람이 되고 싶었다. 그것은 비싼 인테리어가 아니더라도 가능할 것이다. 그저 내 방만 허락된다면 가능한 일이었다. 침대에 누워 음악을 듣고 우아한 몸짓으로 이리저리 뒤척일 수 있는 자유. 단지 그걸 원했다. 특별히 바라는 것은 없었다. 내 지독한 가난과 별 볼 일 없는 열등감을 씻어 낼 수 없다면, 그냥 내 방에 있는 시간만이라도 숨기고 싶었다.

그날 난 어떻게든 내 방을 가져야겠다고 다짐했다.

가을인데도 비가 은근히 많이 쏟아졌다. 방송에선 환경오염이 빚어낸 현상이라고 떠들었다. 내겐 잘된 일이었다. 비가 쏟아지는 날이면 맘 놓고 녀석을 옥상으로 데려가 때릴 수 있기 때문이다. 녀석의 비명이 빗소리와 차 소리에 묻혀 들리지 않을 것이므로 그런 날이면 서둘러 배를 채운 뒤 녀석에게 매를 가했다. 녀석은 이제 내 근처엔 오지도 않았다.

10월이 다가오자 녀석의 몰골은 한눈에 보기에도 흉했다. 온몸은 상처투성이고 절룩대느라 걷는 것도 힘겨워 보였다.

"얘가 갑자기 왜 이러지. 동물병원이라도 데려가 봐야 하는 거

아냐?"

부모님은 뭉치를 걱정했지만, 뭉치를 위해 시간을 따로 낼 만큼 한가한 사람들이 아니었다. 이제 녀석은 사람들만 보면 슬금슬금 피해 구석에 가 숨었다. 드디어 적극적으로 행동 개시를 할 때가 된 것이다.

나는 다 죽어 가는 녀석을 안고 눈물을 글썽이며 부모님 방으로 들어갔다. 밖에선 들리지 않을 정도의 작은 목소리로 치매 걸린 할머니가 자꾸만 녀석을 때린다고 했다.

"뭉치가 불쌍해 죽겠어. 할머니가 때릴 땐 기운이 얼마나 센지 말릴 틈도 없어. 저러다간 뭉치가 죽을 것 같아. 요즘 비실비실 한 게 밥도 잘 먹지 않잖아. 할머니가 멀쩡하다가도 갑자기 달려들어 뭉치를 때리니까 쪼그만 게 별수 있어? 고스란히 맞는 수밖에. 아, 글쎄 어제는 내가 학교 갔다가 문 열고 들어오니까 뭉치가 아주 축 늘어져서 일어서지도 못하더라고. 그래 놓곤 할머닌 편하게 누 워 주무시고 있고. 이젠 할머니가 너무 무서워서 나도 집에 있기 싫다고. 정신이 확 갈 땐 할머니 눈빛이 완전 이상하게 변한다니 까. 엄마, 아빠가 그 표정을 봤어야 하는 건데……."

아주 작고 낮은 소리로 밝혀선 안 될 은밀한 비밀을 고하는 것은 상대에게 꽤 설득력 있는 일이다. 게다가 심각하고 침통한 표정으 로 가끔 호흡을 쉬어 가며 말한다면 열에 아홉은 놀라기부터 할 거다. 어쩔 줄 몰라 하며 내 말을 듣는 부모님을 보면서 나는 연기 가 아니라 실제 상황에 빠진 사람처럼 감정 몰입이 되는 것을 실 감했다. 얘기를 끝내면서 나는 소름이 돋는 듯 몸서리를 한 번 친

뒤 양손으로 팔뚝을 쓸어내리는 자신을 발견했다. 고개를 숙이고 있던 아빠가 땅이 꺼질 듯이 내뱉는 한숨 소리를 들으며 내 연기가 성공적이었음을 직감했다.

아빠가 움직이기 시작했다. 아빠는 간곡한 태도로 할머니한테 뭉치를 때리지 말라고 당부했다. 하지만 할머니는 완강히 부인했다.

"모를 일이구마. 낸 때린 적 없다 안카나. 뭉친가 가가 얼매나 살가운데 와 내가 때리갔노? 주희한테 한번 물어보래이. 두어 번 갸가 밖에서 안고 들어오는 것을 봤구먼. 강아지가 완전히 초주검이 돼 갖꼬 들어오드라꼬. 주희야, 맞재?"

내 각본대로 일이 진행돼 갔다. 할머니의 강력한 부인은 치매 사실을 굳히는 데 큰 도움이 됐다. 원래 치매 환자는 조금 전의 일도 기억하지 못하는 습성에다 완강히 거부하는 것이 특징이었다. 난 엄마의 팔을 잡아끌고 안방으로 들어갔다.

"원래 치매라는 게 금방 자기가 한 일도 기억하지 못한다고 하잖아. 저것 봐. 할머니가 딱 잡아떼는 거. 아예 기억을 못 하신다니까. 그러니까 문제가 심각하지."

부모님은 할머니를 모실 노인 병원을 알아보는 눈치였다. 돈이 없으니 매달 들어갈 돈에 대해 걱정하는 듯 보였지만, 무엇보다 자신들이 집을 비우는 동안 딸의 안전을 걱정하는 모양이었다.

그러다 아빠가 담배를 물고 좁은 베란다에서 밤새 서성이는 모습이 눈에 들어왔다. 담배를 어렵게 끊은 아빠가 담배를 다시 피워 문 것을 보고 난 할머니가 병원 갈 날이 임박했음을 직감했다.

나는 할머니가 누운 침대 아래에 웅크리고 누워 안절부절못하고 서성이는 아빠의 발걸음 소리를 새벽녘까지 들었다.

다음 날, 날이 밝자 아빠는 여전히 침통한 얼굴로 굳게 입을 다물고 있었고 엄마는 이른 아침부터 요란하게 도마질 소리를 냈다. 긴 시간 또각거림 끝에 명절에나 볼 수 있을 법한 푸짐한 아침상이 차려졌고, 아무도 먹지 않는 밥상을 할머니 혼자 열심히 먹었다. 할머니는 이 상황을 아는지 모르는지 그저 맛있게 그릇을 비웠다.

아침상을 물리고 나자 아빠는 꺽꺽 소리 내 울면서 할머니 앞에 무릎을 꿇었다.

"어무이! 지가 불효자입니더. 돌아가실 때까지 지를 용서하지 마이소. 하나밖에 없는 아들 자슥이 어무이가 이리될 때까지 전혀 몰랐다 안 하니껴. 지는 꿈에도 생각 못했심더. 이제라도 마 병원으로 가시가 고쳐 봐야지요. 그간 혼자서 얼마나 힘들었는겨. 지가 쉬는 날 자주 가 볼 꺼니께 밥 잘 드시고 병원서 시키는 대로 하다 보믄 좋아진다 안 하니껴. 그러니께 병원 가시가 거기서 시키는 대로 하이소."

할머니는 시골서 올라올 때 갖고 온 보따리를 안고 엘리베이터 앞에 섰다. 할머니를 배웅하기 위해 나도 엘리베이터 앞에 서 있었다. 옷을 정갈하게 차려입은 할머니는 표정이 없었다. 별다른 말도 하지 않았다. 엘리베이터가 오자 나는 기우뚱대며 엘리베이터 안으로 들어서는 할머니에게 고개 숙여 인사를 했다. 할머니 시선이 살짝 내게 온 것도 같고 아닌 것도 같았다. 할머니와 눈을 맞출 수 없었으므로 그것은 오직 내 짐작이었다. 정지해 있던 엘리베이터 문이 닫히기까지의 시간이 무척이나 길게 느껴졌다.

문이 닫히고 나자 몸이 떨렸다. 난 알림판 숫자가 17, 16, 15, 14 하나씩 작아지는 것을 보다 집으로 들어왔다. 그리곤 안방으로 가 서랍장 속에 반듯하게 접어 보관했던 침대보의 먼지를 털기 위해 복도로 나갔다. 한참 먼지를 터는데, 아빠 차를 향해 걷고 있는 세 사람이 보였다. 곧이어 찌직 하고 자동차 전자키 소리가 희미하게 들려왔다. 침대보를 털다 말고 아래를 내려다보니 아빠가 열고 서 있는 뒷좌석 문 앞에 할머니가 서 있었다. 입에 침이 말랐다. 그때였다. 뒷좌석에 타려던 할머니가 고개를 돌려 우리 집 쪽을 올려다봤다. 꽃무늬 침대보를 쥔 내 손이 멈췄다. 그 순간 바람이 강하게 불었다. 세차게 부는 바람에 꽃무늬가 심하게 흔들렸다. 그러더니 급기야 침대보에 새겨져 있던 꽃무늬들이 일제히 하늘 높이 날아올랐다.

지난여름 강원도에서 전상국 선생님, 오정희 선생님, 정호승 선생님을 만나 뵈었습니다. 큰 키에 꼿꼿한 모습, 그러면서도 다정다감한 전상국 선생님을 뵈면서 멋있다는 인상을 받았습니다. 자리를 먼저 뜨는 제게 찐 옥수수를 챙겨 주시는 모습에서는 할아버지의 따듯함도 느꼈습니다.

오정희 선생님의 소녀처럼 수줍은 말투와 몸짓, 문학에 대한 겸손한 설명은 저로 하여금 문학을 대하는 태도를 생각하게 했습니다.

정호승 선생님의 생활 속 소재 찾기 강의는 몇 시간 동안 마음을 뒤흔들어 놓았고, 김별아 선생님의 문학을 대하는 진지함은 깊은 인상을 남겼습니다.

고진하 선생님의 말씀은 어려웠지만 많은 것을 생각하게 했습니다.

두려움으로 가득했던 문학이 선생님들과의 만남을 통해 조금은 편안해지고 가까워진 느낌이었습니다. 선생님들께서 힘들게 걸어오신 그 길이 성스러워 보였고, 만약 부족한 저에게도 훗날 그 길을 갈 기회가 주어진다면 어떤 자세여야 하는지를 생각하게 하는 시간이었습니다.

멋모르고 일기 쓰는 일이 마냥 재미있어 신 나게 글을 쓰던 코흘리개

시절이 있었습니다. 있었던 일들을 담아내면 재미있게 읽어 주는 부모님, 선생님들의 반응이 좋아 기쁘게 일기를 썼던 기억이 납니다. '이걸 읽으신 다음 반응은 어떨까?' 하면서요.

그러다 초등학교 5학년 때 카프카의 '변신'을 읽고 소름이 돋았습니다. 그때까지 '글은 어떠해야 한다.'고 정형화되어 있던 제 편견이 깨지는 순간이었습니다.

그날 이후 제가 쓰는 글은 훨씬 자유로워졌습니다. 바람이 있다면 어린 제게 상상력의 충격을 준 카프카에 대해 공부해 상상력의 영역, 소재의 깊이를 넓혀 보고 싶습니다.

문학에 대해 저는 아는 바가 없습니다.

이번 글을 쓰면서도 힘든 장면이 나올 때면 잠시 머뭇거렸습니다. 그때 제 머릿속에 든 생각은 '우리 사회는 이것보다 훨씬 심한데…….'라는 것이었습니다. 그래서 용기 내어 쓸 수 있었습니다. 저는 어려서 잘 모르지만, 문학은 문제의식을 느끼고 사람에 대해 탐구하고, 사랑하고 공감하는 거라고 생각합니다. 그래서 앞으로 진지한 자세로 우리 주변의 삶에 대해, 사람에 대해 깊이 들여다보고 관심을 두도록 힘써야겠다고 마음먹습니다.

그리고 제게 조금이나마 감성이 있다면 그것은 엄청난 사랑을 퍼부어 주신 할아버지, 할머니, 그리고 부모님의 은혜라고 생각합니다. 끝없이 넘치게 사랑해 주시는 그분들 덕분에 건강하고 따뜻한 시선으로 세상을 바라볼 수 있게 되었습니다.

마지막으로 부족한 글을 뽑아 주신 심사위원 선생님들께도 감사드립니다.

김채린

|2012 평사리 청소년 문학상 금상 수상작|

이지은

열세 발자국

이지은
창원 중앙여자 고등학교 2학년

교내 도서부 서하, 독서토론부 등 동아리 활동
제11회 경남청소년 문학대상. 산문 부문 버금상(2012)
제12회 연세대학교 윤동주백일장. 산문부문 우수상(2012)
광복절 기념 및 배중세지사 추념 제6회 백일장. 산문부문 우수상(2012)
박경리 선생 3주기 추모제 전국 중 · 고 · 대학생 독후감 공모. 우수상(2011)
3 · 15의거 51주년 기념 제27회 전국백일장. 산문부문 장려상(2011)
제20회 대교 리브로 전국고전읽기백일장대회. 동상(2011)

열세 발자국

오랜만에 보는 눈이다. 공중에서 가볍게 너울거리며 내려오던 눈이 땅 위로 사뿐히 내려앉는다. 지상에 가까워지며 비로소 제 모양을 선명하게 드러내는 새하얀 꽃잎들. 나무들은 차가운 대기 속에서 시린 몸짓으로 눈송이를 받아 낸다.

가끔 툭, 소리를 내며 눈 무더기를 떨어뜨리는 가지들. 예전에 살던 곳만큼은 아니지만, 밟으면 뽀드득 소리가 날 정도로 눈은 땅 위에 사붓사붓 도톰하게 쌓인다. 눈부신 광경이다. 온통 하얀 세상. 밖으로 나가 가만히 서서 눈을 맞고 싶다. 하얀 세상에 하얀 나로 녹아들고 싶다.

어디로 들어왔는지 갈색 털의 강아지 한 마리가 운동장을 뛰어다니고 있다. 폴짝폴짝 뛰어다니는 움직임 뒤로 이어지는 연회색의 발자국이 내 마음속에 쌓인 눈길 위로 선명하게 돋아 오른다.

너는 발자국을 싫어했다.

그건 네 인생의 열세 번째 겨울이었고, 그 눈은 그해 첫눈이었다. 눈이 내리는 날에 발자국은 숨을 곳을 찾지 못했다. 너는 그게 싫었다. 네가 사는 곳은 북위 35.32°. 한겨울에도 얼음이 얼지 않는 따뜻한 나라다. 사람들은 눈을 축복이라 했다. 하지만 너에게 그 축복은 단지 가슴 깊은 곳까지 차갑게 침잠하는 얼음 알갱이에 지나지 않았다.

너는 맑은 공기를 마시려 열린 창에 기댄 채 바깥을 바라보곤 했다. 그러면 창 아래쪽에 네 또래가 목도리를 두르고 모자를 쓴 채 눈을 뭉치며 노는 것이 보였다.

열린 창문으로 높은음의 들뜬 웃음소리가 들어왔다. 아득한 동화 나라에서 들려오는 노래를 들으며 표정없는 얼굴로 그 모습을 지켜보았다. 너는 창문에 입김을 불어 밖의 풍경을 지워 버렸다. 겨울은 열세 살의 네가 버텨 나가기엔 너무 길었고, 나풀거리는 눈송이도 네 어깨엔 너무 무거웠다. 너는 겨울이 싫었다.

하지만 네 엄마는 달랐다. 예전처럼 창문을 열고 손을 밖으로 내밀지는 않았지만, 손바닥을 간질이는 눈의 궤적을 눈으로 좇고 있었다. 어린 네 눈에도 엄마의 마음이 자꾸 집 밖으로 달려나가고 있는 것이 보였다. 그런 엄마의 모습을 너는 못 본 체했다.

엄마가 말을 잃은 것은 네 아빠와 엄마 사이의 어떤 일 때문인 것 같았다. 하지만 너는 더 이상의 것을 알고 싶지 않았다. 우울하고 절망적인 어떤 감정이 너의 집을 무겁게 누를 때, 길을 지나는 사람들의 시선이 너를 흘끔거리는 것을 느낄 때, 너는 엄마가 너무 멀리 있다는 느낌을 받았다. 엄마와 너는 먼 거리에서 서로를 두려워했다. 분명한 것은 엄마처럼 너도 어떤 우울함 속에서 떨고 있다는 것이었다.

그리고 그날 아침, 네 엄마는 집을 나갔다.

항상 그렇듯이 네 아빠는 말이 없었다. 엄마가 집을 나가는 일에는 익숙했다. 오히려 힘든 것은 혼자 남겨진 집 안에서 숨죽이고 입을 다문 채 견디는 일이었다. 그럴 때의 집은 회색 상자 같았다. 네 아빠가 입김 대신 뱉어 내는 담배 연기 또한 회색이었다.

깔깔한 침묵을 삼키고 너는 가방을 챙겼다. 다녀오겠습니다, 하고 문을 열었지만, 대답은 돌아오지 않았다. 아빠에게 위로의 말로 건넬 수 있는 것은 그 인사뿐이었기에, 너는 그 말을 잊지 않으려고 애썼다.

닫힌 문 뒤로 아빠의 약한 기침 소리가 새어 나왔다. 언제부터인가 아빠도 너의 시선을 외면하며 약한 기침을 자주 뱉었다. 가슴에 고인 어떤 것을 토해 내려는 듯한 답답한 기침 소리였다. 그 소리는 빨강 신호등이 되어 엄마나 아빠에게로 향하던 너의 마음을 멈추게 했다. 너는 그렇게 길들여지고 있었다.

문을 닫고 엘리베이터를 탔다. 엘리베이터 문이 닫히는 순간, 한 번 더 기침 소리를 들은 듯했다. 가슴이 답답했다.

엘리베이터에 붙어 있는 거울을 보며 앞머리를 옆으로 넘겼다. 어중간한 길이의 앞머리, 눈썹을 덮는 너의 앞머리. 몇 번이나 가위를 들고 거울 앞에 섰지만, 네 엄마의 짧은 앞머리가 떠오르자 너는 그만 가위를 내려놓고 말았다. 너는 공기가 답답하다고 느꼈다. 철로 만든 직육면체에 갇힌 너는 끝없이 추락하고 있었다. 붉은 번호 등이 느리게 깜박였다. 5, 4, 3……. 너는 심호흡을 했다. 눈을 깜박였다. 머리카락이 두 눈썹을 타 넘어 눈을 찔렀다. 찔끔 눈물 한 방울이 흘렀다. 엘리베이터가 불안정한 흔들림과 함께 멈추었다. 문이 열렸다.

너는 밖으로 나왔다. 뺨에 닿는 찬 공기를 가슴으로 빨아들였다. 서늘하고 맑은 기운이 네 안을 채웠다. 눈 내리는 풍경을 스쳐 네 안으로 들어온 바람은 맑은 얼음 같았다. 사박사박, 눈 밟는 소리를 들으며 친구도 없는 길을 너는 혼자 걸어가고 있었다.

도로에는 회갈색의 질척한 자동차 바퀴 자국이 남아 있었지만 네 앞에 펼쳐진 인도는 처녀설로 덮여 있었다. 너는, 네 늘어지고 빛바랜 흰색 운동화가 그 하얀 눈을 밟기에는 너무 더럽다고 생각했다. 그랬기에 자꾸 고개를 숙이고 몇 번이나 너의 운동화를 보았다. 그럴 때마다 초라한 운동화가 부끄러웠다. 인상을 찌푸리며 다시 한 번 어깨 옆으로 늘어지는 가방을 올린 너는 옷에 들러붙기 시작한 눈송이를 탁탁 털었다.

너는 열세 살의 겨울을 잊을 수 없었다. 회색 하늘에서 쏟아져 내리던 눈발을 한참 동안 바라보던 때 일던 현기증 때문도, 눈 알갱이가 옷에 달라붙을 때의 당황스러움 때문도 아니었다. 속으로 네 거라고 점찍어 두었던 새치름한 풀꽃이 눈발 속에서 얼어 버려서도 아니었고, 쓰던 몽당연필이 부러져 칼을 빌리기 위해 처음으로 새 짝에게 먼저 말을 건네야 했기 때문도 아니었다. 네가 그 겨울을, 그 눈 내린 날을 잊을 수 없는 까닭은 다른 데 있었다.

눈이 그쳤다. 하교하는 아이들의 머리 위로 서너 가닥 눈이 폴폴 날리기는 했지만, 길가의 눈은 벌써 흐물흐물 퍼지면서 땅으로 스며들고 있었다. 이따금 발을 옮길 때 쓱, 하는 소리와 함께 살짝 미끄러지기도 했다.

네 또래의 아이들이 두서넛씩 짝을 지어 재잘거리며 걸어가고 있었다. 그 아이들의 목소리는 언제나 높은음이었다. 너는 고개를 돌려 길옆에 줄지은 가게들에 눈길을 주었다. 사람들이 너의 눈길을 알아채기 전에 너는 그 앞을 지나쳐 버릴 수 있었다.

미용실 문 앞에 걸려 있는 빙글빙글 도는 광고판 속의 여자들에게는 더 오래 눈길을 줄 수 있었다. 그 여자들도 너처럼 누구와도 눈을 맞춘 적이 없다는 듯 어색하게 자꾸 고개를 옆으로 돌렸다.

네 시선이 문구점 간판에 이르는 순간, 너는 선생님 얼굴과 빨간 볼펜을 떠올렸다. 준비물이었다. 너는 서랍 속에 넣어 둔 동전을 가지고 와야 했다.

그때 그것이 너의 눈에 들어왔다.

새로 들어선 건물 앞이 시멘트로 포장되었다. 아직 마르지 않은 시멘트를 보호하기 위해 주변에 친 빨간 줄 앞에 너는 멈추었다. 주위를 둘러보았지만 지나는 사람들은 너에게 아무도 신경 쓰지 않았다. 금지의 빨간 줄이 바람에 파르르 떨리고 있었다. 네 심장이 콩콩 뛰었다. 덜 굳은 시멘트 구석에 너와 같은 생각을 한 아이들 발자국 몇 개가 먼저 자리를 차지하고 있었다.

너는 주위를 살폈다. 그리고 오른발을 들어 올려 네 발자국을 꾹 눌러 새겼다. 심장이 더 빠르고 불규칙하게 뛰었고, 다리가 떨렸다.

잠시 뒤, 아무도 알아채지 못하는 엷은 미소가 네 얼굴에 조용하게 번졌다. 심장도 점점 고요해졌다. 고개를 숙여 바닥을 들여다보니 밑창이 낡아 무늬가 닳은 네 발자국이 너를 올려다보았다. 희미한 표정이었다. 그 옆에 찍힌 낯선 발자국도 고개를 들었다. 선명한 무늬를 가진 발자국이었다. 그들 사이에 놓인 네 발자국은 어쩔 수 없이 초라하고 부끄러웠다.

갑작스레 구역질이 치밀어 올랐다. 목구멍까지 올라온 역한 기운에 반사적으로 입을 막고 고개를 숙이며 불쾌한 느낌을 억누르려 애썼다. 윽, 으윽. 길거리에 쪼그려 앉아 이상한 소리를 내는 너를 흘깃거리며 지나가는 사람들의 뒤로 발자국이 찍히고 있었다.

너와는 다른, 또렷한 발자국. 시선을 둘 곳을 찾지 못해 눈을 감았다. 어둠이 시야를 덮었다. 눈을 뜨면 다시 발자국을 보게 될까 두려웠다. 네 발자국이 이어져 온 자리를 되짚어가는 것이 두려웠던 너는, 결국 준비물을 챙기지 못했다.

열세 살 너에게 짝들은 눈동자가 없었다. 언제나 그들은 옆모습으로만 존재했다. 점점 그 옆모습마저 흐릿해지기 시작했고, 네게 짝은 사라졌다. 누가 말을 건다 해도 넌 우물쭈물하다 끝내 대꾸하지 못했다. 남에게 말을 걸어야 할 일은 없었다. 너는, 언제나 혼자였다. 너에게 다가와 말을 걸었던 아이들은 돌아오지 않는 대답에 고개를 저으며 돌아섰다.

아빠마저 어딘가로 사라져 버린 날 밤. 너는 혼자 과자 봉지를 뜯었다. 허기가 져도 이상스레 식욕이 들지 않았다. 까칠한 과자가 부서질 때마다 입안이 따가웠다. 너는 손톱을 물어뜯었다. 손톱 밑에 발갛게 핏줄이 섰다. 너는 발톱에 눈을 주었다.

길게 자란 발톱이 양말을 닳게 해서 금방이라도 발가락이 양말 밖으로 삐져나올 것 같았다. 너는 손톱깎이를 찾았다. 너는 어둠 속에 혼자 남겨진 너를 잊을 수 있었다. 서랍이 딸각 소리를 낼 때마다 방 안의 공기가 흔들리는 것 같았다. 그 소리는 더 크게 네가 혼자임을 말해 주는 것 같았다.

그때 수첩이 네 눈에 들어왔다. 손바닥만 한 수첩이었다.

—엄마 친구 만나러 간다. 여섯 시에 돌아올게.

—냉장고에 간식 도시락 챙겨 놨다. 맛있게 먹고, 엄마 기다리고 있어.

—엄마 좀 늦을 거야. 밥솥에 밥 있다. 잘 챙겨 먹어라.

엄마가 네게 남긴 메모들이었다. 수첩을 천천히 읽으면서 예전에 엄마가 그런 메모를 남기고, 너에게 말을 하고, 너와 아빠를 위해 웃어 주었던 기억을 떠올렸다. 그 기억은 마치 먼, 아주 먼 나라 이야기처럼 느껴졌다. 너는 수첩과 손톱깎이를 들고 거실로 나왔다.

아야, 단 한마디 짧은 그 소리는 다시 너를 어두운 정적 속으로 밀어 넣었다. 너무 깊이 눌러서 살을 파고든 손톱깎이를 떨어뜨리자 금세 피가 빨갛게 뚝뚝 떨어졌다. 너는 피를 닦지 않았다.

피가 점점 발가락을 물들이는 걸 지켜보던 너는 그만 울음을 터뜨리고 말았다. 미워하지 않을게, 엄마, 빨리 와, 제발 오란 말이야. 너는 엉엉 목 놓아 한참을 울었다.

꺼억— 꺼억—.

처음으로 들어보는 아빠의 울음소리를 듣고 너는 잠에서 깨어났다. 밤늦게 돌아온 아빠는 발가락에 피를 흘리다 잠든 너를 보고 서럽게 울고 있었다. 너는 눈을 감은 채 아빠의 울음소리를 들었다.

네 발자국은 날이 갈수록 일그러지고 있었다.

긴 앞머리가 눈을 거의 다 덮어 버린 너의 얼굴엔 그림자가 더욱 짙어졌다. 변함없이 매일 너는 엘리베이터와 함께 추락했다. 다른 발자국은 네 발자국 근처에서 점점 더 멀어져 갔다. 그러는 동안 너는 그 발자국이 네 발자국과 어떻게 다른지 잔인하리만치 확실하게 깨달을 수 있었다.

무수한 발자국의 무리 속에서 네 발자국만이 홀로 가고 있었다. 그럴 때마다 너는, 왜 혼자인 거야, 하고 중얼거렸다. 그렇게 너는 언제나 혼자 가는 발자국이었다. 세상을 덮을 듯 내리는 눈이라도 네 발자국만큼은 덮지 못했다.

눈발이 한층 거세진다. 무겁진 않다. 포근한 대기를 가득 채우는 하얀 나부낌이다. 너무나도 환하고 아름다운 풍경이다. 저 빛은 교과서에서 보던 오로라의 화려한 빛이나 새벽의 눈 부신 빛, 또는 달무리의 은은한 빛과 닮았다.

북위 35.32°. 내가 사는 이곳은 눈이 내려도 따뜻하다. 눈의 결정은 하늘 저 높은 곳에서 이곳으로 떨어지며 춤을 춘다. 차갑지 않은 눈의 결정들. 녹지 않고 더 얼지도 않는 꽃송이같이 부드러운 눈의 살결들이 눈부셔, 세상은 더 환하다.

"너 왜 아까부터 계속 멍하니 있는 거야, 무슨 고민 있어?"

잠깐 생각에 빠져 있는데, 친구의 말소리가 나를 깨운다. 나는 친구의 말에 응, 이라고만 대꾸하고, 창가에서 시선을 떼지 않는다. 아까 폴짝거리며 달려간 강아지의 발자국을 따라, 눈발 사이로 혼자 걸어가는 아이의 등을 본 것 같다고 생각했는데. 착각이었을까.

나는 지금 내리는 눈이 내게 특별한 주문을 하고 있다는 생각에 빠진다. 오랫동안 버려두었던 다락 속의 인형 같은 것. 그 인형은 어둠 속에서 눈을 동그랗게 뜨고 나를 기다리고 있을 것 같다. 내가 한 번도 뒤돌아보지 않았던 지난 시간이 자꾸 선명하게 눈발 속에서 나를 부르고 있는 것 같다. 그 부름은 강아지가 지나간 길을 따라 내 가슴에 돋아났던 발자국만큼 빠른 시간을 타고 내 열세 살의 겨울로 달려가게 한다.

……지금도 있을까.

아주 오랫동안 떠나 있던 네 엄마가 돌아왔다. 아니, 돌아온 게 아니라 아빠가 엄마를 찾아 데리고 들어왔다. 두 사람은 마주 보고 있었다. 깊은 눈동자였다. 너는 그런 엄마 아빠가 낯설었다. 엄마는 웃는 얼굴로 네 머리를 쓰다듬어 주었다. 그 표정에는 미안함이 배어 있는 것 같았다. 처음 느껴 보는 낯선 사람의 손길에 보답하는 것처럼 너는 서툴게 미소 지었다. 엄마의 눈동자는 너를 바라보고 있었다. 따스했다.

이사한다고 했다. 그리 멀지는 않은 곳이라 했다.

전학을 가던 날, 너는 마지막으로 네가 다니던 학교에 갔다. 아쉬운 이별을 전하는 친구도, 특별한 작별 인사도 없었다. 선생님은 잘 지내라는 간단한 말만 전하고 너의 등을 밀어 보냈다. 그 손에서 너는 길거리에서 만난 모르는 사람들을 닮은 손길을 느꼈다. 네가 가방을 메고 교실을 나서는 순간에도 돌아보는 시선은 없었다. 그렇게 너는 그곳에서 아무것도 아닌 아이였다. 교실에 남은 네 발자국도 아무렇지 않게 지워질 것을 너는 알았다.

네 아빠가 손을 흔들었다. 이삿짐 트럭을 올려다보는 너를 보며 아빠는 웃어 주었다. 아빠의 목소리는 깨끗했다. 이삿짐 트럭 운전기사는 걱정스러운 표정으로 눈이 내리는 하늘을 자꾸 올려다보았지만, 아빠 얼굴에는 내내 웃음이 담겨 있었다.

빨리 타렴, 택시를 세운 아빠가 말했다. 종종걸음으로 걸어가 차 문을 열려던 네 손이 멈칫했다. 왜 그러니, 하고 너를 차 안으로 밀어 넣으려던 엄마가 물었다.

너는 네 신발을 내려다보았다. 그리고 네가 걸어온 길을 돌아보았다. 너를 집요하게 따라다니던 발자국이 저편에서부터 이어져 있었다. 밑창에는 눈이 덕지덕지 붙어 있었다. 그냥요, 눈이 붙어서. 너는 얼버무리고는 신발을 털었다. 눈덩이가 흩어졌다. 더는 너를 쫓아오지 못하게 하려는 듯 너는 더 세게 탁탁 소리를 내며 눈을 털었다. 하지만 네 발자국이 기어코 너를 쫓아올 것 같은 불안함을 모조리 털어 내지는 못했다.

너는 차에 올랐다. 몇 번 부릉, 하는 소리가 난 뒤 차가 움직였다. 어디선가 다급한 발소리가 들리는 듯했다. 너는 주먹을 꼭 쥐었다. 가지 마, 발자국이 외치며 너를 쫓았다. 오지 마, 제발! 듣고 싶지 않아, 라고 너는 더 세게 너의 발자국을 밀쳤다. 너는 더는 발자국의 외침을 듣고 싶지 않았다. 차가 더 빨라졌다. 쿵쾅거리는 네 심장 박동을 따라 발자국은 달음질쳐 따라왔다.

심장을 긁어내는 통증이 밀려왔다. 나는 이제 첫걸음을 걸을 거야, 하고 너는 되뇌었다. 걷기도 전에 생기는 발자국이란 없어, 그러니까 넌 없는 거야, 하고 발자국에 전하듯 속삭였다.

너는 입술을 깨물었다. 발자국의 외침이 잦아들었다. 하지만 발자국의 말은 계속해서 메아리쳤다. 넌 나를 부정할 수 없어, 없어, 없어…….

차가 달리는 동안 집과 빌딩과 가로수와 가드레일, 신호등, 차들이 창밖으로 빠르게 스쳐 지나갔다. 너는 무릎에 얼굴을 파묻었다. 눈을 감았다.

네가 깨었을 때, 이미 너는 낯선 곳에 있었다.

오후 세 시. 시험이 끝나자 아이들의 비명이 발작을 일으키듯 교실을 찢어 놓는다. 야자가 없는 날이다. 나는 영화를 보러 가자는 친구들의 말에 손을 저으며 혼자 서둘러 교문을 나선다. 마음에 돋아 오르던 그 발자국을 따라 눈길을 밟는 내 발걸음이 빨라진다.

눈이 내려서인지 길은 한산하다. 찻길은 녹은 눈과 새로 쌓이는 눈이 섞여 질척거린다. 자동차 바퀴는 치익—, 소리를 내며 눈물을 튀기며 달린다. 나는 버스 정류장에 서서 버스 운행 시간을 알려 주는 안내 모니터를 읽으며 숨을 고른다.

하얀 입김이 조금씩 가라앉는다. 버스는 커다란 몸집을 내 앞에 대고 칙, 소리를 내며 문을 활짝 연다. 나는 망설임 없이 계단을 오르고, 언제나 다니는 길을 가듯이 태연하게 자리를 차지한다. 버스가 달리기 시작하자 손에 밴 축축한 땀을 닦는다.

버스는 내가 한 번도 지나지 못할 것 같던 그 길을 두려움 없이 들어선다. 열세 살을 지나면서 마음속에 지워진 길이다. 도심을 벗어난 버스는 강을 끼고 한참을 달린다. 강 저쪽 산은 하얀 눈을 끼얹은 모습 그대로 수면 위에 풍경화를 담는다.

강 이쪽과 저쪽을 잇는 다리의 아치 장식과 그 아래로 흐르는 물줄기는 매우 아름다워 낯설다. 산자락이 끝나는 곳을 돌아갈 때는 강에 비친 산 그림자가 더 크게 내 앞으로 다가오고 또 뒤로 물러났다.

길은 내가 떠나온 도시 깊숙한 곳으로 이어지며 나를 인도한다. 그곳은 내가 기억하고 있는 것보다 더 크고 환한 풍경이다. 저 도시는 처음부터 아름다운 풍경을 가지고 있었을 것이다.

버스는 천천히 멈추어 나를 내려놓고 어디론가 또 달려간다. 나는 온몸이 조여드는 긴장을 느낀다. 눈에 익은 작은 골목길과 간판들이 눈에 들어온다. 그 순간 내 마음이 조금 흔들리는 것을 느낀다. 자신 있게 왔는데, 아직 덜 여문 발자국의 상처가 수면 위로 떠오르며 나를 당황하게 한다. 이제는 두려움 없이 마주할 수 있다고 생각했는데, 나는 다시 아픈 열세 살로 잠기고 만다.

열세 살의 네가 도착한 낯선 도시에는 너를 쫓던 발자국이 없었다. 그런데도 너는 가슴이 콱 막히는 기분이 들었다.

안 내리고 뭐 하니, 라며 엄마는 너를 잡아당겨 차 밖으로 나오게 했다. 너는 풀썩 무릎을 꿇었다. 너의 엄마는 놀란 눈으로 너를 내려다보았다.

너는 입술을 짓씹었다. 짐을 들고 네 옆을 지나는 인부의 발자국이 너를 올려다보며 비웃었다.

―네가 원했던 거잖아. 발자국이 더는 따라오지 않았으면 하고 바랐잖아.

하지만, 하고 너는 내뱉었다. 그 접속사가 입 밖으로 튀어나온 순간 너는 깨달았다. 발자국의 말이 맞았다. 너는 부정할 수 없었다. 그 발자국은 어쨌든 너의 것이었기에. 또한, 너였기에.

갑자기 다리에 힘이 풀렸다. 고래고래 소리를 지르고 싶었다.

인정하기 싫었던 사실이 네 앞으로 성큼 다가왔다. 왜 그렇게 가시를 세웠을까, 왜 그렇게 친구가 될 수 있었던 아이들을 몰아내지 못해 안달이었던가. 비뚤어진 네 시선만큼 일그러지던 발자국. 그 모습이 너라고 발자국이 말했다.

너는 너의 새집으로 들어가 악을 쓰고 고함을 지르고 싶었다. 인부들이 짐을 옮기느라 쓰고 있는지 엘리베이터의 번호 등이 멈추어 있었다. 너는 계단으로 뛰어 올라가다가 발을 멈췄다.

잠시 가만히 서 있던 너는 떨리는 손을 내밀어 계단참의 창문에 손을 대었다. 닿았다. 바깥이 보였다. 눈을 반쯤 덮고 있던 앞머리가 날려 시야가 탁 트이는 순간, 무슨 일인지 네 아빠의 웃음소리가 또 들려왔다. 엄마가 맞장구를 치듯이 작게 웃는 소리도 들렸다. 그 소리에 너는 그 자리에 스르르 주저앉아 버렸다.

엄마를 용서하지 않겠다고, 단단하게 벽을 세웠던 너의 마음이 허물어지는 느낌이었다. 너는 무릎을 모아 등을 벽에 대고 쪼그려 앉았다. 신발이 축축한 것을 그제야 알아챘다. 네 신발에 붙어 있던 눈이 녹아 있었다. 계단 쪽으로 시선을 돌리자 네가 올라온 곳을 따라 찍혀 있는 발자국이 보였다.

그 발자국은 네가 버리고 온 발자국이 아니었다. 그 발자국은 네게 아무것도 아니었다. 너는 몸을 일으켜 열린 창틈으로 얼굴을 내밀었다. 차고 부드러운 바람이 들어왔다. 손을 들어 올리자 손가락을 휘감고 그 사이로 빠져나가는 미풍이 느껴졌다.

'나'는, 울고 있었다.

그 후로 몇 번인가의 겨울이 흘렀다. 나는 열세 살 너의 발자국을 잊고 새 발자국과 걷고 있다. 또렷한 윤곽과 선명한 무늬를 가진 발자국이다.

오늘 내가 이곳을 찾은 것은 너를 만나기 위해서다. 두려움 뒤로 숨겨 버렸던 발자국이다. 마침내 나는 네 앞에 섰다. 열세 살의 발자국 앞에.

거리는 한산하다. 모든 것이 그대로인 이 거리에서 나는 낯선 이방인이다. 그래서 나는 네가 되어 기억 속의 그 자리를 찾는다. 떨리는 마음으로 네가 있는 그곳에 가까이 다가간다. 눈길이 닿는 순간, 나는 걸음을 멈추고 못 박힌 듯 그 자리에 섰다.

그곳에 네가 있다.

시멘트 바닥에 닳아진 발자국으로, 네가 있다. 아무도 없는, 발자국이 다 사라져 버린 이 길에서, 너는 화석이 되어 말라 있다. 그 발자국을 딛고 선 채 고개를 떨어뜨리고 쓰러질 듯 위태한 네가 서 있다. 순간, 숨이 막힌다. 시야가 희부옇게 번진다. 간신히 호흡을 가다듬어 본다.

나는 네게 다가간다. 너는 이곳에 남아 있었고, 나는 이곳을 도망쳐 떠났다. 너를, 너의, 나 자신의 발자국을 남겨둔 채. 나는 온 힘을 다해 새 발자국을 만들어 갔다. 너를 부정하면서. 그런 내가 지금 너를, 아니 나의 발자국을 바라보고 서 있다.

"추워 보이네."

너는 가녀리고 해쓱한 얼굴을 들어 까만 눈동자로 나를 올려본다.

너는 외면할 수 없는 나의 일부였다. 내 열세 살의 발자국, 너. 나는 홀로 이곳에 서 있다고 생각했지만, 그저 네가 새긴 발자국에서 몇 걸음 더 나아온 것일 뿐이었다.

너에게는 이곳이 언제나 추운 겨울이었을 것이다. 맞대어 체온을 나눌 다른 발자국이 네 발자국 옆에는 없었으니까. 하지만 너를 두고 도망쳐 버린 나는 그동안 따뜻하게 지냈다. 하지만 어딘가 부족한 따스함이었고, 그 공허함이 어디에서 왔는지 이제는 알고 있다. 그것을 채우기 위해 여기에 왔고, 내게 필요한 것이 무엇인지 이 거리에서 나는 분명히 알게 되었다.

손을 내밀어 본다. 너를 팽개치고 외면하려 했던 나를 용서해 주기를 바라는 손이다. 네가 나를 용서할 수 있을지, 너를 외면했던 나를 받아들일 수 있을지, 너는 갈등하고 있다. 지금 네 앞에 서서 용서를 구하는 나 또한, 열세 살의 겨울과, 가슴을 짓누르며 나를 괴롭히던 너를 받아들일 수 있을지 두려워하고 있다.

　눈이 내린 거리, 내 등 뒤로는 새 운동화의 선명한 발자국이 점점이 이어져 있다. 이쪽과 저쪽의 발자국은 비록 거리가 멀지라도, 달라 보일지라도 결국은 이렇게 같은 것이었나 보다. 시멘트에 찍힌 조그만 발자국을 딛고 선 너. 온 힘을 다해 또렷한 발자국을 만들며 여기에 선 나.

　질척거리는 눈은 거리의 발자국들을 지우고 다시 새하얀 눈꽃이 하늘에서 내려와 쌓인다. 따뜻하다고 느낀다. 너는 이제 춥지 않아, 괜찮아. 나는 너에게 전해지는 나의 따뜻한 말소리를 듣는다.
　이제, 함께 걸어가자.
　나는 손을 내밀어 너와 악수한다. 너는 나와 눈을 맞춘다. 우리는―나는 웃는다. 눈발처럼 환하게.

　나는 이제, 그 열세 번째 발자국을 딛고 서 있다. 그 앞으로 새로운 발자국이 선명히 돋아 오를 것임을 안다.

대회에 응모하긴 했지만, 저보다 잘 쓰는 친구들이 많을 거라는 생각에 크게 기대하지 않았습니다. 제주도 수학여행 중이었는데, 금상으로 뽑혔다는 전화를 받았습니다. 여행하면서 듣게 된 수상 소식, 처음에는 믿기지가 않아 잠시 멍했습니다. 그리고 차차 그 느낌이 현실로 다가왔고, 정말로 내가 수상했다고 생각하는 순간, 성산 일출봉 위로 날아오를 수 있을 만큼 기뻤습니다.

얼마 전 다른 백일장에 참가한 적이 있습니다. 구경꾼처럼 상 받는 친구들을 부러워하며 멍하게 보고 있다가, 제 이름을 듣고 깜짝 놀라 정신없이 단상으로 뛰어 올라갔습니다. 시상식이 다 끝난 뒤에야 감격이 터져 나와서 많이 울었습니다. 그런데 이번엔 또 토지 문학제에서 영광을 ……. 이제 막 시작하려는데, 이런 행운이 꼬리를 물고 저에게 달려오다니, 아직도 가슴이 두근거립니다.

저의 《열세 발자국》에 관심을 보여 주신 심사위원 선생님 감사합니다. 작가님들이 제 글을 읽으시는 풍경을 상상하는 것만으로도 저는 행복했고, 영광스러웠습니다. 《열세 발자국》 속 제 마음을 잘 받아 주셔서 무척 감사합니다. 제게 용기를 주셔서 감사합니다.

저는 초등학교 때부터 작가가 되고 싶어서 소설을 쓰고, 그림을 그려 넣어 혼자 책을 만들기도 했습니다. 책이 완성되면 저 혼자 좋아하며 몇 번이고 읽어 보곤 했지요. 그 책들은 지금 상자 속에 보관되어 있습니다. 그로부터 시작해 중학교, 고등학교에 올라오기까지 많은 일이 있었습니다. 소설가로 진로를 잡고, 이 대회 저 대회를 뛰어다녔습니다. 많이 떨어졌습니다. 내겐 문학적 재능이 없나, 포기해야 하나 생각도 많이 했습니다.

아픈 기억입니다. 하지만 그 또한 제 발자국입니다. 상자 속에 담긴 어설픈 동화도, 낙선의 쓰라림도 전부 제 발자국입니다. 지금 소감문을 읽고 있는 이 시상대에 발자국을 남길 수 있는 것도 바로 그 발자국들 덕분입니다. 작가가 된다는 것이 그때는 막연한 희망이었지만, 돌부리에 채이고 가시넝쿨에 긁히며 그 길을 걸어오자 제가 걸어가고 있는 현실의― 꿈을 향한 길로 이어졌습니다. 문학이라는 먼 길을 걸어가려는 저에게 이번 상은 언제나 큰 용기를 줄 것입니다. '토지 문학제'라는 이름이 저의 뿌리를 덮은 흙이 되어 저를 자라게 해 주겠지요.

사람들은 자신의 부끄러운 과거를 잊으려고 하는 것 같습니다. 창피하거나 부끄럽거나 아픈 과거. 그 과거를 없던 것으로 치고, 잊어버리려고 합니다. 과거가 없는 현재는 존재하지 않는다고 생각합니다. 예전의 내가 한 발자국을 내디뎌 주었기에 지금의 내가 또 한 발자국을 내디딜 수 있는 것이니까요. 잘못 찍힌 발자국이라도, 잊고 싶은 것이라 해도, 부정하고 싶은 것이라 해도, 결국 그 발자국이 나를 성장시켜 준 소중한 경험이고 기억이니까요.

《열세 발자국》은 그런 생각에서 쓴 소설입니다. 주인공을 만들어 가는 데 상상을 불어넣어 준 친구들과 제 눈에 보이는 풍경에도 감사드리고 싶습니다. 제 작은 경험의 조각들도 작품을 쓰는 데 소중한 재료가 되었습니다. 앞으로 사람의 마음을 더 많이 이해하고, 사물을 더 자세히 관찰하고 느끼고 생각해야겠습니다. 그게 더 좋은 소설을 쓰는 훈련이 된다는 걸 믿으니까요.

말하고 싶은 바를 잘 표현했는지 모르겠습니다.

부족한 제 작품을 뽑아 주신 심사위원님들께 다시 한 번 감사드립니다.

이지은

|2012 평사리 청소년 문학상 은상 수상작|

정송희

참지 못하는 남자

정송희
서초 고등학교 3학년

참지 못하는 남자

기차가 자꾸 벽에 부딪혔다. 구부러진 플라스틱 레일을 하나 잃어버렸다. 기차는 계속 벽 앞으로 갈 수밖에 없었다. 나는 기차의 전원 버튼을 누르고 레일 위에 놓았다. 기차가 진동 소리를 내며 달그락거린다. 기차는 오래되고 망가져 제대로 가지 못했다. 나는 레일을 차곡차곡 정리해 서랍에 넣었다.

초등학교 입학할 때 아버지가 처음 사 준 장난감 기차였다. 지금은 낡고 망가졌지만, 그때는 이 기차가 최고였다. 나는 기차를 책상 구석에 놓았다. 기차가 벽에 부딪히든 어떻든 계속 달려갔으면 좋겠다고 생각하는 순간, 사타구니가 축축하고 무겁다.

두 번째 서랍을 연다. 기저귀가 나란히 정돈되어 있다. 나는 기저귀 하나와 바지를 꺼낸다.

방문을 열었다. 밝은 빛이 어두운 방 안으로 들어온다. 밖을 이리저리 살펴본다. 붉은색 가죽 소파에 동생과 엄마가 앉아 텔레비전을 보고 있다. 나는 문을 살짝 열고 화장실 쪽으로 걸어간다. 동생이 나를 본다. 뭐야, 또 싼 거야? 엄마가 동생의 손등을 꼬집는다. 형한테 말버릇이 그게 뭐야. 엄마의 나긋나긋한 목소리가 내 귓가로 파고든다. 무겁다. 사타구니 안쪽의 묵직한 것이 낯설게 느껴진다. 엄마의 말은 그게 다였다. 엄마는 나를 보지도 않았고, 동생만 꾸짖는 척한다.

나도 예전에 붉은색 가죽 소파에 엄마와 앉았던 적이 있다. 그때 젖먹이 동생은 섬유유연제 냄새가 가시지 않은 하얀 포대기에 싸여 있었다. 아빠는 칭얼거리는 동생을 번쩍 들고 둥실둥실 달랬다. 소파에 앉아 빨래를 개던 엄마도 재미난 표정을 지으며 동생과 눈을 맞추느라 정신이 없었다.

나는 오른손에 든 토마스 장난감 기차를 만지작거렸다. 구불구불하게 이어진 플라스틱 기찻길에 토마스 장난감 기차를 내려놓았다. 전원이 켜진 장난감 기차는 시끄러운 소음을 내며 빠르게 달려갔다. 엄마와 아빠를 힐끔 살펴보았다. 장난감 기차 소리에 놀란 동생이 울음을 터뜨렸다. 엄마가 개다 만 빨래를 한쪽으로 밀어 놓고 어쩔 줄 몰라 하는 아빠한테서 동생을 조심히 받아들었다. 엄마의 젖가슴에 폭 파묻힌 동생의 얼굴이 평온하고 따듯해 보였다. 장난감 기차 소음이 들리지 않았다.

배터리 수명이 다했나 보다. 최고였던 내 기차는 그때부터 무용지물이 되었는지도 몰랐다. 엄마와 아빠, 동생 주변에 둘러싸인

벽을 기차가 뚫고 들어갈 수 없다. 그저 빙빙 돌 뿐이었다. 배가 부글부글 끓었고, 속이 아팠다. 화장실로 달려가야 했다. 화장실 쪽을 바라보았다. 동생과 엄마와 아빠가 보였다. 걸어갈 수 없었다. 그들 사이를 뚫고 지나갈 수 없었다. 나는 그 자리에서 바지를 내렸다. 엄마와 아빠가 고개를 돌리는 모습이 느리게 재생되었다. 나를 바라보았다. 바닥에는 내가 싼 배설물이 떨어지고 있었다. 아빠가 나를 둘러업고 화장실로 들어갔다. 샤워기로 몸을 헹굴 때 들리는 엄마의 잔소리가 좋았다. 묵은 체증이 시원하게 빠져나갔다.

깜빡 잠이 들었다. 병원을 지나쳤을까 봐 버스 창문 밖을 내다봤다. 사거리에 있는 유명 성형외과가 보인다. 큼지막한 성형외과 간판에 여자 연예인이 하얀 치아를 드러내며 웃고 있다. 다행히 아직 도착하려면 한참 멀었다. 한숨을 쉬고 창문 밖을 다시 바라보았다. 햇볕이 쨍쨍하게 내리쬐고 있었다. 나는 삐질삐질 흐르는 땀을 소매로 훔치고 등받이에 편히 기댔다.

나는 정기적으로 병원에 다닌다. 대소변부조로 생리 욕구를 잘 참지 못하고, 항문에 힘이 없어 배변 조절이 잘 안 됐다. 게다가 소화 기능도 좋지 않아 곧잘 체하기도 한다. 여름에는 기저귀 때문에 땀띠를 달고 산다. 가방에는 언제나 여분의 기저귀와 물티슈가 들어 있고, 아기용 파우더도 있다. 언제부터인지 잘 모르겠지만, 아주 어렸을 때부터 병원에 다녔다. 예전에는 엄마와 같이 다니거나 아빠가 차로 데려다 주었지만, 동생이 생긴 이후로는 혼자서 병원에 다녔다.

　버스 안이 후덥지근하다. 에어컨에서 뜨거운 바람이 나오는 것 같았다. 사람들이 연신 손부채질을 한다. 버스가 네 번째 정류장에 미끄러지듯 멈춰 서고 문이 열린다. 버스 카드를 찍고 올라탄 남학생의 교복 와이셔츠가 등에 찰싹 달라붙어 있다. 땀에 젖은 앞머리를 쓸어 올리는 손에 짜증스러움이 묻어난다. 내 엉덩이에 땀이 찬 느낌을 떠올린다. 착용하고 있는 성인용 기저귀가 뒤틀린다. 성인용 기저귀를 꼬박 10년 동안 착용했기 때문에 그다지 불편하지는 않다. 오히려 겨우 일주일 사용하는 생리대 때문에 불편하다고 징징대는 여자들이 꼴불견이다.
　나는 버스 안 열기에 참다못해 닫힌 창문을 연다. 창문이 뻑뻑하게 열렸다. 양 갈래를 땋은 여자아이가 하룹쯤 되어 보이는 얼룩무늬 새끼고양이를 안고 버스 정류장 의자에 앉아 있다. 아이의 손목에 노란 줄이 매어져 있다. 창밖으로 고개를 내밀어 아래쪽을 내려다봤다. 털이 다 빠진 푸들이 보도블록에 축 늘어져 있다. 아이는 푸들에게 관심이 없다. 갓 태어난 듯 보이는 사랑스러운 새끼고양이에게 온 정신이 팔려 있다.

　중학교 1학년이 되던 해에 처음으로 성인 기저귀를 찼다. 몸집이 커져서 아기 기저귀는 들어가지 않았다. 교복 바지 위로 기저귀 모양이 드러나진 않을까, 신발장 벽면에 붙은 전신 거울 앞에

서서 종일 엉덩이를 쭉 내밀어 확인하고, 또 확인했다. 전신 거울에 비친 나는 혼자였다. 이게 도대체 무슨 병이기에 나를 이토록 비참하게 만드는 건지 화가 났다. 생리 욕구를 참지 못해서 기저귀를 차고 다니는 남자라니. 손목에 주삿바늘을 꽂고 돌아다니는 환자들이 그렇게 부러울 수가 없었다. 공중화장실은 이용할 생각도 해 본 적이 없다. 소변기 앞에서 바지를 내리면 속옷에 붙어 있는 하얀 기저귀를 사람들이 볼까 봐 두려웠다.

엄마는 마트 계산대에 성인 기저귀를 올려놓았다. 누가 보면 어쩌나 싶었지만 정작 엄마는 아무렇지 않은가 보다. 처음 사 보는 건데 표정 하나 변하지 않았다. 차에 올라타서 나에게 기저귀 꾸러미를 건네는 엄마의 얼굴이 무덤덤하다. 뭔가 허했다. 나는 집 안으로 들어서자마자 화장실로 뛰어들어갔다. 변기에 앉아 배설물이 잔뜩 묻은 기저귀를 확인했다. 고약한 냄새를 풍긴다. 돌돌 말아서 휴지통에 구겨 넣었다. 변기 덮개에 두 다리를 올리고 감싸 안았다. 다리 사이에 고개를 파묻었다. 무덤덤한 엄마의 얼굴이 떠오른다. 나는 예전처럼 엄마가 나의 엉덩이를 호되게 때려 주기를 바라는 걸까. 아빠가 나에게 꾸짖어 주기를 바라는 걸까. 나를 점점 더 집어삼키는 외로움을 어떻게 걷어 내야 할까.

다리를 내리고 선반 위에 올려둔 기저귀를 집었다. 갑자기 화장실 문이 벌컥 열린다. 얼굴이 달아오른다. 기저귀 갈고 있었냐? 더러워, 그거 다 엄마가 치우지? 형 바보야? 왜 똥오줌도 못 가려? 동생이 코를 감싸 쥐고 구역질하는 시늉을 한다. 웃음이 나는지 동생의 입꼬리가 씰룩인다. 일부러 나를 놀려 대는 동생의 얼굴에 침을 뱉었다. 동생의 하얀 이마가 우그러진다. 눈가가 벌게진다. 소리를 지르며 엄마를 찾는 동생의 발자국마다 투명한 장난감 기찻길이 새로 난다. 빙빙 돌기만 하던 나의 장난감 기차와는 다르게 동생은 직선으로 잘도 달린다.

나는 늘 엄마 품에 안겨서 젖병을 빨았다. 엄마에게서는 젖병에 담긴 고소한 우유 냄새가 났다. 엄마의 푹신한 젖가슴에 얼굴을 묻고 덜 자란 머리털을 가만가만 쓸어주는 아빠의 손길에 취해 잠이 들곤 했었다. 그런데 언젠가부터 엄마 품에 안기면 엄마의 툭 불거진 배가 나를 불편하게 했다. 엄마의 배는 풍선껌같이 불어나서 내가 안길 틈을 빼앗아 갔다. 엄마는 이제 만삭인 배를 가득 안고 웃음을 지어 보이셨다. 엄마의 손길도 더는 내 것이 아니었다. 나는 붉은빛이 도는 사과에서 갈아서 검게 변한 사과가 되었다. 그랬다가 어느 날인가는 꿈속에서 과실을 갉아먹는 실벌레가 되곤 했다. 나는 엄마의 배꼽으로 파고들어서 이곳저곳에 작은 구멍을 뚫어 놓았다. 속에서 썩어 나는 고름이 터져 노린내가 났다.

결국, 동생은 엄마의 배를 열어젖히고 모습을 드러내었다. 나는 인큐베이터에 누워 쌕쌕거리는 동생을 바라보았다. 동생은 가판대에 굴러다니는 모과 같았다. 계속 치이고 치여서 냄새나는 모과. 햇볕에 잘 익은 토마토처럼 온몸이 붉게 물든 동생이 참 못나 보였다.

몇 년이 지나도 아무 곳에서나 배변을 보는 버릇은 고쳐지지 않았다. 엄마는 그제야 나의 병을 심각하게 여기고 동네 작은 소아 병원에서 사거리에 있는 대학 병원으로 끌고 갔다. 양손에 나와 동생을 매달고 병원으로 향했다.

나는 진료 순서를 기다리는 와중에 일을 치렀다. 엄마는 진료실 앞에서 차트를 뒤적이는 간호사에게 잠시 화장실에 다녀오겠다고 양해를 구하고, 우리를 화장실로 데리고 갔다. 머리 꼬랑지를 둥글게 말아 검은 망을 씌운 단아한 외모의 간호사가 차트에 무언가를 적었다. 아마도 순서를 뒤로 밀었던 것 같았다.

엄마는 나를 기저귀 교환대에 눕혔다. 불에 그슬린 것처럼 때가 탄 짝퉁 가방에서 기저귀를 꺼내 나의 맨 엉덩이에 덧대었다. 눈 높이에 맞춰 서 있는 동생이 유치를 드러내며 웃었다.

엄마, 형은 왜 만날 기저귀를 차? 형은 아직 어린애야?

엄마가 동생의 곁으로 다가갔다. 엄마는 동생의 머리를 쓰다듬으며 동생의 귀에 대고 중얼거렸다. 원래 그러면 안 되는 거야. 안에 받쳐 입은 민소매가 젖은 휴지를 붙인 듯이 등에 착 감겼다. 엄마는 나를 슬쩍 보고는 어색하게 고개를 돌렸다. 그러면 안 돼. 하는 목소리와 엄마의 표정이 함께 보였다. 그러면 안 돼. 나도 알았다. 동생의 조그만 엉덩이에도 없는 기저귀가 내 큰 엉덩이에 감싸져 있을 때부터, 나는 그러면 안 됐다. 엄마의 품에, 엄마의 손 밑에 내 머리가 있을 수 없었다. 나는 엄마의 자랑이 아닌 짐이 될 수밖에 없었다.

버스가 서서히 움직인다. 창문 안으로 세게 들어오는 역풍 때문에 숨이 턱 막힌다. 문을 닫았다. 그래도 내부가 조금 전보다는 시원해졌다. 나는 자리를 고쳐 앉았다. 기저귀가 엉덩이에 붙었다 떨어진다. 버스가 네 번째 정류장을 떠난다. 양 갈래 머리 여자아이와 새끼고양이, 푸들이 멀어져 간다. 택시를 탔으면 도착하고도 남을 시간이었다. 병원 앞 정류장에 다다르려면 아직 한참 남았다. 버스 손잡이를 잡고 선 대학생, 큰 소리로 통화하는 아주머니, 맨 뒷좌석에서 소란스럽게 게임을 하는 아이들. 소음을 헤치고 또랑또랑한 여자의 목소리가 귀에 꽂힌다.

앞좌석에 앉은 아주머니와 남자아이의 목소리다. 아주머니는 촌스러운 꽃무늬 가방에서 낡은 동화책을 꺼냈다. 동화책의 겉표지에는 밀짚모자를 쓰고, 나뭇가지를 손에 든 어린 소년과 샴푸 거품을 낸 것처럼 뭉실뭉실한 양이 그려져 있다. 남자아이는 아주머니의 두꺼운 팔뚝에 얼굴을 갖다 대었다. 남자아이는 동화책에 집중하지 못하고, 아주머니의 접힌 뱃살에 손을 집어넣으며 장난을 쳤다. 판판한 책 표지로 남자아이의 머리를 살짝 내리치는 아주머니의 얼굴이 온화하다. 꽃이 만개한 남자아이의 얼굴을 햇살이 부드럽게 감싸 안는다. 배가 간질간질하다. 아주머니는 남자아이의 작은 머리통을 자신의 어깨에 기대게 했다. 동화책을 고쳐 들고, 운을 뗀다. 옛날 옛적, 어느 마을에 양치기 소년이 살았어요……. 몸이 무거워진다.

늑대가 나타났다! 변성기가 덜 지난 미성숙한 목소리가 들린다.

창밖으로 고개를 내밀었다. 5618번 마을버스는 싱그러운 풀빛이 도는 초원을 달리고 있다. 나무막대기를 허공에 대고 휘휘 젓는 양치기 소년의 모습이 보인다. 머리에 보자기를 두르고, 나무색 조끼를 입은 사람들이 버스 옆을 지나간다. 사람들은 저마다 손에 흉기를 들고 언덕을 급히 뛰어올랐다. 수염이 가시덤불처럼 지저분하게 얽힌 남자가 소년에게 다가간다. 양치기 소년은 재빨리 겁을 잔뜩 집어먹은 표정을 하고, 동쪽을 가리키며 횡설수설했다. 소년이 가리키는 방향으로 사람들이 하나둘 몰려간다. 사람들이 언덕 너머로 사라지자, 양치기 소년은 삐뚤어진 밀짚모자를 고쳐 쓰며 샐쭉하니 웃어 보인다.

양치기 소년은 마을 사람들에게 거짓말을 했어요. 소년은 혼자 목장을 지키는 일이 외로웠거든요. 아주머니의 목소리가 귓속을 부드럽게 파고든다. 버스가 흔들려서 멀미할 것 같았다.

나의 병세는 호전되고 있었다. 아무래도 기저귀를 차고 있다는 안도감 때문에 계속 배변을 보는 것 같아. 금테 안경을 쓴 의사 선생님은 두툼한 진료서를 뒤적이며 대수롭지 않게 말했다. 일단 기저귀를 빼고 며칠간 증상을 지켜보고, 배변을 참을 수 있으면 약물을 줄이면서 병원 치료를 받아도 된다고 말했다. 어머님이 걱정 덜 하시겠다, 어깨를 두어 번 치는 의사 선생님의 손이 무겁게 떨어졌다.

목이 긴 신발을 가지런히 정리하고 집 안으로 들어갔다. 엄마는 가죽 소파에 앉아 동생을 재우고 있었다. 나는 내 방으로 발걸음을 옮겼다. 방으로 들어가는 나를 엄마가 붙잡아 세웠다. 의사가 뭐래? 나는 발걸음을 돌려 엄마 앞에 앉았다. 병원비에서 남은 잔돈을 엄마 손에 쥐어 주었다. 더 심해졌대요. 병원 계속 다녀야 한대요. 병의 원인이 스트레스래요. 나는 엄마를 바라보지도 못하고 말했다. 엄마는 고개만 끄덕인 채 아무런 말도 하지 않았다. 이제곧 있으면 네 동생 졸업식인데. 꽃을 뭘 해야 좋을지 모르겠다. 엄마는 나를 보며 중얼거렸다. 배가 부글부글 끓었다. 내일 병원에 들렀다가 늦게 올 것 같아요. 나는 그 한마디만 내뱉고, 입을 굳게 다물었다. 말없이 선 엄마를 외면하고 방에 들어가 책상에 엎드렸다. 내 위로 드리워진 그림자가 거둬졌다.

나는 왜 거짓말을 했을까? 나는 방문을 걸어 잠갔다. 삼각팬티에 붙인 기저귀를 뗐다. 나는 팬티를 다시 올려 입고 일부러 단전에 힘을 주었다. 증기를 내뿜을 듯이 얼굴이 빵빵해지기만 하고 오히려 항문 부근이 아리기만 했다. 엄마 앞에서는 줄줄 흐르던 배변이 마음대로 나오지 않았다. 방 안에는 나 혼자였다. 홀가분해진 아랫도리와는 다르게 마음이 무거워졌다. 나는 그다음 달에 병원에 다시 한 번 들렀다.

바람에 물결 치는 초록색 잔디를 질겅거리는 양 떼 사이를 빠져나간다. 좀 전과 다른 복장을 한 사람들이 다시 버스 옆을 우르르 지나간다. 울타리 끝에 오래된 나무가 위엄 있는 자태를 과시하고 있다. 소년은 굵은 나무 기둥에 등을 기대고 앉아 있다. 시원하게 뻗은 가지에 무성하게 달린 둥그런 활엽수가 그늘을 만든다. 소년이 눌러쓴 넓은 밀짚모자 챙이 그의 여린 얼굴에 그늘을 만든다. 주변을 두리번거리던 푸른 보자기를 두른 아낙이 소년에게 다가가 성을 낸다. 이 자식이, 어디서 자꾸 장난질이야! 아낙은 나뭇가지를 꺾어 소년에게 위협적으로 휘두른다. 다른 마을 사람들 역시 소년에게 거친 언사를 내뱉으며 울타리 밖으로 벗어난다. 소년은 오히려 아쉬운 표정을 짓는다. 꺾인 나뭇가지 마냥 풀썩 엎어진다. 소년과 나무를 둘러싼 장난감 기찻길이 환영처럼 보인다. 장난감 기차가 힘없이 탈탈거린다.

버스 후사경에 무표정한 내 얼굴이 크게 보이고, 왼편으로 쭈그리고 앉은 양치기 소년이 작게 보인다. 소년은 손을 집게처럼 만들어서 입술을 가로로 잡았다. 입이 근질거리는 모양이다. 세모꼴로 뒤틀린 소년의 눈이 잠시 나를 향한 듯하다. 이내 튀어 올라오는 두더지를 때려 잡듯 나뭇가지를 거칠게 내리꽂으며 온갖 성질을 부린다. 나는 소년에게 간절히 다가가고 싶어졌다. 쇠 비린내 나는 창틀을 부여잡고 상체를 불쑥 내밀었다.

시야 아래로 회색 무리가 지나간다. 무리 중 하나가 바람에 펄럭이는 옷깃을 물어뜯는다. 늑대가 노란 눈을 번뜩이며 어슬렁거린다.

버스는 초원을 지나 마을로 내려간다. 황급히 뒷걸음질치던 양치기 소년의 모습이 끔찍하다. 정말로 늑대가 나타났어요! 소년의 외침이 시끌벅적한 마을 시장 통으로 미끄러져 들어온다. 포대에 담긴 밀을 만지작거리는 아낙이 심드렁한 반응을 보인다. 가지

마. 거짓말일 게 뻔한데, 뭐. 아낙에게 은화를 건네는 배불뚝이 아저씨 역시 별다른 말을 하지 않는다. 사람들은 무관심하다. 양치기 소년의 목소리가 더는 들리지 않는다. 장난감 기차 소음도 팅겨 나간다. 속이 더부룩하고, 아랫배가 살살 아프다.

엉덩이를 닦아 주던 엄마의 정성이 줄어들고, 내 손을 꼭 붙잡고 병원으로 데리고 가던 아빠의 손길이 끊겼을 때, 부모님이 내게 무관심해졌다는 것을 알았다. 알고 있었다. 언제까지 보호받는 어린이로 지낼 수 없었다. 동생은 나보다 어렸고, 나는 부모님처럼 동생을 보호할 수 있어야 했다. 엄마는 원했다. 내가 병이 나아서 내 동생을 보호하고, 엄마가 의지할 수 있는 장남이 되길 원했다. 엄마는 외면했다. 내 병을 외면했고, 나를 외면했다. 시간이 지날수록 엄마 아빠는 나를 방치했다. 매달 병원비만 손에 쥐어 줄 뿐이었다. 장난감 기차도 내다 버렸다. 장난감 기차로 관심을 끌 나이는 훌쩍 넘어 버렸다. 동생과 부모님을 둘러싼 막에 조금이나마 흠집을 내었던 지병은 막을 두껍게 덮어 버렸다. 관심을 끌어 보려 내세운 수단이 해일이 되어 나를 집어삼켰다. 붙잡을 것 하나 없이 깊게 가라앉았다.

창밖에는 자동차들이 빠르게 달리고 있다. 눈이 핵핵 돌아간다. 어지럽다. 앞좌석에 앉은 아이는 지루한지 입을 떠억 벌리며 줄기차게 하품을 한다. 아주머니가 책을 덮고 가방에 쑤셔 넣는다. 다음 정차할 곳은 사립대 병원입니다. 버스 안내 방송이 들린다. 누군가 눌렀는지 버튼에 빨간불이 들어온다. 좌석 등받이에 눌린 옷을 탁탁 털고, 가방 지퍼가 열리지 않았는지 확인했다. 단단히 잠겨 있다. 유치원 벽화보다 유치한 색감의 버스 손잡이를 잡고 일어섰다. 아기를 안은 여자가 바로 자리를 차지하고 앉는다. 기저귀를 찬 아이의 엉덩이가 민둥산 같다. 아기와 나이 차이가 족히 10살 이상은 날 텐데, 같이 엉덩이에 기저귀를 찬 꼴이라니. 우습기도 하고, 새삼 아랫도리가 갑갑하다.

버스 문이 접힌다. 버스에 올라타는 승객이 어깨를 밀치고 지나간다. 머리로 열이 몰렸지만, 밀치고 간 승객의 차림새가 영락없는 병이 곪은 환자여서 참고 내렸다. 병원 입구에 세워진 정류장이라서 환자들이 득실거린다. 모두 흰 옷을 입고 돌아다녀서 어떻게 보면 천당 같기도 하다. 링거를 꼽고 어기적어기적 걸음을 하는 남자 환자와 머리를 박박 민 여자 환자, 입술이 허옇게 질린 채로 병동을 헤집고 다니는 아이, 모두 익숙한 얼굴이다. 이 병원에서 근무하는 간호사보다 더 환자들을 바삭하게 알고 있다. 꼬박 10년을 다니면 저절로 안면이 트이기 마련이었다.

병동 안은 에어컨 냉기가 돌아 밖과 대조되게 서늘하다. 병원 데스크에 접수하고, 1층 화장실로 달려갔다. 등에 멘 가방이 엉덩이에 닿아 가볍게 흔들린다. 호스를 뽑아들고 화장실 바닥을 청소하는 청소 아주머니에게 인사하고, 화장실 빈칸으로 들어갔다. 가방을 열어 기저귀 꾸러미를 꺼냈다. 바지를 내리고 변기에 앉았다. 기저귀가 하얗게 보였다. 변기에 물이 떨어지는 소리가 났다. 기저귀는 여전히 하얗다. 나는 기저귀를 속옷에서 떼었다. 질겨서 잘 찢어지지도 않는 기저귀를 분해해서 비닐에 둘둘 공처럼 싸매었다. 번호부터 시작해서 이모티콘까지, 색색의 낙서가 가득한 문을 열고 나왔다. 방금 내가 들어갔던 화장실 문을 바라보았다. 나는 화장실 문을 다시 열었다. 변기 안에는 내가 본 소변이 누렇게 자리 잡고 있었다. 나는 변기 물을 내렸다. 소음과 함께 물이 내려가고, 하얀 물이 다시금 피어올랐다.

나는 화장실 칸에서 나와 가방을 열었다. 가방에는 여분의 기저귀 두 개가 있었다. 나는 세면대 아래 있는 휴지 수거 비닐에 기저귀를 던져 넣었다. 가방에는 필기구 외에는 아무것도 들어 있지 않다.

나는 병원에서 나왔다. 살갗에 닿는 모든 것이 종잇장처럼 가볍게 느껴진다. 내 앞에 장난감 기찻길이 조각조각 늘어진다. 기찻길은 곧게 뻗어 나간다. 나를 인도하는 장난감 기차 환영을 따라 천천히 걸어나갔다.

하동군청에서 처음 연락 왔을 때 저는 또 다른 소설을 쓰고 있었습니다. 감옥에서 탈출한 네 명의 범죄자가 고개를 넘는 내용이었습니다. 고개를 넘는 부분이 술술 풀리지 않아 짜증이 난 상태였는데, 휴대전화의 진동음이 울렸습니다. '055'라는 생소한 지역 번호였습니다. 평사리 청소년 문학상 당선을 알리는 전화였습니다.

사실 공모하고 나서도 잘 썼다는 생각이 들지 않아 자신이 없었습니다. 당선 소식에 얼떨떨하고 당황스러워서 작품 제목을 묻는데, 제대로 대답하지 못했습니다. 통화를 마치고, 들뜬 기분을 가라앉히고 다시 소설을 쓰기 시작했습니다. 고개를 넘는 남자들이 새로운 국면을 맞이하는 상황을 묘사했습니다.

평사리 청소년 문학상 당선을 통해서 저 또한 어떠한 방향으로 글을 써야 할지 고민해야 할 국면을 맞게 되었습니다.

부족한 제 글을 뽑아 주신 심사위원 선생님들께 감사드립니다. 늘 제가 쓴 글을 보고 참신하고 재미있는 발상이라고 격려해 주신 오은희 선생님께도 고맙다는 말씀 전하고 싶습니다. 괜찮은 글이었다고 무뚝뚝하게 칭찬해 주신 아버지, 카톡으로 주변 분들에게 딸 자랑을 하느라 여념이 없으셨던 어머니께도 감사드립니다.

정송희

|2012 평사리 청소년 문학상 동상 수상작|

김예솔

안드로메다 별에게 소원을

김예솔
백양 고등학교 1학년

안드로메다 별에게 소원을

종례 시간이다. 드르륵 교실 문을 열고 머리카락을 단정하게 틀어 올린 담임 선생님이 들어섰다. 선생님은 언제나 정장 차림이다. 오늘도 목까지 올라오는 블라우스 단추를 꼭꼭 채우고 무릎 밑까지 내려오는 치마를 입었다.

"동준이는?"

선생님은 동준이 빈자리를 보더니 눈이 저절로 치켜 올라갔다.

"내가 이 녀석 때문에 하루도 편할 날이 없다니까. 유승걸, 동준이 못 봤니?"

선생님은 이마를 찡그린 채 날 선 목소리로 물었다.

"도서관 청소 끝나고 같이 교실로 들어왔는데요."

승걸이는 대답했다. 동준이는 승걸이와 같은 3분단이다. 준형이와 형식이도 같은 분단이다. 3분단 아이들이 청소 시간에 도서관을 청소했다.

"폐하가 또 사라졌네."

준형이가 앞자리에 앉은 형식이에게 속삭이듯 말하더니 낄낄거렸다. 동준이는 중학교에 올라와 1학기 초부터 가끔 사라졌다. 여름방학이 끝나고, 개학한 뒤로는 1학기 때보다 더 자주 사라졌다. 혼자 운동장을 어슬렁거리기도 하고, 어떨 때는 수업 중인 다른 반 교실 문을 불쑥불쑥 열고 다녔다.

선생님은 창문으로 운동장을 내다보았다. 운동장에는 아무도 없었다. 복도도 내다보았다. 선생님은 다시 칠판 앞으로 왔다.

"자, 조용히 자습하고 조금만 기다려 보자."

승걸이는 밀린 학원 숙제를 하려고 문제집을 꺼냈다. 하지만 글씨가 눈에 들어오지 않았다. 바로 앞에 동준이 빈자리가 보였다. 동준이 얼굴이 떠오르더니 어느새 깔깔거리며 놀았던 유치원 때 모습이 겹쳐 떠올랐다.

유치원 앞마당 나무 기차에서 동준이가 승걸이와 나란히 앉아 웃고 있었다.

"오늘은 안드로메다 별에 갈 거야. 자, 출발!"

먼 하늘을 쳐다보며 동준이가 외쳤다.

"난, 화성에 갈 거야. 거기서 우주인을 만나고 올 거야."

승걸이도 큰 소리로 외쳤다.

"칙칙폭폭 칙칙폭폭!"

승걸이와 동준이는 입으로 기차 소리를 크게 냈다.

이번에는 승걸이 아파트 바로 옆 강둑 너머 넓은 풀밭에 동준이와 승걸이가 뛰어놀고 있었다. 강둑에는 커다란 미루나무 한 그루가 서 있고, 그 앞으로 작은 강이 흘렀다. 가끔 강 위에 놓인 철교로 기차가 지나가곤 했다.

"와! 안드로메다 별로 가는 기차야!"

"화성에도 가는 기차야!"

동준이와 승걸이는 미루나무 아래에 앉아 기차가 지나갈 때마다 소리를 지르며 손을 흔들었다.

과학을 좋아했던 동준이는 특히 우주에 관심이 많았다. 동준이는 언제나 엉뚱한 놀이를 만들어 냈다. 그뿐 아니었다. 상상력이 풍부해서 이야기도 곧잘 만들어서 또랑또랑한 목소리로 들려주었다. 그럴 때마다 동준이의 눈동자는 유난히 빛났다. 동준이가 재미있는 얘기를 하는 동안 승걸이는 눈을 반짝이며 듣곤 했다.

하지만 초등학교 고학년부터 동준이는 학원에 다니느라 바빠졌다. 별처럼 반짝이던 동준이의 눈동자는 더는 빛나지 않았다. 덩달아 승걸이도 바빠졌다. 승걸이 엄마는 동준이가 다니는 학원을 똑같이 보냈다. 동준이는 언제나 수준이 가장 높은 반이었다. 승걸이는 동준이를 도저히 따라갈 수 없었다.

"승걸아, 너도 동준이처럼 책 좀 많이 읽어라."

승걸이 엄마는 학교에 입학하자마자 동준이랑 비교하기 시작했다. 온갖 경시대회에 나가 상을 휩쓸고 1등을 놓치지 않은 동준이를 보고, 승걸이 엄마는 언제나 잔소리를 했다.

시간이 지날수록 승걸이에게 동준이는 어두운 그림자가 되었다. 아무리 떼어 내려 해도 떨어지지 않은 진드기처럼. 승걸이는 더는 동준이의 단짝 친구가 아니었다. 오히려 새 학기가 시작할 때마다 동준이랑 제발 같은 반이 되지 않게 해 달라고 빌었다. 그 소원 덕분인지 초등학교 때까지 한 번도 같은 반이 되지 않았다. 중학교에 올라와서야 같은 반이 되었다. 하지만 동준이는 딴사람이 되어 있었다.

20분을 기다려도 동준이는 오지 않았다. 선생님은 종례하고 3분단 아이들만 남아서 동준이를 찾아보라고 했다. 동준이가 종례 시간에 안 들어온 건 한두 번이 아니었다.

"난 도서관으로 갈게. 각자 흩어져서 찾아보자."

승걸이는 걱정스러운 목소리로 말했다. 준형이는 운동장을, 형식이는 강당 뒤쪽을 찾아보기로 했다.

"에이, 짜증 나. 동준이랑 짝꿍 되면 언제나 이 고생이라니까."

준형이가 교실을 나서자마자 입을 씰룩거리며 말했다.

"동준이 걔 초등학교 5학년 때부터 좀 이상했어. 아무하고도 말을 하지 않았어. 어떨 때는 혼자 히죽히죽 웃고 다녀. 6학년 되더니 더 심해졌지. 근데 4학년 때까지 영재원에 합격한 애야. 공부를 너무 많이 해서 머리가 이상해진 거 아니야?"

초등학교 5학년 때부터 동준이와 같은 반이었던 준형이가 낄낄거리며 손가락을 머리에 대고 빙글빙글 돌렸다.

"그래도 난 우리 폐하 멋있을 때 있어."

준형이가 킥킥 웃으며 말을 이었다.

2학기 수학 시간이었다. 담임 선생님은 기말고사를 대비한다고 수학 시간마다 문제지를 내주셨다. 맡은 반마다 1등을 놓치지 않았던 선생님은 중간고사 때 쓴맛을 보았다. 동준이가 전 과목 답

안을 백지로 냈기 때문이다.

그래도 선생님은 포기하지 않았다. 시험 보기 한 달 전부터 아이들에게 문제지를 내주셨다. 아이들은 석고상처럼 굳은 얼굴로 문제를 풀고 있었다.

"너희를 내 신하로 삼겠노라!"

느닷없이 동준이가 자리에서 벌떡 일어나더니 큰 소리로 외쳤다. 아이들 눈이 휘둥그레졌다.

"내 별에서는 시험 안 봐도 된다!"

동준이는 마치 왕이라도 되는 것처럼 근엄한 표정으로 아이들을 둘러보며 말했다. 그제야 여기저기서 키득키득 웃음소리가 들렸다.

'폐하, 그래서 중간고사 때 전 과목을 빵점 맞으셨습니까?'

선생님은 기막히다는 표정으로 동준이를 바라보며 말했다. 그 뒤로 아이들은 동준이를 '폐하' 라고 불렀다.

"나도 폐하 멋있을 때 있어."

형식이도 맞장구쳤다.

선생님은 걸핏하면 아이들 손바닥을 때렸다. 지각하거나 숙제 안 해 올 때, 수업 시간에 떠들거나 딴짓을 해도 마찬가지였다. 그 날은 형식이가 지각했다. 늦잠을 잤기 때문이다. 형식이는 걸핏하면 손바닥을 맞았다. 선생님이 어찌나 아프게 손바닥을 때리는지 형식이는 맞을 때마다 벌벌 떨었다.

"손바닥 내!"

선생님이 기다란 자를 들어 올리며 말했다. 그때였다.

"선생님, 아이들 그렇게 때리면 아동학대로 신고할 거예요."

　동준이가 눈을 동그랗게 뜨고, 부들부들 떨며 큰 소리로 말했다. 아이들이 키득키득 웃더니 순간 교실이 웃음바다로 변했다. 선생님은 외계인 쳐다보듯 동준이를 바라볼 뿐이었다. 동준이는 선생님 손에서 자를 빼앗더니 교탁 위에 올려놓았다. 형식이는 그때 일을 생각할 때마다 통쾌했다.

　3층 교실에서 운동장으로 나왔다. 세 명은 각자 맡은 곳으로 흩어졌다. 승걸이는 도서관으로 향했다. 도서관에 들어서자 한 달에 한 번 도서관 사서 봉사 활동을 하는 진홍이 엄마가 다른 아줌마 한 분과 책을 정리하고 있었다. 진홍이는 동준이와 초등학교 때 영재원에 같이 다녔다.

　"동준이 또 사라졌니?"

　승걸이를 보자 대뜸 진홍이 엄마가 물었다. 승걸이는 고개를 끄덕이며 도서관 구석구석을 찾아보았다.

　"동준이 엄마 집에서 영어 과외 수업하잖아? 저녁 늦게까지 엄청나게 바쁘대. 근데 자기 자식이 저러고 다니는 거 모를까?"

　"모르긴, 1학기 내내 선생님이 전화했대. 동준이 이상하다고. 그래도 동준이 엄마 눈 하나 깜짝 안 했다지 뭐야. 에디슨처럼 엉뚱하고 오히려 특별하다고까지 생각한대."

　"1학기 학습 발표회 때 동준이 엄마가 동준이 아빠랑 같이 학교에 왔대. 그때는 동준이가 멀쩡하게 자리에 앉아 있더래. 동준이 엄마가 그때 의기양양하게 말했다지 뭐야. 우리 아들 저렇게 멀쩡하다고."

　"동준이 그냥 놔두면 더 심해질 텐데."

승걸이는 아줌마들이 수군거리는 소리를 뒤로하고 도서관을 나왔다. 승걸이는 중학교 때 동준이를 보고 깜짝 놀랐다. 유치원 단짝이었던 동준이가 아니었다. 동준이는 누구와도 눈을 마주치려고 하지 않았다. 아무 표정없는 얼굴로 언제나 눈을 내리깔고 책을 읽거나 입을 굳게 다문 채 창밖만 내다보곤 했다. 그러다가 갑자기 벌떡 일어나 이상한 말을 하거나 밖으로 돌아다녔다.

동준이는 자기 역할에 푹 빠져 있는 배우 같았다. 물에 섞이지 못한 기름처럼 아이들과 섞이지 못하고 언제나 둥둥 떠다녔다.

솔직히 처음에는 고소했다. 언제나 동준이와 비교하는 엄마 때문에 힘들었기 때문이다. 영재 학원에 다니면서 어려운 수학 문제를 한 문제 틀릴 때마다 엄마에게 매를 맞은 적도 있었다. 정말 끔찍하고 지겨웠다. 승걸이가 영재원 시험에 몇 번씩 떨어져도 엄마는 절대로 포기하지 않았다.

"내년에 다시 도전하는 거야."

승걸이 엄마는 더욱 눈을 빛내며 영재 학원에 등록했다. 승걸이는 이게 다 그 잘난 동준이 때문이라고 생각했다. 그래서 승걸이는 오랜 친구 동준이에게 특별히 잘해 주지 않았다. 오히려 동준이가 이상한 행동을 할 때마다 반 아이들과 킥킥거리고 웃었다.

하지만 동준이는 승걸이에게만은 눈길을 건넸다. 눈에는 간절함이 깃들어 있었다. 무슨 할 말이 있는 것처럼 입을 조금 벌리고 빙긋이 웃기까지 했다.

'난, 너 싫거든.'

그럴 때마다 승걸이는 동준이를 시큰둥하게 힐끔 보고는 고개를 홱 돌려 버리곤 했다.

며칠 전부터 동준이는 아침마다 이상했다.

"미루나무에서 안드로메다 별에 가는 기차를 기다릴 거야."

오늘 아침에도 승걸이와 눈이 마주칠 때마다 방긋 웃던 동준이가 무표정한 얼굴로 혼자 중얼거렸다. 동준이는 가방을 책상 옆에 놓았다. 어디 여행이라도 가는 사람처럼 가방이 유난히 컸다. 동준이는 가방에서 책 한 권을 꺼내 들더니 중얼거렸다.

"안드로메다은하는 지구에서 약 200만 광년 떨어져 있으며 지름은 약 20만 광년이다. 맨눈으로 볼 수 있는 몇 안 되는 은하 가운데 하나이며 우윳빛 얼룩으로 보인다. 가을철에 가장 잘 보인다."

동준이는 승걸이가 물어보지도 않았는데 안드로메다은하에 대한 이야기를 줄줄이 늘어놓기 시작했다. 책에서 읽은 내용을 전부 외우고 있는 게 분명했다.

승걸이는 도서관을 나왔다. 동준이가 갈 만한 곳을 좀 더 찾아 보려고 주위를 둘러보았다. 두리번거리다 그 자리에 멈춰 섰다. 도서관 뒤뜰 풀이 무성한 풀밭 너머로 백엽상이 보였다.

어제 일이었다. 체육 시간에 갑자기 사라진 동준이를 저기서 찾았다. 동준이는 백엽상 다리에 머리를 기대고 힘없이 앉아 있었다. 그 모습이 마치 비에 흠뻑 젖은 비둘기처럼 처량해 보였다.

'저 녀석 때문에 귀찮아 죽겠다니까.'

승걸이는 동준이가 귀찮아지기 시작했다. 동준이가 사라지기만 하면 다들 승걸이를 찾았다. 하루 이틀도 아니고 매일 교실 밖으로 뛰쳐나오는 동준이가 이제 안쓰럽기는커녕 지겨워졌다.

“이동준, 너 선생님이 오래.”

승걸이는 퉁명스레 말을 내뱉었다. 동준이는 승걸이 말에도 동상처럼 꿈쩍도 하지 않았다. 마치 귀를 틀어막아 버린 사람 같았다. 승걸이는 그러든지 말든지 뒤돌아섰다. 그때였다.

“끄으끄으.”

이상한 소리가 들렸다. 작은 동물이 내는 묘한 소리가 났다.

“크흐흐윽 크흐흐윽.”

소리는 점점 커졌다. 승걸이는 뒤돌아보았다. 동준이가 백엽상을 붙잡고 울고 있었다. 소리가 점점 커지더니 몸도 조금씩 흔들리고 있었다. 승걸이는 그냥 가 버릴까 하다가 동준이 울음소리에 차마 발길을 돌릴 수 없었다. 동준이 울음소리가 귓가에 점점 크게 울리더니 발걸음을 한 발 한 발 뗄 때마다 타박타박 밟힐 것만 같았다.

“아빠가 무서워. 흑흑흑.”

동준이 목소리엔 힘이 없었다. 누구라도 살짝 건드리면 금방이라드 와르르 무너져 버릴 것처럼 가냘프게 들렸다.

“동준아, 왜 그래?”

바싹 마른 동준이가 백엽상을 붙잡고 흐느끼는 뒷모습에 이상하게 마음이 파르르 아팠다.

“스, 승걸아, 아, 아빠가 ……..”

동준이는 눈물이 범벅된 얼굴로 승걸이를 쳐다보며 말했다.

“너네 아빠가 왜?”

승걸이는 큰 키에 깡마른, 하얀 얼굴에 금테 안경을 쓴 동준이 아빠 얼굴이 떠올랐다. 어렸을 때부터 1등을 놓치지 않았다는 동준이 아빠. 승걸이 엄마는 동준이가 자기 아빠를 닮아서 똑똑하다며 부러운 눈빛으로 말하곤 했다. 승걸이는 갑자기 동준이와 비교하면서 자신을 한심하게 쳐다보던 엄마의 차가운 눈빛이 떠올랐다. 가슴이 무거운 바위에 눌린 듯 답답해졌다.

그때 4교시가 끝났음을 알리는 종이 울렸다. 동준이는 조개처럼 입을 꾹 다물더니 일어서서 운동장으로 향했다.

그날 밤 승걸이는 학교 준비물을 찾다가 맨 아래 서랍에서 쌍안경을 발견했다. 이 쌍안경은 어렸을 때 동준이랑 별자리 체험 학습을 갔을 때 산 거였다.

승걸이는 쌍안경을 들고 집 앞 공원으로 갔다. 오랜만에 쌍안경으로 별을 보고 싶었기 때문이다. 공원에는 가로등 불빛이 어둠을 밝히고 있었다. 밤바람이 상쾌했다. 승걸이는 벤치에 앉았다. 쌍안경으로 밤하늘을 쳐다보았다. 밤하늘에는 구름이 흘러가고 있었다. 가끔 구름 너머로 별들이 얼굴을 내밀곤 했다. 그때였다.

"흑흑흑."

이상한 소리가 났다. 바로 옆 벤치에 누군가가 웅크리고 있었다. 소리는 거기서 흘러나왔다.

'술 취한 사람인가?'

승걸이는 다른 벤치로 옮기려고 일어섰다. 옆에 앉아 있던 누군가가 고개를 들었다. 승걸이는 깜짝 놀랐다. 동준이였다. 얼마나 울었는지 눈이 퉁퉁 부어 있었다. 신발도 짝짝이로 신고 있었다.

"동준아, 무슨 일 있니?"

승걸이 눈이 휘둥그레졌다.

"아빠의 성에서 탈출했어."

동준이는 울먹거렸다.

"아빠의 성이라고?"

"아빠가 무서워."

동준이는 넋이 나간 사람처럼 벌벌 떨었다.

"동준아!"

동준이 엄마가 울먹이는 목소리로 동준이를 불렀다.

"싫어, 집에 안 갈 거야."

동준이는 자기 엄마를 보자마자 고개를 절레절레 흔들었다.

'괜찮아, 이제는 엄마가 가만히 있지 않을 거야. 어서 가자."

동준이 엄마는 동준이를 살살 달래 집으로 데리고 갔다.

승걸이는 벤치에 우두커니 앉아 쌍안경만 만지작거리다 집으로 들어왔다.

"이 밤중에 어딜 갔다 오니? 너 혹시 집 근처에서 동준이 못 봤니?"

승걸이 엄마가 눈을 흘기면서 물었다.

"공원에서 봤어요. 동준이 엄마가 데려갔어요. 엄마, 근데 동준이 아빠 말이에요."

승걸이는 말끝을 흐렸다.

"동준이가 자기 아빠 이야기하던? 조금 전에 동준이 엄마한테 전화 왔어. 혹시 동준이 우리 집에 왔냐고. 그 자존심 강한 동준이 엄마가 울면서 이야기하더라. 동준이 아빠가 동준이를 그렇게 때린다지 뭐야. 초등학교 5학년 때 영재원 시험에서 떨어졌잖아. 그 뒤로 동준이를 쥐 잡듯이 잡았대. 동준이가 학교에서 이상한 행동을 한다고 선생님에게 전화가 올 때마다 엄청나게 맞는다지 뭐야."

승걸이 엄마는 흥분했는지 목소리가 점점 커졌다.

"동준이 엄마가 이제 동준이 병원에 데리고 가서 치료받는대. 동준이 좋아질 때까지 당분간 동준이 아빠와 떨어져 지낸다고 하더라. 글쎄, 동준이 온몸이 멍투성이래."

승걸이는 '온몸이 멍투성이'라는 엄마 말에 망치로 머리를 한 대 얻어맞은 것 같았다. 숨이 멎고 귓속에서 위잉 하는 소리만 들렸다. 동시에 백엽상 앞에서 아빠가 무섭다고 흐느끼던 동준이 모습이 떠올랐다. 동준이 울음소리가 귓가에 맴돌자 승걸이는 마음이 바늘로 후벼 파인 것처럼 찌르르 아팠다.

그러고 보니 1학기 학습 발표회 날 동준이는 수업 시간 내내 자기 아빠 눈치를 살폈다. 다른 때 같았으면 수업 시간에 돌아다니거나 엉뚱한 소리를 했을 텐데 말이다. 그날 동준이는 머리를 자라처럼 움츠린 채 꿈쩍도 하지 않았다.

그뿐 아니었다. 선생님이 아이들 손바닥을 때릴 때마다 얼굴이 붉으락푸르락하며 안절부절못했다. 승걸이는 그런 동준이 마음도 모르고 아이들과 킬킬거렸다.

동준이는 그동안 얼마나 힘들었을까? 동준이가 견뎌야 했던 그 시간이 떠올랐다. 아무도 돌보지 않은 동준이의 시간. 동준이는 그 시간을 혼자 견디느라 아이들과 눈도 마주치지 않고 말도 하지 않았을 것이다. 승걸이는 문득 동준이가 잎이 누렇게 바래고 줄기가 하얗게 말라 버린 오래된 나무 같다는 생각이 들었다. 그늘 하나 없는 땡볕 아래 외롭게 서 있는.

승걸이는 발목까지 올라오는 풀을 가로질러 백엽상 앞으로 뚜벅뚜벅 걸어갔다. 동준이는 보이지 않았다. 하얀 백엽상 위로 오후 햇살만이 반짝거렸다. 풀밭 위에 혼자 우두커니 서 있는 백엽상은 외롭고 막막하다고 외치고 있는 것만 같았다.

"아빠가 무서워, 흑흑흑."

동준이가 울고 있는 모습이 너무 또렷하게 떠올라서 그날 풀밭 위를 스쳐 가던 바람 소리까지 들리는 것만 같았다.

승걸이는 진심으로 동준이가 걱정되었다. 동준이는 막막한 시간을 더는 견디지 못하고 마음을 무너뜨린 건 아닐까? 그 막막한 벽에 갇혀 혼자 몸부림치다 그만 한순간에 마음을 놓아 버린 게 아닐까? 어쩌면 지금도 온 마음을 다해 자신과 싸우고 있을지 모른다. 순간 며칠 전부터 아침마다 동준이가 했던 말이 떠올랐다.

"미루나무에서 안드로메다 별에 가는 기차를 기다릴 거야."

승걸이 가슴에서 바람을 헤치고 달려오는 기차 소리가 났다. 기차 소리가 길게 여운을 남기고 사라지자 그 자리에 동준이의 울음소리가 또다시 들려왔다. 동준이 울음소리가 귓가에 점점 크게 울리는 것 같았다. 승걸이는 서둘러 교문을 빠져나와 강둑으로 향했다. 강둑은 학교에서 걸어서 5분 정도 떨어져 있었다.

강둑에 미추룸하게 서 있는 미루나무가 보였다. 이따금 하늬바람이 불면 푸른 잎사귀들은 일제히 잎사귀를 접었다 폈다. 파란 잉크를 풀어놓은 듯한 가을 하늘에 새하얀 뭉게구름이 떠다녔다. 오후의 햇살에 푸른빛으로 반짝이는 강물은 말없이 흘러가고 있었다.

미루나무 밑에 동준이는 없었다. 동준이의 커다란 가방만 놓여 있었다. 승걸이는 어렸을 때 그랬던 것처럼 고개를 젖혀 나무를 올려다보았다. 예전처럼 가지마다 촘촘히 매달린 잎들이 반갑다고 손을 흔들어 주는 것만 같았다. 승걸이는 풀밭 주위를 살펴보았다. 풀밭 한가운데 돌 탁자와 의자가 보였다. 유치원 때 여기에 오면 승걸이는 동준이와 저기에 앉아 우주인 놀이를 하곤 했다.

"화성에서 온 우주인 여기 앉아."

동준이가 깔깔 웃으며 말했다.

"안드로메다 별에서 온 우주인도 여기 앉아."

승걸이도 킥킥 웃으며 말했다.

승걸이 기억 속에서 들리는 웃음소리가 울려 퍼졌다. 바람이 불 때마다 웃음소리가 커지는 것만 같았다.

동준이는 돌의자에 가만히 앉아 있었다. 잘 익은 단감처럼 얼굴이 발갛게 달아오른 채 기차가 나오는 산모퉁이 터널을 빤히 쳐다보고 있었다. 세상에 홀로 버려졌다는 듯이 축 늘어뜨려진 동준이 어깨 위로 따사로운 햇볕이 내려앉았다. 승걸이는 동준이의 어깨를 감싸 꼭 안아 주고 싶었다. 승걸이는 뭐라 말을 꺼내고 싶었지만, 목이 메 왔다. 목구멍 깊숙한 곳에 못이 박힌 것처럼 아팠다. 입을 열면 목구멍까지 올라온 무언가가 툭 터질 것만 같았다. 승걸이는 머뭇거리다 동준이에게 말을 건넸다.

"이동준, 여기서 뭐 해?"

"안드로메다 별에 가는 기차를 기다리고 있어."

동준이는 승걸이를 물끄러미 바라보며 말했다. 동준이 얼굴에

서서히 웃음이 번지더니 밤하늘의 별처럼 환하게 빛났다. 승걸이는 동준이 옆 돌의자에 앉았다.

둥그런 돌 탁자가 오후 햇살을 받아서 반들거렸다. 한낮의 햇볕을 오래 품은 돌 탁자는 언제나 따뜻했다. 승걸이는 넓적한 돌 탁자 위로 손바닥을 대어 보았다. 손바닥으로 따뜻한 기운이 전해졌다.

"나, 기차 타고 안드로메다 별에 갈 거야."

동준이가 활짝 웃었다.

"동준아, 저 기차는 갈 수만 있고 되돌아올 수 없는 기차야. 기차에 네 소원만 실어 보내."

승걸이도 환하게 웃었다.

"좋아, 소원만 실어 보낼래. 안드로메다 별이 내 소원을 꼭 들어주겠지?"

동준이의 눈동자가 별처럼 반짝거렸다.

"그럼, 네 별이잖아. 폐하의 소원인데 꼭 들어줄 거야."

승걸이는 고개를 끄덕였다.

그때였다. 산모퉁이 터널에서 기차가 머리를 내밀었다. 동준이는 환하게 웃더니 자리에서 벌떡 일어났다. 승걸이도 일어났다. 기차를 보니 승걸이 마음에서 파릇파릇 새싹이 돋아나는 것 같았다.

"와~아!"

동준이는 손을 흔들며 큰 소리로 뭐라고 외쳤다. 승걸이도 힘차게 손을 흔들었다. 기차가 기적을 울리며 힘차게 달려오고 있었다. 키 큰 미루나무가 푸른 잎을 팔랑거리며 손을 흔들어 주었다. 나뭇가지에 걸린 뭉게구름도 환하게 웃고 있었다.

　어렸을 때부터 책 읽기를 좋아했습니다. 책을 읽고 나면 저만의 방식으로 이야기를 만화로도 그려 보고, 뒷이야기를 상상해서 또다시 이야기를 만들기도 했습니다.

　책속의 주인공이 되어 슬퍼할 때 같이 슬퍼하고, 기뻐할 때 같이 기뻐해 주었습니다. 그러다 중학교에 들어가면서는 제가 만들어 낸 이야기를 쓰기 시작했습니다.

　이제 제 꿈은 작가가 되는 것입니다. 제가 쓴 소설의 주인공은 중학교 때 같은 반이 된 동준이 이야기입니다. 초등학교 때도 같은 반이 된 적이 있었던 동준이를 지켜보면서 저는 참 마음이 아팠습니다. 유난히 키가 컸던 동준이, 웃는 모습이 해맑던 동준이에게 좋은 날들이 기다리고 있었으면 좋겠습니다.

　언제나 저를 아껴 주고 사랑해 주는 가족과 미흡한 글을 뽑아 주신 심사위원 선생님에게 감사드립니다. 마지막으로 안드로메다 별이 내 친구 동준이의 소원을 꼭 들어주길 소망해 봅니다.

김예솔

문학은 참으로 오만하고 발칙합니다. 이번에 응모한 64편의 소설 작품어는 모두 다 절절한 사연과 기발한 사건이 새겨져 있지만, 선택받은 작품은 단 네 편, 그 네 편은 다른 응모자들의 부러움의 대상이 되었습니다.

심사평을 쓰기에 앞서서 응모한 여러분께 진심으로 감사드리고 싶습니다. 예비 작가 여러분, 참으로 고생하셨습니다. 공부하는 중에 글까지 쓰느라고 얼마나 힘드셨습니까. 그런데 여러분 작품을 읽어 보니 글을 참 잘 쓰십니다. 청소년 여러분이 앞으로 우리나라 문단을 이끌고 나간다고 생각하니 가슴이 뿌듯하고 무척 자랑스럽습니다.

그러나 심사는 냉정한 법, 작품에 대한 평을 해야겠습니다. 우선, 응모작 대부분이 어른들의 세계를 너무 일찍 알아버린 듯한 진부하고 식상한 소재와 근래에 화제가 되고 있는 사건이 르포 형식으로 나열되고 있다는 것입니다. 또한, 인물의 캐릭터가 어디서나 본 듯한 전형성을 그대로 보여 주었습니다. 특히 자살, 왕따, 가출, 효도 등의 고만고만한 주제는 작품의 신선함을 절감시켰습니다.

　청소년은 발랄하고 발칙하고 용감하고 굳세고 씩씩해도 됩니다. 무엇보다 청소년다운 대결 의지가 들어 있으면 더욱 좋겠지요.
　대상으로 결정된 《방(房)》은 보기 드문 소재와 절박한 경험의 체감도가 문학적으로 잘 승화된 작품이었습니다. 그리고 자칫 뻔한 이야기로 빠질 수 있음에도 끈질기게 사건을 부여잡은 의지가 좋았습니다.
　금상인 《열세 발자국》은 어린 시절의 내면을 차분하게 풀어내는 힘이 있었습니다. 특별한 서사가 없어도 내면의 본질을 글로 어루만질 수 있다는 것은 그만큼 사고의 깊이가 상당하다는 것을 알려 주는 것입니다.
　은상 《참지 못하는 남자》는 구성이 약간 산만하였지만, 주인공이 여러 가지 힘든 환경적 요인을 뛰어넘어서 스스로 의지를 나타내는 단단함이 훌륭했습니다.
　동상 《안드로메다 별에게 소원을》은 담백하고 깨끗한 작품입니다. 자칫 동화적인 소재로 흘러 버릴까 봐 염려했지만, 청소년다운 투명함으로 끝까지 아름답게 그려 내고 있어서 안심되었습니다.
　어떤 작품이든 흠이 없는 것은 없습니다. 청소년 예비 작가 여러분, 여러분이 다시 힘을 내시고 좀 더 열심을 내어 다듬어 가신다면 모두 다 일정한 수준에 이를 수 있는 작품이었습니다. 부디 이번에 선택되지 않았다고 실망하지 마시고 힘을 내십시오.
　끝으로 다시 한 번 응모해 주신 모든 사랑하는 청소년에게 감사드리며, 수상자들에게 진심 어린 축하를 보냅니다.
　문학은 천재적인 사람을 원하지 않습니다. 꾸준하게 읽고 쓰는, 인내가 필요한 예술 장르입니다. 지금 여러분이 지닌 그 천재성과 발칙함과

당돌함을 최고의 무기로 삼아, 꾸준하게 문학의 길을 걷기를 바랍니다.
그럴 때 우리 한국 문학의 앞날이 더욱 밝아질 것이기 때문입니다. 문학
을 사랑하는 청소년 여러분, 사랑합니다.

심사위원 소설가 이옥수
시인 최영욱

2011
펴사리
청소년 문학상
수상작

|2011 평사리 청소년 문학상 금상 수상작|

이은랑

기억에 미치다

|2011 평사리 청소년 문학상 금상 수상작|

이은랑
부산 성지 고등학교 2학년

기억에 미치다

남자가 멈출 듯한 숨을 몰아 내쉬었다. 남자는 곁눈질로 소년을 바라보았다. 소년은 날이 무딘 삽으로 남자를 묻을 땅을 파 내려가고 있었다. 한 삽 퍼내고, 다시 고개를 돌려 두 번째 삽을 땅에 갖다 대었을 때, 소년은 눈살을 찌푸렸다. 사방에서 흘러내린 마른 흙이 다시 빈 공간을 메우고 있었다. 상처 난 부분을 순식간에 메워 버린 땅은 소년을 놀리듯, 땅에 내린 삽을 서서히 삼켰다.

"아버지, 대체 비가 내리긴 할까요?"

소년이 탄성과 함께 한숨을 내쉬었다.

"하늘이 하는 일을 내가 어떻게 알겠니."

"음……. 그런 거 있잖아요. 어른들이 버릇처럼 하는 말. 비 오기 전에 다리나 허리가 쑤신다든가 하는……."

남자는 웃음과 함께 기침을 토했다. 남자는 숨을 더 몰아쉬었다. 소년은 침대에 누워서 힘겹게 숨을 고르는 남자를 응시했다.

식은땀까지 흘리며, 콧속으로 들어오는 미세한 산소에 목숨을 연명하는 자신의 병든 아비는 금방 숨이 끊어지더라도 이상할 것 같지 않았다.

소년은 자리에서 일어나 흙 속에 먹힌 삽을 신경질적으로 빼 들었다. 비라도 적당히 내렸으면……. 메마른 땅을 파 내려가는 속도와 죽음에 맞닥뜨린 남자가 서로 대각선으로 이어지다 맞닿을 지점이 가까워지고 있는 듯했다.

소년은 숨을 한껏 들이쉬고는 다시 흙이 공간을 메우지 못하게, 빠르게 삽을 놀렸다. 스스스. 하지만 마른 흙은 예전보다 더 많이. 빠르게 다시 빈 공간을 메웠다. 보다 못한 남자가 소년의 이름을 힘겹게 부르며 손짓했다.

"그렇게 하면 땅은 너를 도울 수 없단다."

"그럼 어떡해요."

"비가 오게 하는 방법을 알고 있지."

"예? 정말요? 그런 방법도 있었단 말이죠?"

소년이 눈을 크게 뜨며 물었다.

"그래. 저 산에 흐르는 샘을 막으면 되지."

"샘이요?"

"그래, 저 샘이 계속 구름을 마시고 있더구나……."

소년이 남자의 대답과 함께 하늘을 올려다보았다. 하늘에는 무심코 떠다니는 작은 구름 조각도 보이지 않았다. 마치 그 높디높은 산은 하굿둑이라도 되는 듯, 자신을 경계로 구름이 더는 이곳으로 유입되지 않도록 막고 있었다.

소년은 다시 남자를 내려다보았다. 자는 건지, 죽은 건지. 남자는 평온한 얼굴로 눈을 감고 있었다. 소년은 이불을 남자의 가슴께까지 잘 덮은 다음, 미국산 초콜릿을 호주머니에 넣었다. 그러고는 한 번도 열지 못했던 문을 열었다.

약간 파리해진 하늘을 오색 빛의 장막이 휘감고 있었다. 처녀의 펄럭이는 치맛자락 같은 오로라가 북쪽 하늘을 덮고 있었다. 푸석푸석 메마른 땅 위로는 오직 초록색 생명만이 활기를 띠고 있었다.

소년은 아무렇게나 자라난 나무에 아무렇게나 열린 사과를 땄다. 물기를 머금은 사과를 옷으로 대충 훔치고는 한입 베어 물었다. 소년은 반쪽을 먹고, 나머지 반쪽을 초콜릿을 넣어 둔 반대편 호주머니에 넣었다.

소년은 오로라와 함께 잠들지 않는 밤을 걸었다. 소년은 문득 뒤를 돌아보았다. 하얀 집의 지붕 끄트머리가 간신히 보였다. 소년은 공중을 갈기듯 손가락으로 휩쓸었다. 공간은 잡히지 않았다. 소년은 살짝 실망감에 잠긴 듯 입맛을 다셨다. 대신 뻐끔거리는 소리를 들었을 뿐이다. 소년은 소리가 들리는 곳으로 발걸음을 옮겼다.

"저를 좀 도와주세요. 누가 저를 잡아먹으려고 해요."

푸른 나뭇잎 위로 물고기가 주렁주렁 잘 익은 열매처럼 매달려 있었다. 그중 한 마리가 소년을 불렀다. 소년은 총총걸음으로 물고기에게 다가갔다. 다행히 나무는 그리 높지 않아 소년의 시야 아래로 보였다.

“물고기가 나무에 열린 건 처음 봤어.”

“저를 물이 있는 곳으로 데려다 주세요.”

물고기가 큰 눈을 깜빡이며 말했다.

“하지만 난 너희 모두 데려갈 만한 능력이 없는걸?”

소년은 안타까운 듯 말했다. 그러고는 다시 몸을 돌려 제 길을 가려고 할 때, 말을 걸었던 물고기가 목청껏 소년을 불렀다.

“저만, 저만 데려가시면 되잖아요.”

물고기가 소년에게 애처롭게 호소했다. 그때였다. 나무에 매달린 다른 물고기와 작은 나무는 일순간 재가 되어 버렸다. 하지만 그 물고기는 지느러미를 힘껏 펼치며 소년의 주머니로 쏙 들어가 버렸다.

소년은 쓸쓸한 웃음을 짓고는 다시 길을 떠났다. 소년은 꽤 많이 걸었다고 생각했다. 아까만 해도 뾰족이 보였던 하얀 지붕 끄트머리가 이제는 완전히 보이지 않았다.

소년은 하늘에 깊고 검은 장막이 내려앉은 것을 확인하고 걸음을 멈추었다. 오로라 주위로 보랏빛 하늘이 말갛게 보였다. 소년은 커다란 나무 밑에 흙을 조금 파고는 몸을 웅크렸다.

땅 위의 이름 모를 생명체가 소년 위를 휩쓸고 지나갔다. 소년은 몸을 조금 더 웅크렸다. 자신을 조곤조곤 파먹는 이 ‘정체 모를 것’들이 낯설고 조금 무섭게 느껴졌다.

소년은 밤을 처음 겪었다. 잠이 오지 않았다. 소년은 몸을 조금 돌려 나뭇잎 사이로 보이는 마주한 커다란 달 두 개를 응시했다. 언제나 정신을 차리고 보면 자신은 삽을 들고 땅을 파고 있었다.

소년은 억지로라도 눈을 감았다.

다음 날, 소년은 정오가 되어 겨우 눈을 뜰 수 있었다. 소년은 다시는 잠이라는 것. 휴식이라는 것에 빠져들지 않겠노라고 다짐했다. 잠에 빠져든다는 것은 정말 불쾌하고 괴로웠다. 소년은 차가워진 뺨을 쓸어내렸다. 그리고 저 멀리 희뿌연 모래바람을 일으키며 달려오는 그것을 보았다. 소년은 눈을 비볐다. 신기루라도 본 듯이, 소년은 그것이 이쪽으로 다가올 때까지 나무 기둥에 몸을 기대고 그대로 서 있었다. 우마차가 소년의 앞에 멈춰 섰다. 더러운 창문을 열고 가면을 쓴 남자가 얼굴을 내밀었다.

"A 도시로 가려면 어디로 가야 하는지 알고 있니?"

가면 쓴 남자가 소년을 향해 물었다.

"이 길로 쭉 가시면 돼요."

소년의 대답에 남자가 다시 창문 안으로 얼굴을 넣었다. 그리고 조금 뒤, 웃는 얼굴의 가면을 쓴 남자가 다시 얼굴을 내밀었다. 그리고 탄성을 질렀다.

"정말 고맙구나! 이렇게 기분이 좋을 수가. 애야, 나는 물건을 팔러 가는 상인이란다."

소년은 남자의 웃음소리가 이상하다고 느껴졌다. 무의미하고 건조한 웃음. 그것이 가면 위로 이질적으로 나타나자 소년이 고개를 갸웃거렸다.

'그런데 가면은 왜 쓰고 있는 거죠?'

소년의 대답에 남자가 놀란 듯 소리를 질렀다. 그러고는 다시 마차 안으로 얼굴을 넣고 다시 얼굴을 내밀었다. 그때 남자의 가면이 또 바뀌어 있었다. 남자는 놀라는 표정의 가면을 고쳐 쓰고는 소년을 바라보았다.

"세상에. 맨얼굴로 감정을 드러내는 것은 아주 부끄러운 일이란다."

남자는 가면을 매만지며 말했다. 소년은 무의식적으로 자신의 맨얼굴에 손을 가져다 댔다. 어른들은 맨얼굴에 감정을 드러내는 것이 부끄러운 일이라고 생각하는 것인가. 소년은 멋쩍은 듯 웃음을 지었다. 남자는 다시 웃는 얼굴의 가면을 쓰고 나타났다.

"네게 선물을 주마. 하나 받겠니?"

상인은 엄지와 검지로 상자의 리본을 아슬아슬하게 잡고 있었다. 그러자 소년이 고개를 절레절레 흔들었다. 상인이 다시 시무룩한 표정의 가면을 썼다.

"고맙지만 사양하겠어요."

"참 이상하구나. 아이들은 대부분 선물을 좋아하던데……."

남자가 창문을 닫았고 우마차가 다시 힘차게 달렸다. 소년은 덜커덩거리며 달리는 우마차를 보았다. 소년이 다시 걸음을 옮기려고 할 때, 소년의 발끝에 딱딱한 것이 걸렸다. 소년이 무언가 하고 집어 들었다. 표정없는 가면이 소년의 손에서 덜렁거렸다. 소년은 가면을 다리에 묶고는 다시 샘이 솟는 산을 향해 걸었다. 소년은 문득 자신이 부끄러워졌다. 다리에 묶어 둔 가면 쪽으로 손이 갔다. 그러나 고개를 절레절레 흔들고는 나머지 언덕을 넘었다.

어디선가 머리 위로 떨어지는 유성과도 잘 어울리는 피아노 소리가 들렸다. 언제 튀었는지도 모를 피들이 목조 피아노 건반 위

로 다닥다닥 말라붙어 있었다. 이것이 건반인지, 도마인지도 모를
만큼 피아노는 피를 흠뻑 뒤집어쓰고 있었다. 마치 살인자가 막
살인을 하고 느꼈을 그 고요함이 소년에게도 느껴지는 것 같아서
소년은 사시나무처럼 몸을 떨었다.

소년은 바닥으로 향한 시선을 다시 들어 피아노 쪽으로 옮겼다.
눈을 감고 고개를 들었다. 피아노는 여전히 영롱한 소리를 내었
다. 소년은 피아노 소리에 맞춰 숨을 고르게 내쉬었다. 소년은 천
천히 눈을 떴다. 낡은 가죽 의자 위로 남자가 무릎을 괴고는 미친
듯이 건반을 훑었다. 소년은 멍하니 남자를 응시했다. 남자는 마
술을 부리듯, 건반 위로 선율이라는 그림을 그려 냈다.

"눈을 감고 듣기엔 정말 좋았어요."

"눈을 감고 들었다고? 왜지?"

남자는 긴 담뱃대를 입에 물었다. 두꺼운 검은 장갑 위에 담뱃
재가 떨어지자, 남자가 입김으로 담뱃재를 날렸다. 담뱃재가 목적
을 잃고 이리저리 휘날렸다. 떨어지는 담뱃재는 마치 봄날의 벚꽃
을 연상하게 했다. 소년은 그 회색 가루가 아름답다고 생각했다.

"때로는 눈을 감고 들어야 배가 되는 감동도 있는 거니까요."

"그건 맞는 말이야."

남자가 쓸쓸한 표정으로 웃었다. 낡은 피아노는 작은 바람에도
덜컹거렸다. 그 소리가 마치 메트로놈 소리 같아서 소년은 다시
눈을 감았다. 남자는 다시 의자에 앉았다.

조금 무거워진 공기와 함께 다시 피아노 선율이 소년의 마음을
따뜻하게 할퀴었다. 소년은 눈을 떴다. 건반 위로 하얗고 가는 뼈

들이 따각거리며 춤을 추고 있었다. 소년의 당황한 표정을 보았는
지 남자가 움직임을 멈추었다. 잠시 멈추었다, 다시 건반에 손을
댔을 때 침묵하던 소년이 입을 열었다.

"손, 아프진 않아요?"

"이 정도야, 뭐. 때로는 고통을 예술로 승화시킬 수 있단다."

남자는 뼈만 남은 자신의 손을 자랑스럽다는 듯이 쳐다보았다.
그렇다면 건반 위로 흩어진 붉은 선혈은……. 소년은 침을 꿀꺽
삼켰다.

"멈추면 안 되는 거겠죠?"

"이것도 내 인생의 한 부분이란다."

남자는 다시 건반을 눌렀다. 분명 곡명은 아까와 같은 곡이었지
만, 소년은 아름다운 선율 속에 건반과 부딪치는 뼈 소리를 들을
수 있었다. 따다닥……. 소년은 귀를 막았다. 분명 눈을 감고 들었
을 때는 전혀 알지 못했는데……. 소년은 그것이 '선입견'이라는
것을 알아채지 못했다.

소년은 그 후로 눈을 감고 들은 것은 믿지 않았다. 이미 마음속
깊은 곳에 선입견이라는 씨앗이 몰래 싹을 틔우고 있을 테니까.

소년은 다시 길을 걸었다. 토끼풀이 아무렇게나 자라난 평원 위
로 소녀가 누워서 망원경으로 하늘을 올려다보고 있었다. 소년은
소녀의 곁으로 다가갔다. 소녀가 인기척에 망원경을 눈에서 떼고
는 뾰루퉁한 표정으로 소년을 올려다보았다.

"뭘 그렇게 보는 거니?"

소년이 물었다.

"내 별이요, 내 별을 찾고 있어요."

소녀는 다시 망원경으로 하늘을 올려다보았다. 소년은 소녀의 옆에 누워 하늘을 올려다보았다. 우주를 그대로 옮겨 놓은 듯한 남청색의 하늘. 그 아래로 마치 설탕을 뿌린 듯 별들이 옹기종기 모여 마치 거대한 성단(星團)이 빛을 내뿜고 있는 듯했다.

"별은 왜 찾는 거니?"

그러자 소녀가 망원경을 떨어뜨리며 고뇌하는 표정을 지었다.

"엄마가 그랬어요. 사람은 죽으면 다 별로 돌아간대요. 그래서 미리 내 별을 찾고 있었던 것뿐이에요."

소녀가 울먹거렸다. 그러자 소년이 피식 웃으며 말했다.

"죽으면 별로 돌아간다고? 그런 건 없어. 사람은 죽으면 그냥 사라지는 거야. 이 세상에서."

소년은 아직도 침대에 누워 있을 병든 남자를 생각했다. 소년은 문득 성단에서 동떨어져 먼 하늘에서 빛나는, 아주 아주 크게 빛나는 별 하나를 보았다. 내가 돌아갈 별은……. 소년은 고개를 저으며 웃었다. 그런 게 어디 있어. 소년은 팔꿈치로 땅을 짚고 일어섰다. 옆자리가 허전했다. 소년은 당황스러워 소녀가 사라졌을 곳을 향해 시선을 옮겼다. 하지만 소녀는 보이지 않았다. 다만, 아무런 장애물 없이 드넓게 펼쳐진 평원 위로 바람만이 자신의 존재를 드러낼 뿐이었다.

소년은 힘이 쭉 빠진 몸을 이끌고 다시 걸었다. 그 다리가. 그 걸음이. 처음 집을 나왔을 때보다 더 무겁게 느껴졌다.

소년은 문득 어린 시절을 떠올렸다. 방금 자신의 별을 찾던 그 어린 소녀처럼. 자신도 그런 무지막지한 순수함을 간직하고 있었을 때가 있었을까. 소년은 마치 자신의 머리 위로 커다랗고 징그러운 바퀴벌레 한 마리가 유유히 지나다니고 있다는 것 같은 느낌이 들었다. 소년은 '마음'이 아팠다. 하지만 아픈 이유를 몰랐다.

이제 산꼭대기로 향하는 첫 관문이구나.

소년은 그 거대한 산의 크기에 놀라 숨을 들이켰다. 멀리서 보았을 때는 그저 손바닥 크기였던 산은 자신을 그저 한 마리의 개미로 만들었다. 작고 나약한.

산은 험준했다. 흙보다는 돌이 많았고, 길옆 너머로는 절벽 아래로 폭포가 떨어지고 있었다. 소년은 아무런 걱정 없이 발을 내디뎠다. 내 힘으로 오르지 못할 곳은 결코 없다고 다짐하면서.

소년은 빗물처럼 떨어지는 땀을 닦으며 큰 바위에 자신을 앉혔다. 산꼭대기는 안개에 가려져 한 치 앞도 가늠할 수 없었다. 소년은 덜컥 겁이 났다. 끝까지 다 오를 수 있을까. 소년은 문득 자신이 한심하다고 느껴졌다. 점점 '잠'이라는 것이 몰려왔다. 몸은 피곤했고, 땅으로 꺼질 것처럼 무거웠다. 소년이 아른한 의식에 빠져들 때쯤, 풍덩— 하는 소리가 들렸다. 적당히 무게가 있는 것이 절벽 아래 폭포로 떨어지는 소리였다.

소년은 절벽으로 다가갔다. 절벽 아래는 고요했다. 소년은 절벽 아래를 한참이나 내려다보았다. 그리고 돌아서야겠다고 결심했을 때에, 자신의 발아래로 검고 긴 무언가가 걸린 것을 느끼고는 내려다보았다. 그것은 다름 아닌 검은색 긴 머리카락이었다. 몸에 달라붙는 붉은 옷을 입은 여자가 물속에 있었다. 소년은 발끝으로 여자의 옆구리를 찔렀다. 여자가 꿈틀거렸다.

"콜록……. 제길. 또 여기야."

눈을 뜬 여자가 처음으로 뱉은 말은 욕이었다. 소년이 슬금슬금 뒷걸음질치려고 할 때, 그녀는 소년의 눈을 똑바로 응시했다.

"뭐야, 물에 빠진 여자 처음 봐?"

"물……, 이요? 물은 저 아래……."

소년이 말을 삼켰다. 그녀가 다시 절벽 아래로 뛰어내렸기 때문이었다. 소년이 다시 절벽 아래를 내려다보았을 때는 이미 풍덩— 하는 소리와 여자는 깊은 물 속에 잠겼다.

소년은 뒤로 벌러덩 넘어졌다. 눈앞에서 사람이 자살하는 것을 보았다. 그것도 조금 전 얘기까지 나눈 사람이. 소년은 아직도 벌렁거리는 가슴을 움켜잡았다. 그때 소년의 어깨가 물에 젖어 들어갔다. 소년은 묵직한 느낌에 몸을 돌렸다.

"이거 봐. 난 언제나 여기 서 있다고."

그녀는 붉은 입술을 잘근잘근 씹어 댔다. 소년은 흡사 귀신이라도 본 듯 계속 '어버버…….' 더듬거렸다. 그러자 그녀는 웃으며 말했다. "정신 차려……."라고 하며 소년의 옆에 털썩 주저앉았다.

"방금 절벽에서 떨어진 사람이 어떻게 다시 여기 있는 거죠?"

소년이 소리를 지르자, 그녀는 시끄럽다는 듯 찡그리며 귀를 막았다.

"난 항상 이렇게 젖어 있어. 옷이 마를 날 없이 뛰어내려도 다시 정신을 차려 보면 여기, 제자리야……."

그녀는 슬픈 어조로 말했다. 그리고 계속 이어지는 그녀의 말을 소년은 묵묵히 들었다. 불어나는 카드값 때문에 술집 여종업원으로 일해 빚을 갚던 중 그녀는 덜컥 에이즈라는 진단을 받았다. 하지만 그녀는 놀라지 않았다.

그건 자신의 했던 행동의 당연한 결과라고 생각했기 때문이었다. 누구를 탓할 것도 아니었으니까. 그녀는 그 길로 이 산을 올랐다고 했다. 지금은 생각나지 않는 오래전. 그때부터 그녀는 이 절벽을 뛰어내리며 삶과 죽음. 그리고 또 삶을 반복하고 있었다. 어느덧 그녀는 촉촉이 젖어든 눈가를 닦으며 소년을 향해 미소 지었다.

'괜찮아.'

소년은 그녀의 미소가 자신에게 이런 말을 하고 있다고 생각했다.

"샘을 막으러 꼭대기로 간다고?"

"예……."

소년은 쫄래쫄래 자신을 뒤쫓아오는 여자를 힐끔 쳐다보았다. 여자는 물이 줄줄 흐르는 머리를 꾹 짠 뒤 다시 소년의 뒤를 쫓았다. 한참을 걸어가던 소년이 걸음을 멈추었다. 그녀도 소년과 함께 걸음을 멈추었다.

"계속……. 따라오실 건가요?"

소년이 띄엄띄엄 말했다.

"이왕…… 죽을 거면 산꼭대기에서, 하하……."

그녀는 머쓱한 표정으로 머리를 긁적이며 말했다. 소년은 말하지 않았다. 다시 걸었다. 여자는 멀어진 소년의 뒤를 따라 뛰었다. 여자의 긴 머리가 공중에 휘날렸다.

험준한 돌길을 지나 이제 정말 힘에 부친다는 생각이 들었을 때,

어디선가 새의 지저귐이 들려오는 듯한 환청이 들렸다. 마지막 돌을 넘자 마치 알프스의 너른 들처럼 넓은 들판이 펼쳐졌다.

가운데에는 마치 인공으로 심은 듯한 커다란 고목. 뒤에서 여자의 헐떡임이 들렸다. 여자는 두 손에 구두를 들고 올라오고 있었다. 여자는 소년이 내민 손을 잡고 간신히 올라올 수 있었다.

"고……, 고마워……."

여자의 말에 대꾸도 하지 않고, 소년은 한참이나 귀를 기울였다.

"어디선가 노랫소리가 들리지 않아?"

여자가 먼저 말을 건넸다. 그러자 소년이 가만히 고개를 끄덕였다.

'맞아요. 아까부터 계속 노랫소리가 들려요."

"저기야."

여자가 손을 쭉 뻗어 어딘가를 가리켰다. 여자는 자랑스러운 표정으로 어깨를 으쓱거렸다. 소년이 여자의 손을 따라 시선을 옮겼다. 그곳에는 고목의 버섯 같은. 어쩌면 알아채지 못할 곳에 누군가가 서 있었다. 소년과 여자는 그곳으로 걸어갔다.

커다란 고목에 파묻히다시피 한 소녀가 서 있었다. 소년은 왠지 그 옆모습이 낯익은 듯해서 소녀의 얼굴을 다시 찬찬히 살폈다.

"J……."

소년이 낮게 그 이름을 불렀다. J가 고개를 돌렸다. J는 손에 든 악보를 움켜쥐었다. 그리고 소년의 앞으로 걸어 나왔다. 그리고 머쓱한 듯 그의 이름을 한번 부르고는 가만히 묵묵히 서 있었다.

"오랜만이야."

소년은 정말이지 J를 오랜만에 보았다. 가수가 된다면서 뛰쳐나

간 자신의 친구는 이곳에서 홀로 노래를 부르고 있었다. 소년은 J
의 모습을 훑었다. 유일하게 자신의 집을 드나들던 그 모습도 변
하지 않았다. 하지만 J는 오랜만에 만난 친구보다 자신의 손에 들
린 악보에서 눈을 떼지 못했다.

"그래. 네 꿈은 이뤘어?"

소년이 비아냥거리듯 말했다. 그러자 J가 악보에만 두던 시선을
소년에게로 옮겼다.

"곧 그렇게 될 거야. 여기서 기다리면, 연습하고 있으면 된다
고 했어."

J가 발끈하며 말했다. 그러자 반응은 의외의 곳에서 터져 나왔
다. 여자가 소리를 내어 웃고 있었다.

"그냥 기다리기만 하면 된다고? 순진도 하구나. 정말 그 말을
믿는 거니?"

그녀는 웃음을 멈추지 않았다.

"하아……, 역시 세상이라는 건 더럽단 말이지. 순진한 어린애
인생을 이렇게 망치는구나, 쯧쯧……."

그녀는 혀를 끌끌 찼다.

"당신 뭐예요. 전 우리 대표님 믿거든요? 다 내가 아직 연습이
부족해서라고요."

J가 악보를 움켜쥐며 말했다.

"혹시 그 잘나신 대표께서……. 이거만 내면 빠른 시일 내에 데
뷔할 거라고는 안 하시든?"

여자가 손가락으로 동그란 돈을 나타냈다. 그러자 J가 숨을 확

들이켰다. 마치 거짓말하다 들킨 아이의 얼굴처럼 빨개진 얼굴이
었다.

"그걸……."

"그렇게 백날을 기다려 봐. 아마 데뷔는 돈 낸 순서일 거다."

여자는 콧방귀를 뀌었다. J가 주저앉았다. 하지만 J는 울지 않았
다. 은연중 그걸 눈치채고 있었는지도 몰랐다. J는 무릎 사이로 얼
굴을 파묻었다.

"네 부모님. 네가 앞으로 누려야 할 그 정당한 것들이 네 욕심
으로 깨지고 상처입겠구나. 세상이 네 그 순수한 노력만으로 돌아
갈 수 있다면 얼마나 좋겠니……."

여자는 어색하게 미소 지었다. 어쩌면 그 대목은 자신이 제일 잘
이해할지도 모른다고 생각했다. 그녀는 소년의 팔목을 끌어당기
고는 다시 돌길이 시작되는 곳으로 걸음을 옮겼다. 소년은 뒤를
돌아 J를 보았다. J가 건조하게 미소 지었다.

"집으로 돌아가. 그리고 네 꿈 아직도 찬란히 빛나더라."

소년이 J를 향해 환한 미소를 지었다. J는 돌길 사이로 사라진 소
년과 여자를 응시했다. 그리고 바닥으로 흩어진 악보를 하나하나
집어 들었다. 그리고 산 아래를 내려다보며 한숨을 쉬었다. 내려
갈 곳은 까마득한 곳이지만 J는 계속 얼굴에 미소를 띠었다.

"어떻게 그렇게 잘 알아?"

소년이 심드렁한 표정으로 물었다.

"세상의 그림자 쪽으론 내가 전문이잖아."

그녀의 말에 소년은 더는 묻지 않았다. 소년은 앞서 걸어가는 여

자의 등이 내심 무겁고 힘들어 보인다고 생각했다. 소년은 그렇게 세상의 양면을 자신이 지나쳐 왔던 모든 것에게서 보았다. 산을 오르는 다리가 더 무겁게 느껴졌다.

“으아악! 저 소리, 진짜 짜증 난다고!”

여자가 귀를 틀어막으며 소리를 질렀다. 머리 위로 수십 마리의 독수리가 날아다녔다. 큰 몸집에 하늘을 덮는 웅장한 날개. 소년은 다시금 귀를 기울였다. 아무 소리도 들리지 않는데⋯⋯. 소년은 그 순간에도 귀를 틀어막고 예민한 사람처럼 주위를 둘러보는 여자를 보며 고래를 절레절레 흔들었다.

“저 독수리. 한 마리씩 어디론가 갔다 오는 것 같지 않아요?”

소년의 물음에 여자가 막 다시 포물선을 그리며 되돌아오는 독수리를 응시했다.

“그러게⋯⋯. 교대로 밥이라도 먹고 오나 보지⋯⋯.”

여자가 바닥에 침을 튀― 하고 뱉으며 말했다. 길은 갈수록 더 험준해져만 갔다. 소년은 때로 포기하고 싶었다. 하지만 그럴 때마다 여자는 자신보다 앞서 걸었고, 여자의 피투성이 발을 올려다보면서 다시 소년은 이를 꽉 깨물고 산을 올랐다.

“그만, 아악!”

굵직한 남자의 비명이 들렸다. 여자와 소년은 동시에 퉁퉁 부은 발을 이끌고 달렸다. 신의 상징인 불을 인간에게 전해준 죄로 돌벽에 팔다리가 묶여 독수리에게 간을 쪼이는 남자. 프로메테우스는 괴로운 표정으로 자신의 간을 쪼는 독수리를 올려다봐야만 했다.

“훠이―, 훠이!”

소년이 팔을 휘저으며 독수리를 쫓아냈다. 프로메테우스는 땀을 뻘뻘 흘리며 숨을 내쉬었다. 독수리에게 쪼아 먹혀 피투성이가 된 간 위로 새 살이 돋고 상처가 점점 아물고 있었다. 소년과 여자는 흥미로운 듯 그 광경을 지켜보고 있었다.

'고맙구나…….'

프로메테우스가 힘겹게 말했다.

"별……, 말씀을요……."

소년은 묵묵히 대답했다. 그때 여자가 손뼉을 짝짝 치며 호들갑을 떨었다.

"아, 맞다, 맞다! 당신, 프로메테우스 맞죠? 그렇죠?"

"그렇다……."

여자의 호들갑에 프로메테우스가 한숨을 내쉬며 대답했다.

"프로메테우스요?"

"너 모르니? 아주 유명한 이야긴데……. 인간에게 불을 전해 준 것 때문에 평생 독수리에게 간을 쪼이고 살아야 하는 프로메테우스 이야기 말이야."

여자의 말에 소년은 흠칫 몸을 떨어야 했다. 평생 간을 쪼아 먹히는 고통이라니. 소년은 그 순간에 독수리 한 마리가 간을 쪼아 먹는 것을 보아야만 했다.

"간을 도려내면 되지 않아요? 독수리들은 간만 쪼아 먹는 것 같던데……."

여자가 재생되는 간을 무서운 듯 쳐다보며 말했다. 그러자 프로메테우스가 대뜸 소리를 질렀다.

“안 된다! 이 간을 도려내면 나에게 주어진 영생도 사라지게 돼!”

“간이 쪼아 먹히는 고통보다 영생을 살 수 없다는 것, 죽는다는 게 더 고통스럽다는 건가요?”

소년이 프로메테우스를 올려다보았다. 프로메테우스는 단호하게 고개를 끄덕였다. 소년은 이해할 수 없었다. 사람은 아무리 고통스러운 상황에 있더라도, 꼭 살아야 할 명확한 이유가 없다 해도 꼭 살아 있어야만 하는 것일까. 소년은 대뜸 병든 남자를 묻기 위해 땅을 팠던 그 순간을 생각했다. 나는 왜 이곳을 올라야 하지. 다리에 힘이 풀린 소년이 털썩 주저앉았다.

“나, 못 가겠어……. 이제 너무 지쳤어…….”

그러자 여자가 쭈그려 앉아 소년과 눈을 맞췄다.

“이제 다 왔어……. 여기서 하산하는 건 너무 아깝지 않겠니?”

그녀가 부드럽게 물어왔다. 소년이 고개를 절레절레 흔들었다.

“난 우리 아버지를 묻을 땅을 파기 위해서 이 산에 오르고 있는 거예요. 나는 우리 아버지를…….”

소년의 눈에서 눈물이 한줄기 흘러내렸다. 그러자 여자가 소년을 꼭 끌어안았다.

“너는 내가 살 이유를 만들어 주는구나.”

소년은 자신의 어깨가 촉촉이 젖어 들어가는 것이 느껴졌다. 소년은 보지 않아도 알 수 있었다. 여자가 울고 있었다.

여자와 소년은 다시 산을 올랐다. 경사는 가파르고 길은 더욱 험해졌다. 앞서 가던 여자가 뒤처지는 소년에게 손을 내밀었다.

"조금만 더 참아. 원래 동트기 전 새벽이 더 어두운 법이잖아?"

여자는 찡긋 소년에게 윙크를 날렸다. 소년은 웃었다. 소년은 믿고 싶었다. 내 손을 잡아 주는 여자가 죽으러 올라가진 않을 것이다. 그렇게 생각한 소년은 다시 산에 올랐다.

"정상이다……."

여자와 소년은 산 정상에서 몸을 뉘었다. 저 먼 곳에서 동이 떠오르고 있었지만, 소년과 여자는 그것을 감상할 여유도 남아 있지 않았다. 소년과 여자는 서로 쳐다보며 키득거리며 웃었다.

"샘을 막아야 해요."

소년이 여자에게 단호한 듯 말했다.

"그래. 그게 네가 여기까지 온 목적이니까."

여자는 큰 돌을 들어 물이 졸졸 흐르는 샘을 향해 내려찍는 소년을 보았다. 여자는 소년을 말리고 싶었다. 자신이 살아온 세상에서 무언가를 인위적으로 바꾸고 막는다는 것이 얼마나 큰 결과를 초래하는지. 자신은 잘 알고 있기 때문이었다.

'아름답다…….'

여자는 동이 트는 하늘을 '내려다' 보았다. 태양 주위의 하늘이 붉었다. 여자는 눈을 감았다. 그리고 무엇에 이끌린 듯 그 땅의 끄트머리로 걸음을 옮겼다. 여자는 소년의 뒷모습을 보았다. 그가 자신처럼 세상에 물들지 않기를. 그녀는 아래로. 아래로. 마치 날개 잃은 천사처럼 추락했다.

"다 됐어요. 이 정도면 샘이……."

소년이 여자가 있었던 곳을 향해 말을 했지만, 여자는 보이지 않았다. 작은 이 산 정상에서 여자는 보이지 않았다. 소년은 반쯤 떠오른 동을 바라보았다. 소년은 직감적으로 알 수 있었다. 여자는 죽었다.

소년은 다시 산에서 내려왔다. 막 산을 다 내려왔을 쯤에 겨우 정신을 차린 소년은 자신의 옆으로 기적(汽笛)을 울리며 지나가는 기차를 보았다. 기차는 길었다. 소년은 멀어지는 기차를 물끄러미 쳐다보았다. 소년은 그 기차가 마치 자신 같았으면 좋겠다고 생각했다. 똑바로 난 철길로만 달리는 기차.

소년은 병든 남자가 했던 말이 생각났다. 메마른 사막의 모래보다 뜨겁게 달아오른 철길이 되어라. 병든 남자가 항상 입에 달았던 말이었다. 소년은 다시 걸었다. 팔이 축 늘어진 소년은 무척이나 피곤해 보였다.

소년은 저 멀리서 걸어오는 남자를 만날 수 있었다. 어깨에 낚싯대를 멘 남자의 표정은 그리 좋아 보이지 않았다. 소년은 고개를 갸웃거렸다. 그곳에 바다라도 있었던 것인가.

"아, 그쪽으로 가려거든 가지 마시게나. 피라미 새끼 하나도 잡히지 않는 사해(死海)야, 사해. 완전히 죽음의 바다라고."

남자는 중얼거리며 다시 소년을 지나쳤다.

'바다라고?'

소년은 웃었다. 자신이 살던 곳은 바다는커녕 강도 흐르지 않는 곳이다. 소년은 조금 빠른 걸음으로 집을 향해 걸어갔다. 하지만 소년은 점점 이상한 기분에 덜컥 겁이 났다. 그래, 이 언덕만 넘으면…….

"아……."

소년은 감탄사를 내뱉었다. 그건 결코 경외심에 깃든 것은 아니었다. 언덕만 넘으면 보일 하얀 지붕의 끄트머리도. 상인과 우마차가 향했던 A 도시도. 있어야 하는데, 모두 물에 잠겨 평온한 그곳은 호수라기보다는 바다를 연상하게 했다. 소년은 물가로 걸어갔다. 바다의 짠 내보다는 물 내음이 물씬 풍겨왔다. 소년이 뒷걸음질쳤다. 자신은 단지 샘을 막았을 뿐인데. 그때 소년의 호주머니에서 무언가 솟아올랐다.

나무에 열리는 물고기는 물내음을 맡았는지 물속으로 퐁당― 소리를 내며 들어갔다. 소년은 잔잔히 퍼지는 파동을 바라보았다. 그리고 머지않아 물고기가 다시 수면 위로 둥둥 떠오르는 것을 보았다. 옆선을 드러내며 죽어 버린 물고기. 아아. 이곳은 진정 사해(死海)구나……. 소년은 문득 호주머니로 시선을 옮겼다. 한쪽에서 꺼내 든 사과는 이미 썩어 문드러져 있었고, 다른 한쪽에서 꺼내 든 미국산 초콜릿은 체온 때문에 녹아 호주머니 안을 더럽게 만들었다. 소년은 썩은 사과를 둥둥 떠오르는 물고기를 향해 내던졌다. 물고기 위로 정확히 떨어진 사과는 물고기와 함께 물속으로 가라앉았다. 그것이 가라앉으면서 생기는 파동이 멈출 때까지. 소년은 멍하니 그 수면을 응시했다. 모든 것이 잠겼다. 샘을 막은 돌 때문에. 자신의 손으로 한 일 때문에. 소년은 그제야 알았다.

인위적으로 바꾼 그 모든 것은 언젠가 다시 자신에게로 돌아오는 거라고. 소년은 자신의 호주머니를 깨끗하게 비운 뒤, 다리에 묶인 하얀색의 표정 없는 가면을 풀었다. 그리고 망설임 없이 얼굴 위로 가면을 썼다.

소년은 진정한 부끄러움이 무엇인지 알았기 때문에 가면을 썼을지도 모른다. 소년은 언덕을 올라 철길 위에 섰다. 소년은 저 지평선. 언제 끝이 보일까 한숨부터 나오는 그 끝나지 않는 길 위를 걸었다. 소년의 가면 위로는 어떤 감정도 읽을 수 없었다. 소년은 뜨거워진 철길을 그렇게 걸었다.

살 곳을 잃어버린 북극곰이나 파괴되는 열대우림. 그 모든 것들도 언젠가는 우리에게 돌아오기 마련이다. 소년은 프로메테우스처럼 영원히 끝나지 않은 길을 걷는 것을 택했다. 소년은 가면 쓴 상인의 말을 이제야 이해할 수 있었다. 아마 자신도 누군가 물으면 그렇게 대답할 것이다.

맨얼굴로 감정을 드러내는 것은 아주 부끄러운 일이야, 라고.

이은랑

저는 갈림길에 서 있었습니다. 정말로 세상의 모든 악재가 내 귓가에 대고 소곤거리며 힘들게 할 때, 그래도 나를 지탱하게 했던 건 엄마가 한 시바삐 학교로 들고 온 등기 우편 때문이었습니다.

그때 상황이 너무 힘들어서 그 때문에 오는 회의감에 놓으려고 해도 놓지 않았던 펜까지 놓을 뻔했습니다. 당선 사실을 알았을 때 겉으로는 상황이 상황인지라 놀라기도 해서 떨떠름하게 반응했지만, 속으로는 울음이 나올 것만큼 정말 기뻤습니다. 누구에게도 보상받지 못했던 악재가 한순간에 스르르 가슴속에서 녹는 듯한 느낌이 들었습니다.

글을 쓸 때에도 저는 사실 내가 지금 쓰고 있는 이 글이 말하고자 하는 주제는 무엇인가. 누구를 향해 쓰고 있나. 무슨 뜻으로 쓰고 있나. 하고 끊임없이 되물어오는 물음을 향해 부질없는 답을 하면서도 계속 키보드 자판을 꾹꾹 눌렀습니다.

《기억에 미치다》는 제 마음 깊은 곳 아픔과도 같습니다. 사실 제가 지금 찬찬히 보아도 정리도 안 되고 그냥 혼란스럽기만 한, 그저 '우울한' 글로만 보입니다.

가을에 물드는 낙엽은 바람이 살살 어르고 달래야만 예쁜 색으로 물이 듭니다. 너무 지나쳐도 바래지 못하고 떨어지고, 너무 부족해도 색이 나오질 않습니다. 저는 제 글을 낙엽과도 같다고 생각합니다. 저 자신을 잘 어르고 달래서 앞으로 좋은 글을 쓰도록 하겠습니다.

다듬어지지 않고 이리저리 찢겨 피에 물든 상처투성이 글을 따스히 보듬어 주셔서 감사합니다.

이은랑

|2011 평사리 청소년 문학상 은상 수상작|

구세희

우리들의 자소서

구세희
조선대 부속여고 2학년

우리들의 자소서

1

나는 피로한 눈을 게으르게 깜박거리며 모니터 전원을 누른다. 방바닥에 나뒹구는 껌 한 조각을 주워 입안에 털어 넣는다. 딸기 향신료 향이 밴 침이 입안에 가득 고인다. 나는 윈도우 화면이 뜰 때까지 침을 꼴깍꼴깍 삼키며 모니터 화면을 주시한다.

윈도우 화면이 뜨자 바로 대필 사이트에 들어간다. 의뢰 건수를 확인하기 전에, 먼저 새로 올라온 평가글을 확인한다. 나는 평을 확인할 때 의뢰자의 불만이나 항의글이 올라와 있지 않을까, 불안해하지 않는다. 나는 글을 쓸 때 확신이 선다. 난 내 글에 만족하고, 의뢰자 역시 내 글에 만족한다.

새로 올라온 평도 모두 좋다. 나는 껌을 질경질경 씹으며 평을

훑어본다. 금액을 좀 더 올려도 괜찮겠다는 생각이 든다. 나는 내
정보실에 들어가 오만 원이었던 금액을 육만 원으로 올린다. 저번
에도 이렇게 금액을 올려본 적이 있지만, 의뢰 건수는 변함이 없
었다. 이번에도 마찬가지일 것이다. 사람들은 모두 내 글에 만족
하고 내 글은 그럴 만한 가치가 있다.

나는 정보실에서 나와 의뢰 건수를 확인한다. 총 5건의 의뢰가
들어왔다. 5건 중 3건은 자기소개서다. 자신을 자기가 모르면 누
가 안단 말인가. 자기 자신을 가장 잘 아는 사람은 바로 자신일 터
였지만, 세상에는 생각보다 아둔하고 어리석은 사람들이 많았다.
나는 단물이 빠져 딱딱해진 껌을 입안에 굴리며 '멍청한 것들.'
중얼거린다.

의뢰인의 신상 정보를 훑어본다. 그중 한 건은 K 대기업에 취업
할 남자의 의뢰다. 나는 콧방귀를 뀌며 남자의 정보를 계속 훑는
다. 자기소개서 하나 못 쓰는 주제에 무슨 대기업에 취업한단 말
인가. 남자가 나열해 놓은 학벌과 경력을 하나하나 읽어 나갈 때
마다, 나는 더욱더 어이없는 표정을 지으며 남자를 비아냥거렸다.
남자의 의뢰에는 주문이 하나 더 추가되어 있다. 남자는 편지 끝
에 달아 놓은 추신처럼 겸손한 말투로 부탁 하나를 더해 두었다.
가상 기획서를 하나 만들어 달라는 것이다. 그 아래에 남자가 지
급할 금액이 적혀 있다. 큰 건을 건졌다는 생각에 입가에 미소가
돌았다.

생각해 보니, 이 남자가 정말 K 대기업에 취업하는 것도 나쁘지
않은 것 같다. 남자가 K 대기업에 취업하여 감사글이라도 올린다

면 사이트에는 내 소문이 일파만파로 퍼질지도 모른다. 나는 내 글에 붙는 돈의 액수가 불어나는 상상을 한다. 기분이 좋아진다. 남자의 정보를 문서에 저장한다. 나는 탁자 위에 있던 껌을 하나 더 입에 털어 넣는다.

십팔만 원. 십팔만 원이면 한 달 방세를 내고도 남을 돈이다. 한 건어 이렇게 큰돈을 받는 것은 드문 일이었다. 그러고 보니, 언젠 가 이십만 원 상당의 의뢰를 받은 적이 있긴 하다.

2

의뢰인은 컴퓨터 게임과 요요를 잘하는 남자아이였다. 나이는 8살이었고, 자신보다 한 살 어린 교회 동생을 좋아하고 있었다. 남 자아이는 몇 번이고 고백하기 위해 여자아이의 주변을 얼쩡거렸 으나 용기가 없어 매번 포기할 수밖에 없었다.

나는 7살 난 여자아이에게 고백하지 못해 결국, 컴퓨터 앞에 섰을 8살 난 남자아이의 울렁거리는 가슴을 상상하다가 잊었던 내 8살 기억을 떠올리고, 가슴을 움켜잡고 웃음을 터뜨렸다. 연 애편지를 의뢰받은 건 처음이었다.

나는 첫사랑을 경험하고 매일 밤잠 못 이뤘을 8살 난 남자아이 의 심리를 생각하며 피식 웃음을 흘렸다.

남자아이는 여자아이 때문에 자주 울었다고 한다. 어떨 때는 사 탕을 빠는 어여쁜 여자아이의 얼굴을 바라보다 괜스레 마음이 서 글퍼져 울음을 터뜨렸고, 또 어떨 때는 여자아이와 사이좋게 손을 잡고 어린이집을 빠져나오는 다른 남자아이를 보며 울고, 여자아이를 훔쳐보는 자신을 놀리는 아이들 때문에 울었다. 남자아이는 좋아도 울고, 초라해도 울고, 창피해도 울고, 섭섭해도 울고, 아쉬워도 울고, 그런 자신을 다시 다잡다가도 울었다. 남자아이는 여자아이 때문에 많은 눈물을 흘렸다.

그때마다 남자아이는 여느 드라마에서나 나오는 남자 주인공처럼 가슴을 부여잡곤, 목청을 훤히 내보이며 '으앙!' 하고 울음을 터뜨렸다.

남자아이의 말을 빌리면 남자아이는 영화나 드라마에서나 나오는 '끝내주는' 대사나, 인터넷에서 떠도는 '멋진 글귀' 같은 것을 바라고 있었다. 어린아이의 연애편지를 대신 써 주는 것은 무척 힘든 일이었다.

아이가 내게 보내온 정보는 거의 없었다. 고작 컴퓨터 게임과 요요를 잘한다느니, ○○유치원을 나와 ○○초등학교에 다닌다느니, 여자아이는 ○○유치원에 다닌다느니, 자신이 여자아이 때문에 많이도 울었다느니 하는 내용밖에 없었다.

이십만 원 상당의 돈이 따라온 만큼 한참 동안 손을 대기 어려운 의뢰였다. 사실, 나는 이 의뢰에 도통 신뢰가 가지 않았다. 8살 난 아이에게서 이십만 원의 돈이 도대체 어디서 난단 말인가. 하지만 꽤 재미있을 것 같다는 생각을 했다.

중간중간에 줄임표가 많은 것을 보아 상당히 소심하고, 울보인 데다가, 자신감도 없는 한심한 아이 같았다. 나는 아이의 신상 정보에 나타난 특유의 소심한 말투와 어수룩한 언어로 한껏 멋을 부

린 문장을 하나하나 써 나갔다. 최대한 어른스러우면서도 아이 티
가 나게 써 나갔다. 또래의 계집애들이 보았을 때 '오, 제법?' 하
고 생각할 수 있는 글을 말이다.

나는 키보드로 웅얼거리는 8살 난 남자아이의 목소리를 내며,
탁자 아래에서 초조한 듯 다리를 달달 떨었다. 탁자 모서리에 무
릎 부딪히는 소리가 맥박처럼 방 안에 울렸다. 글을 대신 써 주면
서 누군가의 고민과 떨림마저 대신 느껴 주는 기분이었다.

한참 뒤에야 삐뚤빼뚤한 글씨가 적힌 봉투 하나가 도착했다.

코내는 이 : ㅇㅇ초등학교 1학년 4반 2번 강호두
받는 이 : 글발 아저씨

봉투 안에는 '이십만 원'이 아닌 꾸깃꾸깃 구겨진 이천 원이 들
어 있었다. 나는 실소를 터뜨렸다. 나는 봉투 안에 든 돈을 확인하
고 난 다음 바로, 천 원을 쥐고 가 슈퍼에서 막대사탕을 사 먹었다.

3

모니터에서 눈을 떼고 기지개를 켠다. 하루 작업을 마치고 나면
몸은 무척 노곤해진다. 나는 이제 막 겨울잠에서 깬 동물처럼 풀
린 눈을 하고선, 어두운 동굴 같은 방 안을 두리번거린다. 방 안에
는 불빛 하나 들어오지 않는다.

침대 머리맡 위에 좁은 창문 하나마저 커튼으로 가려 놓아 아침

인지 낮인지도 잘 구별이 되지 않는다. 커튼을 걷고 창밖을 내다본다. 붉은 새벽하늘 아래 바깥세상은 이상하리만치 고요하다. 덤덤히 서 있는 건물마저 숨을 죽이고 있는 것 같다. 나를 제외하고 모두가 잠이 든 것 같다. 정확히 시간은 모르겠지만, 모두가 졸고 있는 이른 새벽인 것만은 확실하다.

언제 이렇게 시간이 지났을까. 시간 가는 줄도 모르고 온종일 글을 써 주고 있었다. 문득 시계를 본 지 무척 오래되었고, 달력을 본 지는, 그보다 더 오래되었다는 걸 깨닫는다. 나는 다시 커튼을 닫고 달력이 있는 쪽으로 다가선다. 달력은 5월에 멈춰 선 채 반쯤 찢겨 나가 있다. 이 앞에 서 본 것은 퍽 오랜만이었다.

방 안에 좁은 창문으로 네모난 오후의 볕이 환하게 들어오던 날, 나는 무료한 표정으로 햇빛에 분분히 날리고 있는 먼지 입자를 바라보고 있었다. 그런데 서랍 속에서 휴대전화 벨 소리가 오랫동안 참아 왔던 울음처럼 울려 댔다.

누군가에게 전화가 걸려온 것은 무척 오래간만이었다. 나는 휴대전화를 집어 들었다. 밤이 드리워 있던 검은 액정에는 모르는 번호가 떴다. 나는 무척 고심하고 말을 꺼내듯 천천히 입을 열었다.

"누구세요?"

내가 여자에게 처음 꺼낸 말은 '여보세요.'가 아닌 '누구세요.' 였다. 그냥 갑자기 튀어나온 말이었다. 오래간만에 걸려온 전화에 나는 좀 당황했다. 상대방이 뜸을 들이자 나는 다시 한 번 물었다.

"누구세요?"

자꾸만 머릿속에서 '당신은 누구십니까.' 하는 노랫말이 맴돌아,

혼자 픽하고 웃음을 터뜨렸다. 여자는 당황한 듯 말을 더듬었다.

"아, 네……, 저기……, 혹시 성함이 정애란 씨 아닌가요?"

"네, 맞는데요."

"어머, 맞지? 애란이 맞지? 어머, 역시 애란이 너였구나."

한 톤 더 높이 올라간 여자의 목소리를 듣자 모르는 여자의 반색한 얼굴이 떠올랐다. 여자는 TV에 나오는 연예인의 이름을 부르듯 함부로 내 이름을 반복해서 불렀다. 나는 한 번 더 물었다.

"누구세요?"

"나야, 정윤이. 기억 못 하겠어? 우리 K 대학 같이 나왔잖아. 모르겠어?"

정윤이. 나는 문득 여자의 이름이 무척 익숙하다고 생각했지만, 여자가 누구인지 바로 생각나지 않아 한참 뜸을 들였다. 나는 까마득한 옛 기억을 어지럽게 헤집어 보았다. 내가 익숙한 이름을 기억해 내는 동안, 여자는 자꾸만 '모르겠어? 모르겠어?' 하며 나를 재촉했다. 여자가 대학 동기라고 하니 그런 것도 같았다. 나는 잘 알지도 못했지만, 우선 아는 척했다.

"아, 정윤이. 기억하지……, 잘……."

"잘 지냈어? 정말 오랜만이다. 거의 10년 만이야. 그렇지?"

여자는 내가 하려던 말도 낚아채며 호들갑을 떨었다. 그것이 마냥 거짓인 것 같진 않았다. 나와 여자는 그렇게 가까운 사이는 아니었지만, 여자가 나를 반가워하는 눈치를 보이자, 조금 반가운 것도 같았다. 한두 마디 주고받다 보니 나름 싱그러웠던 대학 시절이 떠오르면서 어렴풋이 여자와의 관계도 떠올랐다.

여자는 삼수해서 겨우 대학에 들어온 주제에 언니랍시고 동기들을 잘 챙겨 주었다. 나는 남에게 내색하지 않고, 여자를 비꼬며 무시했다. 나는 대학 동기 중 학점이 제일 높았고, 여자는 동기들보다 두 살이나 많았지만, 절반 가까이 학점이 낮았다. 여자는 다른 친구들보다 유독 나를 좋아했다. 나는 그녀가 나를 좋아하거나 그게 아니면 나를 동경하는 거라고 생각했다.

나는 여자가 싫었지만 그녀가 사 주는 밥과 커피를 잘도 얻어먹었다. 여자는 나와 같이 밥을 먹을 때마다 밥알을 입안에 가득 문채 '어쩜, 부럽다. 애!' 라는 말을 잘했던 것 같다.

"글쎄, 내가 말이야. 기획서를 쓸 시간이 없는 거야. 그래서 대필을 맡기려고 대필 사이트에 들어갔더니 '글발' 이라는 대필자 닉네임이 눈에 확 들어오는 거 있지."

'글발' 은 대학 시절 내 별명이었다. 글을 잘 쓴다고 해서 생긴 별명이었다. 닉네임을 정할 때 이렇게 정해도 되는 건가, 약간 고민스럽긴 했다. 그런데 나는 사실, '글발' 이라는 별명이 꽤 나다운 느낌이 든다고 생각했다.

내가 좁은 창문으로 들어오는 봄 햇살을 인상을 쓰며 바라보는 동안, 여자는 쉴 새 없이 떠들어 댔다. 묻지도 않은 자신의 자식과 남편의 이야기, 자신의 직장, 자신이 직장을 다니면서 겪는 노고에 대해서 내게 설명했다.

나는 적절한 때에 '응.' 하고 짧은 호응을 했다. 여자는 아마도 '자신이 잘살고 있다.' 는 말을 전하려고 내게 전화를 건 것 같았다. 나는 여자에게 나도 잘살고 있다고 전했다. 여자는 뭐가 그렇

게 좋은지 자꾸만 웃었다. 조금 불쾌한 기분이 들었다. 나는 여자
가 잘살더니 많이 경박해졌다고 생각했다.

"어머, 근데 너 대필하니? 사이트 들어가 보니까 그냥 간간이
하는 건 아닌 것 같고……. 언제부터 했어? 혹시 내 기획서 맡아
줄 수 있니?"

여자는 한꺼번에 많은 질문을 쏟았다. 나는 다른 물음은 대답하
지 않고 기획서를 맡아 줄 수 있냐는 물음에만 짧게 대답했다.

"그럼. 그래, 해 줄게."

여자는 기간까지 정해 주며 내게 기획서를 맡겼다.

"근데 기획서가 두 개야. 한 건은 이번 달까지 해 주고 다른 한
건은 느긋하게 써 줘도 돼. 늦게는 10월까지 괜찮을 것 같아."

여자와 통화를 끊고 달력에 여자가 정해 준 기간을 표시했다. 달
력에 펜으로 동그라미를 그릴 때 잉크가 제대로 나오지 않았다. 선
을 몇 번을 그어도 도무지 나올 생각을 안 했다. 잉크가 나오지 않
아 화가 났다. 화가 나 펜을 집어던지고 달력을 찢었다. 뒤돌아서
거울을 보았다. 햇살을 받고 서 있는 나의 봄은 환하다 못해 창백
해져 있었다.

4

나는 5월에서 멈춘 달력을 이제야 한 장씩 넘긴다. 빳빳한 종이
를 넘기며 지난 석 달 동안의 기억을 떠올려 보려 한다. 하지만 도
무지 떠오르지 않는다. 시간은 내게 아무것도 남기지 않고 무심히

흘러만 갔다.

하지만 남아 있는 게 몇 가지 있긴 했다. 내가 지금껏 남겨 왔던 무수히 많은 글, 흔들리는 나무 뒤를 따라오는 수많은 계절을 입을 허 벌린 채로 바라보는 나의 모습, 그리고 모니터 앞에 앉아 모르는 누군가의 인생만 멍하니 들여다보는 내 멍청한 표정 같은 것들이 말이다. 계절과 시간은 빠르게 지나갔지만 나는 변함없이 그 자리에 항상 같은 모양으로 우두커니 서 있었다. 나는 달력을 넘기는 것을 멈춘다.

벌써 9월이다. 그리고 곧 명절이 다가온다. 나는 학창 시절부터 사람들이 몰려들어 소란스러운 명절을 싫어했다. 그것은 어른이 되어서도 마찬가지였다. 나는 해마다 다가오는 명절이 항상 껄끄러웠다.

사춘기 때는 시답지도 않은 명절 따위 때문에 나라 전체가 소란스러워지는 것에 대한 근본 없는 반항심 때문이었고, 이십 대 때는 내가 바쁘다는 이유로 그냥 명절이 싫었다. 지금 서른이 넘은 이 시기엔 이래저래 많은 이유로 명절이 싫다.

그리고 핑계를 대고 명절 때 고향에 내려가지 않은 지 벌써 이 년이 넘었다. 엄마는 몇 달 전부터 자꾸만 전화해서 이번 추석 때는 시간을 비워 두라고 당부했다. 나는 엄마에게 전화가 걸려올 때마다 말끝을 흐리며 얼버무리는 것을 반복한다.

"올해는 꼭 와야 한다. 식구들이 다 네 얼굴 까먹겠다고 난리여. 왜 그놈의 일은 자꾸 명절에만 생긴다냐."

나는 식구들이 내 얼굴을 까먹든 귀신 씻나락을 까먹든 아무 상관하고 싶지 않다. 나를 보고 싶어 안달 난 사람들이 내게 꺼내는 말은 해마다 변하지 않는다.

'취직은 했지?'

'너도 이젠 결혼은 해야 할 텐데. 만나는 사람은 있니?'

'아직도 그 단칸방에서 사니?'

그리고 내 대답도 변하지 않는다. 나는 그것이 마치 불변의 이치라도 되는 듯이 대답한다.

"아니요, 아직이요."

"그래……. 그렇구나."

어쩌면 그들이 내게 같은 말을 지껄이는 건 '아직.'이라는 대답에 대한 어떤 기대 같은 것일지도 모른다. 나는 여전히 취직도 않고 만나는 사람도 없이 이 단칸방에 살고 있지만, 내 감정은 시간이 지나도 수상하리만치 고요하다. 그렇지만 명절이 다가올 때마다 그들에게 그런 말을 듣고 싶지는 않다. 나는 내 삶에 만족한다. 그리고 그렇지 못하더라도 그들이 관여할 바가 아니다.

의뢰 건수가 줄었다. 의뢰 금액을 조금 많이 요구한 탓일까. 이틀 만에 사이트에 들어가 보지만 의뢰 건이 주례사 한 건과 자기소개서 한 건밖에 들어오지 않았다.

나는 자꾸만 마우스 커서를 클릭하며 의뢰 금액을 다시 낮춰야 하는 걸까 잠시 고민한다. 하지만 의뢰 건수가 줄었다고 바로 의뢰 금액을 낮추는 건 자존심이 상한다. 지금 내가 의뢰 금액을 낮추면 내 품위와 글의 가치도 같이 낮아지는 것이다.

내 글은 여전히 가치 있다. 사람들은 여전히 내 글에 만족한다.

그건 아주 만족스러운 일이다. 나는 아직 작업자 랭킹 1위를 유지하고 있는 것을 보고 만족하며 사이트를 나온다.

5

꽉 끼는 정장을 입은 뚱뚱한 남자가 땀 냄새를 풍기며 내 옆에다가서 책을 고른다. 남자의 단정한 용모로 보아 회사에서 나와 잠깐 서점에 들른 것 같다. 뛰어온 건지 더운 숨을 가쁘게 내쉰다. 거친 숨소리가 듣기 거북하다.

내가 남자에게 멀찍이 떨어지자 남자가 나를 힐끗거리며 소매로 코끝에 맺힌 땀을 닦는다. 나는 남자에게 시선을 거두고 계속 책을 고른다. 요즘 자서전을 써 달라는 의뢰가 자주 들어온다. 자신의 고난과 시련마저 자랑하고 포장하려 드는 것이다.

나는 자서전 몇 권을 고른다. 누구의 것인지는 상관없다. 그냥 자서전이면 된다. 내용은 보지 않고 형식과 차례만 훑어보고 자서전을 고른다. 남자도 자서전을 고른다. 남자의 표정은 진지하다. 차림도 불편해서 그런지 인상을 구기고 있는 것도 같다. 하지만 남자의 눈은 부지런히 책장을 훑으며 책을 고르고 있다. 누군가의 진정한 삶을 고르기 위해 꽉 끼는 정장을 입고서 힘겹게 손을 뻗으며 땀을 흘리고 있다. 부질없지만, 열심히 고른다.

서점에는 사람들이 북적거린 적도 없지만 그렇다고 해서 사람들이 유독 없었던 적도 없다. 오늘도 서점에는 사람들이 없진 않지만 그래도 좀 한산한 편이다.

나는 이 정도의 정적과 그 정적 속에서도 간간이 들려오는 책장 넘기는 소리가 좋다. 드문드문 들려오는 사람들의 말소리도 싫지 않다. 그런 소리를 듣고 있으면 내가 그 속에 포함된 것 같은 생각이 든다. 내가 하나의 현상이나 물체를 이루는 장기나 개체가 된 듯한 기분이다. 그런 기분은 왠지 나쁘지 않다.

나는 자리를 옮겨 자기소개서 모음집을 고른다. 책 종류는 여러 가지다. 유명한 대기업에 취업한 사람들의 자기소개서를 모아 놓기도 하고 '자기소개서 잘 쓰는 법' 따위의 책도 수없이 많다. 이런 책들은 재고량도 많지만 그렇다고 매출이 특별히 줄어드는 시기도 없다. 내용이나 양식은 모두 비슷하다. 이 책을 사나 저 책을 사나 더 좋을 것도 나쁠 것도 없을 것 같다.

나는 대충 의뢰를 받아본 적이 없는 직업이 수록된 책들을 고른다. 카운터에 머리를 단정하게 올려 묶은 알바생이 소리를 낮추고 통화하는 모습이 보인다. 언짢은 표정을 하고 상대방의 말을 듣고 있다.

뭔가 어쩔 수 없이 듣고 있다는 표정이면서도 끊지 않는 것으로 보아, 어떤 물음이나 대답을 기다리는 것도 같다. 그 언짢은 얼굴이 아까 자서전을 고르던 뚱뚱한 남자의 진지한 표정과 언뜻 비슷하게 느껴진다.

도무지 정확한 감정을 읽을 수 없는 얼굴. 나도 저런 표정을 짓고 있지는 않을까. 내가 카운터로 다가서자 여자가 내 쪽을 곁눈질하며 전화를 끊는다. 나는 계산하고 서점을 나선다.

나는 출구에 서서 서점 안을 천천히 둘러본다. 넓은 시야로 서

점의 풍경이 들어온다. 눈을 내리깔거나 고개를 들어 올려, 모두
가 비슷한 자세와 표정으로 책을 고르고 있다.

6

　이상한 일이다. 지금껏 이런 건의가 들어온 적이 한 번도 없었
다. 들어온다고 해도 달랑 두세 건뿐이었다. 나는 내 방에 폭탄이
투여된 것처럼 당황스럽다. 나는 건의 같은 것을 받아 본 적도 거
의 없다. 건의라 해 봤자 '오타가 많아요.' 와 같은, 심혈을 기울이
지 않고 맡았던 의뢰자의 뻔한 건의뿐이었다.
　그런데 이번에는 좀 다르다. 한 번에 두세 개의 건의가 들어온
것도 당황스럽지만, 무엇보다도 건의 내용이 모두 비슷하다는 점
이 이상하다. 나는 혼자 입을 헤 벌린 채 모니터를 한참 동안 들여
다본다.
　'님. 님 글이 좀 이상하네요. 아는 사람도 님한테 의뢰해서 자
기소개서를 완성했다고 해서 봤더니, 제가 받은 자기소개서랑 거
의 흡사해서 정말 당황했어요.'
　'다른 건 몰라도 자기소개서를 똑같이 쓰다니요. 진짜 너무하
시네. 그러다 님한테 의뢰한 사람들이 같은 회사에 자기소개서 제
출하면 어쩌실 겁니까?
　'아주 불쾌하네요. 님 원래 이렇게 사시나요? 사기도 작작 쳐
야지. 컨트롤 C 컨트롤 V 해 놓은 것처럼 다른 사람들 글이랑 제
글이랑 비슷하잖아요. 여러 사람 글에다가 같은 말을 계속 우려먹

지를 않나. 지금껏 계속 그런 식으로 대필해 주신 건가요?

의뢰자는 무척이나 불쾌한 것 같다. 나는 당황스러우면서도 헛웃음이 나왔다. 나는 단 한 번도 의뢰 글을 겹치게 써 본 적이 없다. 오히려 글을 쓰는 도중 무의식적으로 나오는 말버릇 같은 것도 절제하면서 쓰려 했다. 그리고 내용만 다르게 하고 괜찮은 말들을 계속 우려먹는 그런 비겁한 짓 따위도 하지 않았다. 굳이 그런 비겁한 수를 쓰지 않아도 내 글은 언제나 충분했다. 나는 미안한 마음보단 오히려 배신감이 든다.

어제까지만 해도 내 글을 옹호하고, 내 글이 매번 마음에 든다고 야단이었던 사람들이 하루아침에 내게서 등을 돌렸다. 혼자서 자기소개서 하나 못 쓰는 바보스러운 사람들에게 '넌 글을 못 써. 비겁한 수를 써.' 하고 꾸지람을 들은 것 같다.

그런데 그런 건 그렇게 큰일이 아니었다. 나는 더욱 불안해진다. 이런 평이 사이트에 올라와 있으면 의뢰 건수가 줄지는 않을까? 나는 사이트에서 안 좋은 평을 어떻게 삭제할 수는 없을까, 의뢰 금액을 조금만 낮춰 볼까 고민하다가, 결국 둘 다 하지 않는다.

나는 모니터 앞에서 한참 동안 난감한 표정을 짓고, 고민스러운 표정을 짓다가 결국, 마지막에는 억울한 표정을 하고선 사이트에서 나온다. 나는 터덜터덜 가스레인지 앞에 다가서 손으로 라면을 부순다. 라면 봉지가 바스락거리는 소리가 방 안에 묘한 정적을 만들어 낸다. 라면 봉지를 만지던 손을 멈추자 바스락거리는 소리도 금방 사라진다. 방 안에 가득한 정적은 나의 심란한 마음을 더욱 부추긴다.

이틀 동안 사이트에 들어가지 않았다. 괜스레 두려운 마음이 들어서였다. 더는 사람들이 나의 글을 좋아하지 않고 공감하지 않는 것이 아닐까, 하는 생각이 이틀간 머릿속에서 떠나지 않았다. 그리고 그 건의 글을 보고 난 뒤로, 내 글에 대한 확신이 서지 않았다. 가장 두려운 건 그것이었다. 한 번 의심이 가기 시작하자 글이 마음대로 써지지 않았다.

집중할 수 없었고, 온갖 단어나 문장이 신경 쓰이기 시작했다. 글을 쓰는 동안에도 의심이 들 때마다 내 손가락은 키보드 위에서 자꾸만 멈칫거렸다. 나는 글을 계속 써 나가지 못하고 한참 동안 화석처럼 굳어 버린 손가락을 키보드 위에 다소곳하게 올려놓았다.

그리고 며칠 전 내 대학교 동창에게 다시 전화가 걸려 왔다.

'저번에 내가 부탁했던 기획서 기억나지? 그거 안 해 줘도 될 것 같아……. 내가 할 수 있을 것 같아. 저기……, 너 혹시 요즘 무슨 일 있니. 사이트에 이상한 평이 정말 많더라. 혹시 모르면 얼른 확인해 봐.'

나는 껌을 질겅질겅 씹으며 마우스 커서를 움직인다. 며칠 만에 작업자 랭킹이 하락한 것을 보고 나는 숨을 크게 가다듬는다. 의뢰 건수는 확실히 줄었다.

시간이 꽤 지났는데도 상당히 적은 건수다. 나는 초조한 마음이 들 때마다 혀에 바짝 힘을 줘 딱딱해져 가는 껌으로 풍선을 불고 터뜨리기를 반복했다.

나는 건의 사항에 마우스 커서를 옮긴다. 나는 희미한 박하 향이 녹아 있는 침을 꼴깍 삼키며 마우스를 누른다. 생각보다 평이 더욱 좋지 않다. 나는 더는 껌을 씹지 못하고 눈만 깜박거린다. 저번과 똑같은 평이 배는 늘어나 있다. 최근에 작성한 평일수록 더욱 악성이다. 글이 왜 다 비슷한 거냐는, 그런 글이다.

도무지 알 수 없다. 나는 절대로 글을 비슷하게 작성한 적도 없고, 그에 대한 양심의 가책도 조금도 느끼지 못한다. 그런데 사이트에 올라온 평을 읽을수록 이상한 기분이 들었다. '진짜 그런가.' '사실일까.' '설마!' 하는 생각이 들었다.

도다시 나 자신이 의심되기 시작했다. 나는 사이트 창을 닫고 지금껏 버려두었던 문서를 다시 복구시킨다. 궁금해진다. 그들의 말이 사실일까, 그럼 나는 왜 지금껏 모르고 지내온 것일까.

문서들을 차례대로 열어 본다. 글들은 정말 모두 비슷했다. 의뢰자들, 그들의 성장 과정이나 시련이나 고난까지도 모두 비슷했다. 모두 고만고만한 학교를 나와 눈 돌리면 흔히 볼 수 있는 가게나 주유소에서 알바를 했다.

느구나 거친 입시와 취업의 경쟁 속에서 허덕이는 사람들이었다. 그들은 눈의 결정체처럼 눈부시게 아름답다가도 금방 소멸하여 버릴 하찮은 바람을 가지고 살고 있었다.

나는 지금껏 굳은살이 밴 손끝으로 무지한 청춘의 이야기를 눌러 적고 있었다. 사람들은 최고를 꿈꾸지 않는다. 모두 남들만큼만 살길 원했다. 그랬기에 내게 진짜 자기소개서를 의뢰한 진짜 의뢰자는 없었다. 아니, 나는 같은 의뢰자에게 다른 이름으로서 수많은 의뢰를 받아온 것이다. 나는 빤한 스토리가 이어질 삼류 소설책을 덮어 버리듯 원고를 머뭇거리지 않고 삭제한다. 그리고 문서를 열어 내 자기소개서를 쓰기 시작한다.

단 한 번도 써 보지 않았기에 두려움도 없다. 나는 무릎을 끌어 안고 텅 빈 문서를 그림을 바라보듯 가만히 바라본다. 내가 이 종이에 어떤 이야기를 쓸 수 있을까. 나도 의뢰자와 똑같은 이야기를 하려는 것일까.

나는 컴퓨터 의자에서 일어나 커튼을 걷는다. 좁은 창문에 거미가 불안한 시간을 지어가고 있다. 모든 거미줄이 그렇듯 하찮고 위태롭되, 함부로 망가뜨릴 수 없다.

하늘을 올려다본다. 텅 빈 밤하늘에 달 하나만 덩그러니 박혀 있다. 달은 언제나 밤하늘 저쯤인 높이에서 나를 물끄러미 내려다보곤 했다. 나는 다시 자기소개서를 쓰려 몸을 돌린다.

나는 지금 나의 이야기, 곧 당신들의 이야기를 들려주려 한다.

평사리 문학상에 이렇게 수상하게 되어서 정말 기쁩니다.

예기치 않게 받은 상이라 더욱 기쁜 것 같습니다. 한편으로는 제 작품이, 제 실력이 너무 부족해서 괜히 부끄러운 마음도 듭니다. 부족한 글을 뽑아 주셔서 정말 감사드립니다.

어려서부터 할 줄 아는 것이 없는 아이였습니다. 친구들이나 선생님들도 곧잘 저를 무시했던 기억이 납니다. 그랬기 때문에 저는 자신감이 바닥이었고, 의욕도 없었습니다. 한마디로 저는 열등감으로 똘똘 뭉쳐 있는 한심한 아이였습니다. 할 줄 아는 것도 없는 데다가, 무엇을 하고 싶은지조차 몰랐으니까요.

그럴수록 저는 더욱 혼자 있고 싶었습니다. 고등학교에 들와서는 학교도 다니기 싫었고, 집에 와서 매일 방 안에만 처박혀 있었습니다. 그런데 그때 저는 누군가와 같이 있는 것보다 훨씬 더 많은 감정을 느끼고, 많은 생각을 하게 되었습니다. 저는 왠지 그게 좋았습니다. 그래도 스트레스는 배로 많이 받았던 것 같습니다. 생각만 많았지 누구에게도 제 생각을 말하거나 표현할 수 없어서 그랬던 것 같습니다. 그런데 그러다 아주 우연히 소설을 접하게 되었습니다. 그리고 고마운 분들의 도움을 받아 조금씩 글을 쓰기 시작했습니다.

무언가를 배우는 게 이렇게 즐겁고 가슴 뛰어본 적이 없었습니다. 글쓰기를 배우면서 모든 것을 다시 돌아보게 됩니다. 사소하게 지나쳤던 모든 일이 알고 보니 모두 특별한 것이었습니다. 일상 속의 비밀을 발견하는 기분도 듭니다.

저는 글쓰기에 소질이 없습니다. 하지만 일말의 가능성이 생겼습니다. 글을 쓰고 싶다는 마음입니다. 글을 배우고, 처음 저도 가능성이 있는 아이라는 것을 알았습니다.

저를 바르게 지도해 주신 분들이 정말 많습니다. 제가 일말의 가능성을 발견하게 된 것도 모두 그분들 덕분입니다. 절대 혼자 힘으로는 할 수 없는 일을 해 나가고 있습니다.

저는 저의 일말의 가능성을 믿고 싶습니다. 정말 재능 있는 사람은 글을 꾸준히 오랫동안 쓸 수 있는 사람이라고 누군가 말씀하신 걸 들은 적 있습니다. 그분 말씀처럼 아직 어린 학생이지만, 저도 꾸준히, 그리고 오랫동안 글을 써 나가고 싶습니다.

많이 부족한 작품을 뽑아 주셔서 정말 감사드립니다. 앞으로도 더 노력하겠습니다. 그리고 항상 처음과 같은 마음이었으면 좋겠습니다.

구세희

|2011 평사리 청소년 문학상 동상 수상작|

최서경

사랑은 어디에도

최서경
경북 봉화 고등학교 2학년

사랑은 어디에도

경호는 그 진절머리가 나는 집을 나오기로 했고, 나는 그에게 우리 집에 머물 것을 제안했다. 경호는 아주 커다란 가방을 메고 우리 집으로 들어왔다. 그 퀴퀴하고 지긋지긋한 집에 무슨 미련이 그렇게 많았는지 짐이 한 보따리였다. 나는 현관에서 주춤거리는 경호의 팔을 잡고 끌어당겼다.

나와 경호의 자리만을 남겨 둔 채, 우리 가족은 식탁에 둘러앉았다. 맛있는 음식이 식탁 가득 차려져 있었다. 세상에, 딸내미의 남자친구가 집을 나왔다고 진수성찬을 차려 주며 숙식을 무료로 제공하는 집은 우리 집밖에 없을 것이다. 경호는 집 한쪽 구석에 제 배낭을 내려놓고 얌전히 식탁에 앉았다.

"안녕하세요."

경호는 우리 가족 중앙의 어느 허공을 보며 인사했다. 경호는 네 명의 어른 중 어느 쪽이 나의 부모님인지를 생각하고 있을 것이다. 또한, 경호는 이 예기치 못한 상황이 당황스러울 것이다.

우리 가족에 관해서 이야기하자면 10년 전 유치원 시절로 돌아가야 한다.

나에게는 엄마가 둘 있었다. 아빠가 바람을 피웠냐고 물으면 나는 아주 불쾌해질 것이다. 우리 집에는 아주 공평하게 아빠도 둘 있었기 때문이다. 나는 유치원에 들어가고 나서야 다른 아이들에게 부모님이 두 명(혹은 그 이하)밖에 없다는 사실을 알았다.

그 사실은 내게 배신감으로 다가왔다. 그 시절의 나는 가족이란 모름지기 네 명의 부모님과 몇 명의 아이들로 이루어져 있다고 굳게 믿었기 때문이다.

유치원에서 돌아온 나는 언제나 집에서 놀고 있는 한수 아빠에게 물었다. 아아, 나의 그 어리석은 질문에 대한 한수 아빠의 대답은 현명했다.

"그건 우리 집이 특별하기 때문이야. 부모님이 안 계시거나 한 분만 있으면 동정을 받는데, 넌 넷이나 있잖니. 뭐가 걱정이야? 멋지지 않니?"

나는 그 대답을 듣고 어린 나이에 꽤 통찰력 있는 질문을 했다.

"그렇다면 왜 다른 사람들은 둘씩 짝을 지어서 살까?"

한수 아빠는 대놓고 인상을 찌푸렸다.

"그런 걸 고정관념이라고 한단다. 시시한 사람들이야."

그렇다고 네 명의 부모님이 두 쌍의 부부냐고 묻는다면 나는 단호하게 아니라고 대답할 수 있었다. 어느 가족도 두 쌍의 부부가 모여서 살지는 않는다. 우리 가족은(물론 나와 호진을 제외하고) 한

쌍의 부부로 이루어져 있었다. 엄밀히 말하자면 부부부부(夫夫婦婦)일 것이다. 좀 더 머리가 굵어지고 나서 나의 진짜 부모님이 누구냐고 물은 적이 있었다.

이번에도 내 호기심 해결 대상이 된 한수 아빠는 아주 슬픈 얼굴로 내게 말했다. 그건 하나도 중요하지 않다고, 우리는 그냥 가족이라고.

내 외모는 해원 아빠와 판박이다. 눈썹이나 입매나 귀가 특히 그랬다. 그리고 엄마 쪽은 두 명이 쌍둥이인지라 외모의 유전으로는 알아볼 수 없을 것 같다. 고집 센 성격은 미소 엄마를 닮았고 또, 잘 우는 것은 미주 엄마를 닮은 것 같다.

하지만 구태여 나의 출생의 비밀을 알고 싶지는 않았다. 나 또한 그것이 별로 중요하지 않다는 것을 깨달았기 때문이다.

경호는 그 궁금증을 잘 숨겨 가며 식사했다. 나의 부모님도 경호가 가출한 이유를 묻지 않았다. 서로에게 민감한 부분이라 생각했기 때문이다. 나는 서로 새로운 가족으로 받아들이려는 이들의 배려를 보고 흐뭇하게 미소 지었다. 과거는 중요하지 않다.

우리는 식사를 마치고 도란도란 이야기를 나누었다. 경호는 태어나서 한 번도 떠난 적 없던 집을 나와, 새벽부터 거리를 헤매느라 정신적, 육체적으로 피곤한 모양이었다. 감길 듯한 눈을 억지로 뜨고 있었다. 그 꼴이 우스꽝스러웠는지 호진이 경호의 팔꿈치를 붙잡고 일으켰다.

졸다가 얼떨결에 일으켜 세워진 터라 경호는 어리둥절한 눈빛을 하고 있었다. 우리 가족이 그를 보고 즐겁게 웃었다. 악의는 없었다. 경호는 멋쩍게 눈을 비볐다.

"앞으로 네가 지낼 방 보여 줄게. 따라와."

호진 또한 경호를 그저 객식구라고 여기지는 않는 모양이었다. 역시 호진은 멋진 남자였다. 나는 나의 소중한 남자친구들을 따라 가기로 했다.

호진은 푹신한 요를 펴고 그 위에 이불까지 펴 주었다. 경호가 베고 잘 베개를 팡팡 두드려 고르게 만들어 주며 잘 것을 권했다. 경호는 호진에게 의문스러운 눈빛을 보냈지만, 그 권유를 거절하 지는 않았다.

"나도 그만 잘게. 배달 많이 해서 피곤하다."

"잘 자."

나는 불을 끄고 문을 조심스레 닫으며 호진의 방을 나왔다. 아 니, 이제 경호와 호진의 방이다. 한 방에 나의 두 남자친구가 같이 누워 있다니……. 내게 최고로 사랑스러운 방이었다.

내가 다시 식탁으로 돌아오자 한수 아빠가 나를 보며 의뭉스럽 게 웃었다.

"왜."

"우리 딸이 벌써 다 컸네……."

그 말을 들은 해원 아빠가 진지한 어조로 충고했다.

"우리는 사랑을 두려워해야 해."

"뭔 소리야."

사랑은 좋은 것이다. 만고불변의 진리다. 나는 사랑하는 것을 좋아했다. 그리고 좋아하는 것을 모두 사랑했다. 나는 모든 것을 사랑할 준비가 되어 있는 사람이었다. 실제로 모든 것을 사랑하기도 했고.

"사랑은 괴물 같아서 나 자신을 잃어버리게 한단다."

나는 살아온 시간에 비해 무수히 많은 사랑을 겪었다. 그중에는 호진 같이 10년 동안 이어지는 사랑도 있었고, 경호같이 오래 사랑할 수 있음이 분명한 사랑도 있었고, 두 시간이 갈까 말까 한 사랑도 있었다. 비단 사람에게만 국한된 것이 아니었다. 내 사랑은. 내 사랑은 모든 것을 아우르고 있었다.

"한 사람을 사랑하면 너무 많이 기대게 되고, 세 사람을 사랑하기엔 한 사람 몫의 사랑은 부족하단다."

아, 결국 그런 말이었나.

하원 아빠는 쉬운 말을 어렵게 하는 재주가 있다. 고로 애인을 두 명 만든 나를 축복하는 말이었다. 하나로는 부족하고 셋으로는 넘치니까 둘이 적당하다는 말 아닌가. 그런데!

"그렇지만 엄마 아빠도 한 명이 세 사람을 사랑하고 있잖아!"

나는 덜컥 겁이 났다. 한 사람 몫의 사랑이 세 사람을 사랑하기에 부족하다니. 터무니없는 말이었다. 나는 100명의 사람이라도 사랑할 수 있을 것 같았다.

"하지만 우리에게는 네가 있잖니."

사랑은 충만했다. 사랑은 모든 곳에 있었다. 나는 우리 가족에게 사랑이 부족하리라고는 생각조차 해 본 적이 없었다.

"네가 있으니까 우리는 완전해."

어딘가 억지스럽고 이해할 수 없는 말이었지만, 나는 그 말에 구원을 얻은 듯 편안해졌다. 밀려오는 안도감에 눈이 감길 지경이었다. 한수 아빠가 말했다.

"수민이 졸린 모양이다. 우리도 가서 자자."

그 말을 필두로 우리 가족은 자기 방으로 뿔뿔이 흩어졌다. 내 방으로 들어온 나는 아늑한 이불 속으로 파고들어 눈을 감았다. 행복했다.

다음 날 아침, 미주 엄마가 나를 깨웠다. 나는 부스스한 머리를 대충 매만지며 방을 나섰다. 아직 잠이 덜 깬 채로 식탁에 앉아 내가 가장 먼저 한 말은 이것이었다.

"나 오늘 학교 안 가면 안 돼?"

벌써 씻고 나온 모양인지 머리카락이 촉촉한 경호가 놀란 듯 나를 쳐다봤다. 별다른 이유 없이 가족에게 결석하겠다고 말하는 내가 이상한 모양이었다. 그럴 법도 했다.

하지만 우리 가족의 사고는 남들과는 조금 다르다. 학교에 안 가면 안 되냐는 나의 말은 언뜻 질문인 것처럼 보였지만 사실은 통보였다.

"맘대로 해."

그런 이유로 그들의 대답도 여느 부모의 '맘대로 해.'와는 다르다. 다른 부모들의 '맘대로 해.'는 그들의 자녀가 실제로 맘대로 할 리가 없고, 또 그런 대담성을 가지고 있지 않다는 것을 알기 때문에 하는 말이기 때문이다.

그것은 그들의 아이가 종래에는 자신의 말을 거역하지 못하리라는 것을 알기 때문에 내리는 오만한 명령이다.

하지만 사랑하는 우리 가족의 '맘대로 해.'는 멋진 뜻이었다. 나에게 나의 행동을 선택할 모든 권리를 넘겨준 것이다. 아니, 넘겨준 것이 아니다. 나를 존중해 주고, 나를 자유로운 존재로 인정해 주는 것이다.

"경호, 너도 안 갈 거지?"

통보나 다름없는 나의 질문에 경호는 착실히 고개를 끄덕였다.

학교에 가지 않는다고 생각하니 모든 행동에 여유가 생겼다. 사실 나는 학교에 가는 것을 싫어한다. 왜냐하면, 나에게는 못된 마음이 하나 있기 때문이다.

누구에게나 못된 마음은 있다. 하지만 내게 있는 못된 마음이란 조금 유별나다. 나는 천성적으로 남의 기대에 부응하는 것이 싫었다. 결코, 많은 나이라고 할 수는 없지만 아주 어릴 적부터 그랬다.

그런 의미에서, 학교는 누군가가 내게 하는 기대의 연속이었다. 학교에 가기 전부터 우리는 온갖 의무에 시달린다. 머리를 깨끗이 감고, 단정한 교복을 입으며 10대 특유의 청순하고 말간 맨얼굴로 등교할 의무에다, 이른 등교 시간을 지켜야 할 의무, 수업을 마치면 보충 수업과 야간 자율학습을 할 의무까지. 학교란 끝없는 의무의 연속이다. 나는 의무를 증오했다.

해원 아빠와 미주 엄마는 출근했고, 미소 엄마는 친구네 집으로 놀러 갔다. 한수 아빠는 가정주부였지만, 언제나 빨빨거리며 돌아다니는 타입이었다. 그래서 10시경이 되자 집에는 나와 경호, 호진 세 명만이 남았다.

"경호야."

“왜.”

경호가 심드렁하게 텔레비전 채널을 돌리며 말했다.

“우리 예쁘게 차려입고 나갈까?”

“어디로?”

“거기 있잖아, 내가 좋아하는 카페.”

경호가 고개를 끄덕이며 뭉개고 있던 자리를 털고 일어났다. 내가 발톱을 깎고 있던 호진에게 다가가 물었다.

“같이 갈래, 호진아?”

경호가 곁으로 다가와 내 옆구리를 콱 꼬집었다. 나는 아프기도 하고, 한편으로는 어이가 없어서 그를 바라보았다. 경호의 눈은 호진을 데려가지 말자고, 둘이 있자고 말하고 있었다.

벌써 질투하는 모양이었다. 귀여웠지만 한편으로는 실망스러웠다. 그딴 투기는 시시한 사람이나 하는 것이다. 하루 중 10시간을 문자 보내는 데 투자하는 시시한 10대의 사랑과 우리의 사랑을 동급으로 치부하는 짓이기 때문이다. 그러기엔 우리의 사랑은 너무 깊고, 또 너무 특별하며, 또 너무나 자유롭지 않은가.

그러나 나는 내색하지 않았다.

호진이 경호의 안색을 잠시 살피더니 피식 웃었다. 그의 마음은 아마 나와 비슷할 것이다.

“나 한 시간 뒤에 출근해야 해.”

“요즘은 어디 다녀?”

“자금성.”

그래서 요즘 호진이 고소한 볶은 춘장 냄새를 묻히고 돌아오는 모양이었다.

"그냥 둘이 다녀와."

경호는 만족스러운 표정을 숨기지 못했다. 나와 호진은 경호가 눈치채지 못하게 그 멍청한 모습을 비웃었다.

아아, 그러나 사건은 그다음에 일어났다.

우리는 내가 좋아하는 카페에 도착했다. 차양이 깊게 드리워진 야외 탁자에 자리 잡고 차가운 커피를 마셨다. 아무도 우리를 방황하는 고등학생이라고 생각하지 않았다.

"둘이 있는 게 좋은데, 넌 왜 그래?"

경호가 투정을 부리며 말했다. 우습게 들릴지도 모르겠지만 나는 남자의 애교에 약했다. 그리고 경호는 그것을 이용할 줄 아는 여우였다. 그럼에도 이번은 애교로 넘어가기 어려운 문제였다. 경호는 연거푸 두 번이나 같은 사항으로, 그것도 내가 가장 민감 생각하는 부분에서 나를 실망하게 한 것이다. 하지만 나는 관대한 여자친구였다. 삼세번은 참아 줘야지 않겠는가.

"셋이 있으면 사랑은 세 배가 되니까."

나는 장난으로 상황을 모면하고자 했다. 쓸데없이 분위기가 무거워지는 것은 질색이었다. 나는 누구에게도 무거운 존재가 되고 싶지 않았다.

"근데 너 외동딸이라고 하지 않았어?"

나는 빨대로 커피를 쪽쪽 빨며 고개를 끄덕였다.

"사촌 오빠야?"

꼭 필요한 문장 성분이 빠져 있음에도 누구에 대한 질문인지는 뻔히 알 수 있었다. 경호가 호진의 정체를 궁금해하는 것은 어쩌면 당연했다.

나와 호진은 경호 앞에서 한 번도 연인다운 티를 내지 않았고, 그런 작은 힌트도 없이 경호가 우리 사이를 짐작하리라고는 기대하지 않았기 때문이었다. 경호는 내가 고른 남자니 시시한 사람은 아니었지만 보편적인 사람은 맞았으니까.

"아니, 남자친군데?"

이제는 경호에게 가르쳐 줄 필요가 있었다. 그도 알 권리가 있는 것이다.

그의 반응이 얌전하리라고는 생각하지 않았다. 눈이 금방이라도 튀어나올 듯 동그래졌다가 미간에 두 줄기 주름이 깊게 파일 정도로 인상을 찌푸렸다. 종래에는 얼굴이 피처럼 붉어졌다. 나는 경호가 침착해질 때까지 얌전히 기다렸다. 이제는 경호를 납득시킬 차례다.

"남친은 나잖아!"

경호가 짓씹듯이 내뱉었다. 반면 나는 심드렁하게 대꾸했다.

"너지."

"그럼?"

"걔도."

"제길!"

우리의 대화는 유쾌했다. 우리의 대화에는 음수율이 있었다. 꼭 희극의 한 장면처럼 인상을 있는 대로 찌푸린 남자와 그와는 대조적으로 방실방실 웃고 있는 여자가, 아아, 음수율에 맞춰 이야기하고 있다.

"너, 나랑 장난해?"

은수율이 깨져 버렸다. 내게는 재밌는 이 상황이 경호에게는 불쾌한 모양이었다. 경호는 나를 다른 사람과 공유할 마음이 없나 보다. 나는 슬슬 짜증이 나려고 했지만 위대한 사랑의 힘으로 극복했다.

"너랑 장난하는 거 아니야. 호진이는 내가 9살 때 사귄 남자친구야."

"제길, 너 지금 나랑 장난하냐? 나 진짜 몰라서 묻는 거야. 누가, 제길, 아홉 살 때 사귄 남자랑 같이 사냐고."

경호의 '제길'은 조금 두려웠다. 경호는 지금 머리끝까지 화가 있는데, 차마 나를 때릴 수는 없으니까 '제길'이란 말로 승화시키고 있는 거였다. 나는 경호의 언행에 적잖이 충격을 받았다. 사실 그건 나를 때리는 것과 마찬가지였다. 하지만 '제길'이라고 말만 하는 것이 '제길'이라고 말하면서 나를 때리는 것보다는 낫다고 생각해서 가만히 있었다.

'그런 사람 여기 있네. 난 너한테 거짓말한 거 하나도 없어. 하늘에 대고 맹세라도 할까?'

나는 침착한 태도를 고수했다. 그렇게 나 자신에게 다짐했다. 경호는 내 사랑과 우리 가족의 사랑 방식을 이해할 수 있는 남자일 거라고 생각했는데, 과대평가였던 모양이었다. 나처럼 사랑하기 위해서는 자신의 존재가 타인에게 특별하기를 기대해서는 안 된다. 동시에, 타인의 존재가 나에게 일정 수준 이상으로 무거워져서는 안 됐다. 그건 기본이었다. 아마 경호는 내게 기대가 많았을 것이다.

사람과 사람 사이에는 기대가 있어서는 안 된다. 편안한 인간관계의 기본이었다. 쟤가 이렇게 행동했으면 좋겠고, 나를 위해 이렇게 해 주었으면 좋겠다는 것을 원해서는 안 되는 것이다. 기대를 없애고 나면 누구와도 문제를 일으키지 않고 지낼 수 있다. 기대가 없으면 실망도 없기 때문이다. 애초에 기대를 없앤 나는 누구와도 사랑에 빠질 준비가 되어 있었다.

"그럼 내가 너의……, 세컨드니?"

"두 번째로 사귄 남자친구냐는 뜻이라면 맞지만, 너를 두 번째로 사랑하냐는 뜻이라면 아니야."

경호가 고개를 절레절레 흔들었다.

"미친년."

'제길' 이 활화산 같던 짜증의 분출구였다면 '미친년'은 체념이었다. 더는 두고 볼 수 없는 무언가를 꾹 참아 넘기는 듯한 어감이었다.

"내가 왜?"

나는 대화한 지 10여 분 만에 완전히 지쳐 버리고 말았다. 경호는 이렇게도 무거운 기대를 내 어깨 위에 차곡차곡 올려 두었던 것인가. 나는 내가 남자 보는 눈이 이렇게도 없다는 사실을 통감하고 조금 침울해졌다.

"내가, 제길, 너무 어이가 없어서 말이 안 나온다."

나 또한 마찬가지였다. 그간 내가 얼마나 타인의 기대로부터 자유르워지고 싶었는지 말해 왔는데, 경호는 그 말의 의미를 하나도 생각하지 않았나 보다.

경호는 끊임없이 궁금한 것들을 물었다.

"걔도 내가 남친인 거 알고 있냐?"

"그때 소개했잖아."

흐진이는 내가 남친이 하나든 둘이든 신경 쓰지 않을 정도로 나를 자유롭게 내버려 둔다고 덧붙이고 싶은 것을 참았다. 안 그래도 서글플 경호를 더욱 비참하게 만들고 싶지는 않았기 때문이다.

"상관없대?"

"남친이 하나 더 생긴다고 내가 어디 가니? 변하는 건 없어."

내가 한숨을 토하듯 말했다. 실제로 나는 아침으로 먹은 밥과 커피를 모두 토하고 싶어졌다.

"네가 뭘 잘했다고 당당해? 제길, 정말 뻔뻔하네. 양다리 걸친 년이."

경호는 거칠었다. 나는 거친 남자는 취향이 아니었음에도 아무 말하지 않았다. 그가 거칠다고 내가 어떻게 할 수 있는 문제는 아니었기 때문이다.

나는 경호가 다시 부드러운 평소의 모습으로 돌아가기까지 아무 말도 하지 않기로 다짐했으나……

"너, 남자가 그렇게 좋냐? 어? 막 여러 명 거느리고 싶어? 제길, 대답해!"

그 다짐은 단 10초 만에 깨지고 말았다. 경호는 확실히 이해력이 부족했다. 혹자는 내가 경호의 이해를 바라는 것을 그에 대한 기대라고 비난할지도 모른다. 하지만 내가 그에게 기대했더라면 지금쯤 화가 나 있을 것이다. 경호처럼 '제길'을 중얼거리고 있을 거라는 뜻이다. 나는 화가 난 게 아니었다. 비유하자면 한 시간 동안 구구단 3단을 외우고 있는 아이를 보는 듯한 답답함이었다.

"아니."

나는 도를 닦는 심정으로 말했다. 끓어오르는 답답함을 억누르는 목소리였다.

"제길, 뭐? 아니라고? 그럼 뭔데! 지조도 없는 년 같으니라고. 박애주의자, 뭐 이딴 거냐? 아예 종교를 만들지그래, 제길!"

경호가 드디어 소리를 질렀다. 그쯤 되니 나도 짜증이 났다. 답답함이 짜증과 분노로 변하는 것은 순간이었다. 나는 내가 아직도 타인에게 기대하고 있음을 새삼 깨달았다.

나는 아직도 부모님만큼 인간관계에 대해 능숙하지 못한 모양이었다. 그래도 이 끓어오르는 분노를 가슴에 담아 두고 싶지는 않았다. 나는 경호에게 악다구니를 썼다.

"자꾸 욕하지 마, 나쁜 놈아!"

경호는 헐거운 탁자를 발로 세게 찼다. 탁자가 기우뚱거렸다. 아주 작은 부품 하나가 빠진 모양인지 자꾸 삐걱거렸다. 중심을 못 잡았다. 꼭 우리 관계 같았다.

경호는 우리가 먹은 컵을 그대로 두고 사라졌다. 나는 사라지는 그 뒷모습을 지켜보다가 천천히 플라스틱 컵을 치웠다. 분노가 치밀어 오르는 게 순간이었듯, 식는 것도 금방이었다.

나는 곧 컵을 치우고, 그 안에 있던 얼음을 비우며 빨대를 분리 수거할 정도로 침착해졌다.

친구 커플의 예를 보면 알 수 있었다. 질투는 그들의 관계를 돈독하게 만드는 가장 좋은 감정이었다. 그들은 서로에 대한 질투심과 소유욕으로 사랑을 확인했다.

하지만 우리는 달랐다. 경호는 내가 자기를 따라가 달래 주고 애교를 부리며 화를 풀어 줄 것을 기대하고 있을 것이다. 그것을 노리고 한 행동일지도 몰랐다.

그러나 나는 그 기대에 부응하지 않았다. 그러고 싶지 않았기 때문이다. 나는 한 통의 문자도 없이 집으로 돌아와 하릴없이 텔레비전 채널을 뒤적이고 있었다.

저녁때가 되자 한수 아빠가 가장 먼저 귀가했다. 한수 아빠가 김치찌개를 끓일 준비를 할 때 즈음, 해원 아빠와 미소 엄마, 미주 엄마도 집으로 돌아왔고, 호진이가 그 뒤를 따랐다. 누구도 경호가 어디에 갔는지 묻지 않았다.

경호는 한수 아빠가 김치찌개를 냄비받침 위에 올릴 때 즈음에야 들어왔다. 몇 시간 만에 초췌해진 모습이었다. 한수 아빠는 말없이 경호의 자리에 수저를 놓아 주었다.

한수 아빠는 요리를 잘했다. 우리는 조용히 식사만 했다. 어색하고 할 말이 없어서가 아니다. 무척이나 맛있었기 때문이다. 그 정적을 깬 것은 미소 엄마였다.

“경호, 왜 화가 났니?”

경호가 그녀를 잠시 바라보다 대답했다.

“아니에요.”

그것은 질문에 대한 대답이 아니었을뿐더러 의미를 알 수 없는 문장이었다. 아니라니, 무엇이 아니란 말인가.

"쟤 왜 저러니?"

"호진이도 내 남자친구고, 자기도 내 남자친구인 게 마음에 안 든대."

해원 아빠가 김치찌개에 밥을 둘둘 비벼 먹다가 말했다.

"뭘 그런 일로."

"참 고지식한 친구구나."

"그게 그렇게 억울하면 너도 또 다른 여자친구를 사귀렴."

모두 밥을 먹다 말고 한마디씩 보탰다. 경호의 얼굴은 코앞의 김치찌개처럼 붉어졌다가 상추 절임처럼 파래지더니 종래엔 쌀밥처럼 하얗게 질렸다.

"잘 먹었습니다."

입속으로 밥을 욱여넣은 경호는 다 먹은 제 밥그릇을 개수대 안에 던지듯 집어넣고 방으로 들어가 버렸다. 기분이 안 좋은 것을 시위하듯 문을 쾅 닫는 것도 잊지 않았다. 경호는 아이 같았다. 나는 몇 숟가락 남지 않은 밥을 꼭꼭 씹어 삼키고 경호와 호진의 방으로 들어갔다.

경호는 내가 들어올 것을 기다리고 있었던 게 틀림없었다. 이불을 목까지 덮고 모로 누워 있는 주제에 불은 환하게 켜 놓고 있었으며, 문이 열리는 소리에 눈동자를 데룩 굴렸기 때문이다.

아아, 경호는 무슨 생각을 했을까. 나를 좋아한 자신을 원망했을까. 경호는 나를 좋아한 자신을 원망하는 게 아니라 나만을 좋아흔 자신을 원망해야 했다. 하지만 구태여 슬픈 경호에게 그것을 일깨워 주고 싶지는 않았다. 나는 그렇게까지 냉정한 사람은 아니었다.

다신 대상을 잃고 부유하고 있는 경호의 질투를 위로해 줘야겠다. 평범한 연애를 하는 사람에게 질투란 멋진 감정이었다. 경호는 이제까지 해 왔던 연애를 경험 삼아 내게 질투 요법을 써먹으려 했지만 실패했다. 경호는 이제까지 평범한 연애를 해 왔으니 특별한 연애를 가르치는 입장인 내가 이해해 줘야지 별수 없었다.

"경호야."

바닐라 아이스크림을 먹는 듯 달콤한 목소리로 그를 불렀다. 경호가 원하는 게 이것이라면 나는 들어주리라.

"경호야, 그만 화내고 나 좀 봐. 응?"

어깨를 살랑살랑 흔드는 손길에 경호의 토라짐은 꼬리를 내렸다. 하지만 애교를 무시할수록 자존심은 더욱 고고해지기에 뻗대고 있다.

"너 자꾸 그러면 나 나간다?"

나는 실제로 가지는 않을 것이라는 뉘앙스를 가득 담고 말했다. 경호는 못 이기는 척 돌아누우며 말했다. 매우 의지적인 어조였다.

"좋아, 나를 만나기 전에 호진이를 만났다는 건 용서하겠어. 나는 네 과거를 꼬치꼬치 물고 늘어지고 싶지는 않으니까. 그런데 네가 이왕 나랑 사귀기로 한 이상, 과거의 인연은 모두……."

"과거가 아니야. 현재고 미랜데."

경호는 카페에서보다 더 화가 난 표정을 지었다. 성난 소 같았다. 뜨거운 콧김이 방을 가득 채울 것 같았다.

"그래, 궁금한 것부터 묻자. 너희 아버지가 누구야?"

"봤잖아."

경호는 끝끝내 나를 이해하지 못했다. 나는 온몸의 힘이 쭉 빠져 버렸다.

"둘 중에 누구냐고."

"둘 다야."

경호는 화가 머리 꼭대기까지 났지만 낮처럼 욕설을 계속 내뱉지는 않았다. 대신 내가 '제길'을 백 번은 외치고 싶었다. 답답하고 화가 났다.

"누구의 정자와 누구의 난자가 합쳐져서 태어났냐고!"

경호의 목소리는 지나치게 컸다. 식탁에 모여 앉아 있을 가족에게도 들렸음이 분명했다. 나는 그의 저돌적인 무례함에 말문이 막혔다.

"저 두 여자는 뭐야?"

나를 낳아 준 엄마들에게 '저 두 여자' 라는 모욕적인 말을 했음에도 참았다. 나는 최대한 무심함을 가장하며 말했다.

"엄마."

"둘이 뭔 사인데."

경호의 어리석음에 아연해졌다. 그것은 사람이라면, 눈이 있다면 알 수 있었다.

"쌍둥이지 뭐야."

경호는 이불을 홱 걷어차고 문밖으로 뛰쳐나갔다. 나는 그를 잡지 못한 것을 후회했다. 예감이 아주 안 좋았다.

그는 발을 쾅쾅 구르면서 다시 방으로 들어왔다. 경호와 내 눈이 마주쳤다. 경호가 내 팔을 붙잡아 질질 끌고 가족이 모여 있는 식탁으로 갔다.

"이 미친년 부모가 누구예요."

식탁을 정리할 채비를 하던 부모님들이 모두 손을 번쩍 들었다. 그러곤 아무 일도 없었다는 듯이 그릇을 치우고 반찬을 냉장고에 집어넣었다.

"친부모가 누구냐고요. 누가 배 아파 낳았냐고!"

허원 아빠, 한수 아빠, 미소 엄마, 미주 엄마, 그리고 호진이의 눈이 모두 경호에게로 돌아갔다. 매사에 무심한 우리 가족의 시선을 끈 것으로도 모자라 접시처럼 커다래지게 만든 점은 높이 사나 그 질문의 내용이 문제였다.

그것은 금지된 질문이었다. 나의 유년기였던 12년 전 이후로 아무도 묻지 않은 질문이었다. 미소 엄마가 억지로 미소를 지으며 말했다.

"그게 중요하니? 우리는 똑같이 수민이를 사랑한단다."

한수 아빠가 말했다.

"물론 너도 사랑하게 되겠지."

해원 아빠가 말했다.

"하지만 그런 질문은 여기서 하지 않는 게 좋단다."

미주 엄마도 말했다.

"수민이에 대한 독점욕도 이쯤에서 접는 게 좋겠다."

마지막은 호진이었다.

"구식이거든."

경호가 소리쳤다.

"이 집은 미쳤어!"

경호는 식탁 다리를 맨발로 걷어찼다. 그의 발톱이 부러져 어디론가 알 수 없는 곳으로 날아갔다. 나는 거의 돌 지경이었다.

나는 김치찌개를 들어 경호에게 뒤집어씌웠다. 오이소박이도 던졌다. 무말랭이도, 오징어볶음도 마찬가지였다.

온통 붉었다.

경호는 그 모든 붉은 것들을 고스란히 뒤집어쓴 채로 나를 노려보았다. 몇 분 전까지만 해도 다시 없을 정도로 격정적이었던 그의 붉은 분노는 서릿발 같은 차가움으로 바뀌어 있었다.

한수 아빠가 말했다.

"아까운 김치찌개."

회심작이었는데. 속으로 하려던 말이 모두의 귀에도 들렸다. 그 되지도 않는 농담은 어쩌면 우리의 분위기를 조금이나마 개선하기 위해서였는지도 모른다.

나는 성난 황소처럼 어깨를 들썩이고 있었다. 만약 감정에도 냄새가 있다면 내 날숨에는 진절머리가 날 정도의 뜨거운 악취가 날 것이다.

경호의 모욕적인 언사에도 미주 엄마는 조곤조곤 말했다.

"우리는 우리의 사랑 법을 이해하지 못하는 사람과 같이 살 수 없단다."

목소리는 다정하고 다감하였으나 서늘한 축객령이었다. 경호가 정수리에 앉은 붉은 반찬을 손으로 쓸어내리며 말했다.

"아버지한테 개처럼 맞아도 이렇게 기분 더러운 적은 없었어. 안 그래도 나갈 겁니다."

기분이 좀 가라앉는가 싶었으나 다시 불같이 타올랐다. 나는 이번 에는 정말 정말 화가 났다. 아니, 내가 아는 모든 욕설을 일렬로 세워 서 그게 달까지 닿는다고 해도 풀리지 않을 정도로 화가 났다.

나는 붉어진 눈을 번들거리며 주위를 둘러보았다. 이번에는 무 엇이 나의 분노를 희석시켜 줄 수 있을까. 내 심중을 꿰뚫어 본 해 원 아빠가 내 겨드랑이 밑으로 손을 넣어 잡았다. 나는 아빠에게 단단히 잡혔다. 나는 힘이 빠져 축 늘어졌다. 나는 경호에게 내가 머리끝까지 화가 났음을 알려 줄 만한 어떤 행동도 하지 못했다.

부모님들은 서로에게 단단히 실망한 나와 경호를 각기 떼어 각 자의 방으로 집어넣었다. 나는 구태여 안 좋은 감정을 소모하기 위해 경호를 찾아간다거나 하지 않았다. 그저 죽을 것처럼 잠이 왔을 뿐이다. 그래서 죽은 듯이 잠이 들었다. 폭풍우가 몰아친 후 의 난파선 같았다.

아침이었다. 상쾌하게 하루를 시작해야 할 시점인데, 머릿속이 복잡했다. 기상과 동시에 머릿속에 무한대의 상념이 들어찼다.

나는 경호에게 화가 났었고, 여전히 화가 나 있지만, 또한 여전 히 그를 사랑하기에 그가 다시 생각하고 우리 집에 남기를 바랐 다. 그러나 그날 아침, 경호는 없었다.

왜 당연하게도 사람이 바뀔 것이라 기대했는지. 사람의 생각은 화석처럼 굳어져서 변하기가 어려운 것이었다. 나는 경호를 사랑했지만, 경호만을 사랑하지는 않았다. 그럼에도 이토록 괴로운데 나만을 사랑했던 경호는 더욱 힘들었을 것이다.

나는 따갑고 쓰라려도 연고나 밴드 없이 나을 수 있는 가벼운 상처를 입었지만 경호는 진피까지 뿌리 깊게 긁힌 무거운 상처를 입었을지 몰랐다.

우리는 무의식중에 타인을 특별한 타인과 무관심한 타인으로 구분한다. 이건 경호가 나를 매우 특별한 타인으로 취급했기에 일어난 불상사였다.

아침 식사를 하는 동안, 한수 아빠가 말했다. 애인이 여럿이니 얼마나 좋냐고. 너는 슬프지만 돌아갈 애인이 있지 않냐고. 나는 웃으면서 '애인이라니, 노땅 같아!' 라고 말했다. 그럼에도 나는 조금 슬펐다.

나는 그에게 조금 다른 방식의, 여유 있는 사랑을 가르쳐 주고 싶었는데…….

경호가 사라지고 나자 내가 했던 사랑은 온데간데없이 사라진 꼴이 되었다. 그 사랑은 분명히 존재했는데. 도대체 내 사랑은 어디로 갔나. 분해되어 공기 중으로 흩어졌나.

아아, 사랑은 어디에도.

학교 수업을 모두 마치고 돌아와 당선 소감을 쓰게 되었습니다. 당선 소감을 적기가 얼마나 어려운지 소설 쓰는 것보다 더 막막하게 느껴집니다. 백지 위에서 이토록 공포를 느껴 본 것이 오랜만인 것 같습니다.

저는 평범한 고등학생입니다. 아침 일찍 학교로 떠나 별을 보며 귀가하는 게 이제는 당연합니다. 그런 제가 친구들에게 하고 싶은 한마디가 있습니다. 저는 친구들이 바쁜 일상에 치여 하고 싶은 것을 잃지 않기를 바랍니다.

저는 최근에야 정말로 좋아하는 일은 잠이 부족하고 피곤해 죽을 것 같아도 놓을 수 없다는 사실을 깨달았습니다. 피곤함이 뿌듯함과 행복함으로 다가올 수 있다는 것 또한 마찬가지였습니다.

소설을 쓰는 동안 제 마음이 그랬습니다. 그러던 도중, 욕심을 버리고 참가했던 공모에서 좋은 소식이 와서 정말 기뻤습니다.

하지만 한편으로는 부끄러운 마음이 들었던 것도 사실입니다. 이렇게 미숙한 데다가 폭력적이기까지 한 글을 칭찬해 주신 심사위원 선생님들

과 과분한 상을 주신 토지 문학제에 감사드립니다. 앞으로도 더 열심히
쓰라는 격려라고 생각하고 더욱 노력하겠습니다. 감사합니다.

최서경

|2011 평사리 청소년 문학상 장려 수상작|

이유승

투견

이유승
광주 동신여자 고등학교 3학년

투견

가들이 귀를 바짝 세우고 소리 나는 쪽을 주시한다. 사박사박, 아두렇게나 자란 풀을 밟는 소리다. 개들의 주둥이에서 허연 침이 뚝뚝 떨어진다. 개들이 자세를 낮춘다. 다음엔 어떻게 행동해야 할지를 네 발에 힘을 주고 생각하고 있다. 작은 떨림도 감지하는 것, 그것은 투견의 본능이었다.

곧 영도의 모습이 드러난다. 며칠 깎지 않은, 보기에도 까칠해 보이는 수염, 새치가 드문드문 보이는 스포츠형 머리, 목에 털이 달린 철 지난 갈색 코르덴 점퍼, 검붉은 흙이 덕지덕지 묻은 파란색 고무장화. 언뜻 보기에도 촌스러운 시골 노인네거나 인생이 더럽게 풀린 산 두목 같다. 영도는 숨을 거칠게 몰아쉰다.

"개 잡녀러 새끼들!"

사육장에 올라올 때마다 영도는 마을 사람들 욕을 했다. 개들이 녹이 벌겋게 슨 철장에 가까이 다가가 짖는다. 영도는 개들을 보고 씩 웃는다. 영도의 검붉은 잇몸과 고르지 않은 누런 치아가 드러난다. 붕대를 감은 오른손에는 커다란 고무 대야가 들려 있다.

영도의 사육장은 산 깊숙이 있었다. 산이 영도의 사육장을 두 팔로 안고 있는 꼴이었다. 영도의 사육장에서 옆을 보면 능선이 흐르고 있었다. 아침 일찍 올라와 보면 안개가 산신령이 내뿜은 입김처럼 능선을 뒤덮고 있었다. 고개를 돌려 밑을 내려다보면 부채 모양으로 억새밭이 넓게 펼쳐졌다. 부채의 끝 부분에 먹이를 발견한 개미 떼처럼 집들이 몰려 있었다. 영도는 사육장에서 마을을 내려다본다. 크게 숨을 들이마신다. 영도는 보이는 모든 것이 자신의 것이면 좋겠다고 생각하다가, 그럴 수 없으니 한바탕 물난리가 나서 모든 것을 휩쓸어 가면 좋겠다고 생각을 바꾼다.

영도는 고무 대야를 바닥에 팽개치듯 내려놓는다. 고무 대야 안에는 감색 플라스틱 통과 숟가락, 1.5리터짜리 페트병 소주 두 개가 담겨 있다. 영도는 쭈그리고 앉아 안에 담겨 있던 것들을 빼고 소주를 집어 들고 마개를 딴다. 콸콸콸, 소주를 붓자 알코올 냄새가 훅 끼친다. 개들이 냄새를 맡고 팔짝팔짝 뛴다.

"니들이 요 맛을 워찌 알어 블고."

영도는 끌끌 웃으며 두 번째 소주병을 들이붓는다. 개들이 사육장 안을 정신없이 왔다 갔다 한다. 영도는 다치지 않은 손으로 숟가락을 들고 다친 손으로 조심스럽게 감색 통을 연다. 고추장이었다. 표면에 허연 곰팡이가 먼지 앉은 듯 옅게 슬어 있다. 영도는 통을 다리 사이에 끼운다. 고추장을 한 움큼 떠내고 대야에 넣는다. 영도는 알맞게 되었다 싶을 때까지 고추장을 넣는다. 개들이 침을 뚝뚝 흘리며 영도만 뚫어져라 쳐다보고 있다. 영도가 감색 통을 내려놓고 고추장을 소주에 갠다. 숟가락으로 휘휘 젓는다.

"속이 뜨끈뜨끈할 것잉게, 많이 묵고 앗싸리해 블자고!"

영도는 두 손으로 대야를 들고 사료통에 고추장 소주를 붓는다. 고춧가루가 바닥에 남아 있는 대야를 던져 버리고 내일 대회에 출전할 검은색 아메리칸 핏불테리어 앞으로 가서 쪼그려 앉는다. 녀석은 사료통에 머리를 박고 정신없이 먹고 있다. 철창 너머로 개의 몸통이 보인다. 녀석은 한 마리의 준마를 연상시킨다.

'그려, 저 정도면 일 등은 다 식어븐 죽 먹디끼 쉬운 것이제.'

영도는 붕대로 둘둘 감은 손을 본다. 작년 대회 때 다친 것이었다. 붕대로 감겨 있기는 했지만 없는 것과 다름없었다.

영도는 작년에 우승할 수도 있었다. 영도가 싸움 개를 키운 지 일 년 만이었다. 처음 투견을 구경했을 때, 영도는 피가 끓는 듯한 기분을 느꼈다. 개들은 싸우는 것에만 몰입했다. 벽에 피가 온통 묻어도, 한쪽이 쓰러질 때까지 멈추지 않는 게임. 한쪽 귀가 뜯겨 나가고, 다리의 살점이 뜯겨 나가도 멈추지 않는 게임. 영도는 순식간에 투견에 매료되었다. 수소문으로 밀양견을 구해 훈련 시켜 출전했다. 영도는 몇 년 되지 않아 투견계 사람들의 입에 오르내렸고, 작년 대회에서는 모두가 영도의 개에 베팅했다.

작년 결승, 상대의 도사견이 영도의 밀양견의 목을 물고 놓지 않았다. 심판이 게임을 멈추라는 신호를 보냈다. 그런데 상대로 나온 도사견이 싸우는 것을 멈추라는 신호를 보고도 멈추지 않았다. 피투성이가 된 밀양견은 몸을 마구 비틀더니 제 주인을 향해 돌진

했다. 당황한 주인은 줄을 놓아 버렸다. 밀양견은 영도를 향해 돌진했다. 그때 검지 한마디를 물렸다.

영도는 그 검지를 본다. 올해는 반드시 이기리라 다짐한다. 개들이 그것을 아는지 컹컹거리며 짖는다.

영도는 기분 좋게 마을로 내려온다. 뒤뜰에 이르자, 두런두런 말소리가 들린다. 집 마당에서 회색 모자를 쓴 어떤 남자가 아내와 이야기를 하고 있다.

"이 여편네가 워디를 싸돌아댕기다 인자 기어들어와!"

영도가 아내를 보고 소리친다. 아내는 영도를 보고 금방 시선을 땅으로 처박는다.

"밭, 밭에 잠깐……."

아내는 고개를 푹 숙이고도 살짝살짝 눈동자를 굴려 영도의 눈치를 살핀다. 아내와 이야기를 하고 있던 남자는 이장이었다. 이장은 영도를 보더니 어색하게 손을 든다. 이장을 보자 영도는 심기가 뒤틀린다.

"거 거시기, 개집 말이여……. 약속한 거……."

개 짖는 소리가 마을 전체에 울려 주민들이 겁을 먹는다는 것이었다.

"개가 도망친 것도 아닌데 뭣이 그리 불만이요? 약속을 지켰는디 그란 다요? 개새끼 두 번만 짖어 제껴블믄 개 푹푹 삶아 잔치허자 허겠소?"

영도는 개를 처음 사들였을 때, 사육장을 자신의 집 뒤꼍에 놓았다. 한 마리, 두 마리, 수가 늘어가자 개들은 신경이 날카로워지기 시작했다. 사육장 안에서 저희끼리 싸우다 죽은 개도 생겼다. 물론 그것도 뒤꼍에 묻었다.

영도의 집에서는 언제나 철창 흔들리는 소리와 으르렁대는 소리가 들렸다. 영도가 키우는 개가 싸움용이라는 소문이 주민들 사이이 돌자, 사람들은 영도의 집 앞을 지나갈 때마다 조심했다. 영도의 집은 날마다 음기를 더했다. 영도의 집 뒤뜰에 심어진 감나무도 죽은 개의 양분을 쑥쑥 빨아들인 것인지 어딘가 흉물스러워 보였다.

어느 날, 영도가 사육장을 제대로 잠가 놓지 않아 개 한 마리가 탈출했다. 평소 영도가 예뻐하던 녀석이었다. 영도는 사람들이 그 착한 녀석을 무서워하지는 않겠거니, 하며 마을 회관으로 갔다.

"아아. 저, 개 한 마리가 나가붓는디요. 혹이 보믄 감나무 집 아들 영도한테 말해 주씨요."

그러나 마을 사람들은 찾기를 도와주기는커녕 개와 마주치는 상상을 하며, 바로 옆집에 마실 갈 때도 두려움에 떨어야 했다. 사람들은 모이기만 하면 영도의 개에 관해 이야기했다. 사람들의 걱정에도, 집 나간 개는 마을을 떠나 다른 마을로 간 것인지 다친 사람은 아무도 없었다. 마음이 살짝 풀린 마을 사람들은 이때다 싶어 영도에게 개 사육장을 없애라고 항의했다.

영도는 이번은 자신의 실수라며 항변했지만, 마을 사람들은 서로 한패가 되어 영도를 몰아세웠다. 모두가 도끼눈을 뜨고 쳐다보자, 영도는 사육장을 옮길 테니 다시는 간섭하지 말라며 산 깊숙이 들어갔다.

이장은 영도를 제대로 쳐다보지도 못한 채 저, 거, 뭐냐, 란 말만 되풀이한다. 영도는 이장의 등을 떠민다. 아내가 영도의 팔을 잡고 말린다.

"저 영도, 어머니 생각도 혀야제, 녹내장 점점 심해진디. 잉? 안 그란가? 병원도 데꼬 가야제."

이장은 급히 말을 돌린다. 아내가 그래요, 어머니 눈, 하며 맞장구친다. 아내마저 이장의 편을 드는 것이 영도는 맘에 들지 않는다.

"니는 가만히 있어. 넘의 집 일에 시시콜콜 참견하지 마씨요! 글고, 개랑 엄니 눈 아픈 것이랑 뭔 상관이다요?"

영도는 이장을 자신의 마당에서 몰아낸다. 이장은 아쉬운 듯 한 번 바라보더니 이내 영도의 시야에서 사라진다. 마을 사람들이나 이장이나 아내나 다 똑같이 여겨졌다. 영도는 고개를 홱 돌려 아내를 본다. 영도는 있는 힘껏 아내의 뺨을 때린다. 아내는 주저앉아 팔로 머리를 감싸고 이를 꽉 문다. 그러나 매질은 이어지지 않는다. 아내의 몸이 덜덜 떨린다. 영도의 힘 들어간 손이 허공에 떴다가 그냥 떨어진다.

"아앗따, 벌이 대흰디 뭔 날파리가 들들 꾾는다냐! 아이고. 부정 타믄 안 되제. 니미 씨펄럼들."

트렁크에서 퍽퍽거리는 소리가 난다. 조금만 참으란께, 금방 취기 돌 것이여. 영도는 시동을 건다. 주유 경고 램프가 깜빡인다. 차도 얼매 안 몬디 워째 기름이 금방금방 닳아져 부까. 영도는 당장 쓸 돈이 없었다. 카드를 쓸까, 생각했지만 영도는 가진 카드가 없었다. 이번 대회 우승은 따 놓은 것이었기 때문에, 이번 대회 상

금으로 주유할 생각이었다. 투견 대회라.

영도는 트렁크에 있는 아메리칸 핏불테리어를 생각하자 가슴이 뻐근했다. 영도가 6개월 동안 발품을 팔고, 어렵사리 수소문해 구한 녀석이다. 미친개로 악명 높았던 녀석이었다. 녀석은 피 끓는 전견(戰犬)인 데다가, 산에서 살다가 잡힌 놈이었다.

전에 도망친 밀양견은 충성심이 있었지만, 끈기가 없던 반면, 이번 핏불은 사납고 오기 있는 녀석이었다. 투견 도박이 한참 문제가 많다고 사람들의 입에 오르던 때라 구하기가 마른하늘에 날벼락을 맞는 것보다 더 어려웠다. 그러나 가뭄 끝에 단비라고, 영도가 전국을 다니며 구한 녀석은 영도를 만족시키기에 충분했다. 하얗고 날카로운 이빨과 미끈한 몸매, 윤기나는 검은 털, 총기 어려 보이는 두 눈, 탄탄한 근육이 붙은 네 다리. 단지 산에서 살던 놈이라 길들이기가 어려웠을 뿐이었다. 영도는 시동을 건다. 이번 대회가 있는 곳은 부산이었다.

3시간을 내리 달려 부산에 도착한 영도는 인파에 적잖이 놀랐다. 투견 도박이 불법화된 것을 아는지 모르는지, 투견장에는 사람이 많았다. 모래사장에는 파라솔이 여러 개 꽂혀 있다.

영도는 지방에서 열리는 작은 축제에 온 것 같은 착각을 한다. 작은 애완견을 안고 다니는 사람, 술에 취해 고래고래 소리를 지르는 사람, 새끼 투견을 파는 사람, 번데기나 군것질 등속을 파는 사람, 말쑥하게 양복을 차려입은 젊은 사람도 있다. 영도는 양복을 입은 사람을 보며 속으로 웃는다. 영도의 입장으론, 양복을 입은 사람이 투견장에 많으면 많을수록 좋았다. 취기가 올라 벌건 얼굴로 고래고래 소리를 지르며 참견하는 사람보다, 아무 말 없이 경기만 조용히 보는 양복 차림의 사람들이 경기에 큰 베팅을 하기 때문이었다.

영도는 트렁크를 연다. 알코올이 삭아 버린 듯 불쾌한 냄새가 훅 덮친다. 핏불의 사지가 축 늘어져 있고, 입가에 토사물과 침이 섞여 줄줄 흘러내리고 있다. 트렁크 열리는 소리에 개가 눈을 뜨고 크르릉 소리를 낸다.

"고상혔다, 우리 복댕이. 다 왔응게 인자 폴딱 인나라!"

영도가 개 목줄을 채운다. 개를 안아 바닥에 내려놓는다. 검은색 핏불은 앞발로 허공을 두어 번 휘젓더니 비틀비틀 일어난다. 몇 시간 후면 취기가 약간 남은 상태에서 경기할 것이다. 그때가 공격력이 가장 좋은 때였다.

영도는 인천까지의 거리를 이용해 그것을 알맞게 이용했다. 전국의 투견장을 돌며 익혀온, 영도만의 팁이었다.

영도는 비틀거리는 개를 끌고 어느 하얀 천막 아래로 간다. 천막에는 두꺼운 궁서체로 '접수처'라고 크게 쓰여 있다.

"영도 행님요, 이 먼 데까지 우에 왔습니꺼!"

뒤에서 누가 영도를 아는 체한다. 영도가 뒤를 돌아본다. 초록색 모자를 쓴 사내가 얼굴 가득 장난기 어린 웃음을 짓고 있다. 영도는 성복에게 오른손을 내민다. 영도도 성복처럼 웃는다.

"워따, 요것이 누구여, 성복이 아니여? 인자 개 쌈은 접어붓냐?"

"마, 개새끼들이 몬 싸우는디 팔아 제끼는 거밖에 더 없지예.

고건 그라고, 행님요 저 짝에서 소랑 개랑 쌈 붙이는디 구경 안 가
실랍니꺼.”

영도는 행사 진행팀에게 신청서를 달라고 한 뒤, 칸을 채운다.
영도가 채운 몇 개의 칸에는 맞춤법이 틀린 것도 드문드문 있었
다. 소주가 뭔 약물이여. 영도는 마지막 개 약물 복용 여부에 아니
오를 휘갈겨 쓴 뒤, 볼펜을 놓는다.

쇠 울타리로 막음 된 원형 경기장에는 사람들이 잔뜩 몰려 있었
다. 와따 사람 많은그. 이러다 걸려 블믄……. 영도는 걱정하면서
도 쇠 울타리 안을 기웃거린다.

쇠 울타리에는 경기 후 한우 한 마리를 잡습니다, 라고 쓰인 현
수막이 붙어 있었다. 본격적인 경기가 시작되기 전 사전 경기로
하는 모양이었다. 울타리 안에는 소 한 마리가 우두커니 서 있다.
소의 까맣고 동그란 눈에 울타리 너머 사람들이 비친다. 소의 속
눈썹이 파르르 떨린다. 쇠 봉을 잡고 있던 키 작은 중년 사내가 거
빨리합시다, 라고 소리친다. 웅성거리는 소리가 점점 커진다. 누
군가가 울타리 문을 연다. 소의 시야에 몸집은 작지만, 턱이 다부
진 개 한 마리가 어슬렁어슬렁 걸어 들어온다. 불도그였다. bull
dog, ‘소와 싸움을 시켜도 이길 만큼 근성이 강한 개’란 뜻의 이름
을 가진 개였다. 불도그의 입에서 침이 뚝뚝 흐른다. 개는 몸을 낮
추고 오른쪽으로 서서히 움직인다. 개의 몸 안에서 으르렁거리는
소리가 울린다. 호루라기 소리가 울리자마자 개는 컹컹 짖으며 총
알처럼 튀어 나간다. 힘껏 뛰어 소의 목을 문다. 우워어, 소가 울
음을 짜내며 머리를 거칠게 흔든다. 그래, 그래 그거야! 더 세게!

더 세게! 사람들은 소가 괴로워하면 할수록 즐거워하며, 소리를 질러 댄다. 사람들의 모습도 개와 별반 다를 바 없었다. 침을 튀기며 악을 빽빽 질렀다. 몇몇은 얼굴마저 시뻘겋다. 사람들이 소리치는 것에 질세라 불도그도 이리저리 흔들리면서 떨어지지 않는다. 불도그는 소가 요동치면 요동칠수록 턱에 더 힘을 준다. 소가 움직이면 움직일수록 물린 자리가 벌어진다. 개의 얼굴도 피로 범벅되었다. 소의 털은 검붉은 색으로 물든 지 오래였다. 피는 소의 앞다리를 타고 모랫바닥에 흐른다. 영도의 옆에 있던 성복이 그 피를 보며 입맛을 쩝쩝 다신다. 사람들은 비명에 가까운 소리를 지른다. 성복이 뭐라고 영도에게 소리치지만, 사람들이 소리를 지르는 통에 영도는 성복이 무슨 말을 하는지 알아듣지 못했다.

그때, 영도의 가슴팍에서 진동이 울렸다. 겉옷 안주머니에서 휴대전화를 뺀다. 액정에는 집이라고 뜨지만, 경기에 정신이 팔린 영도는 그것을 확인하지도 않고 통화 버튼을 누른다.

"애비냐, 거시기, ……퍼서 그런디, ……냐?"

"뭐라 해 싼디야, 엄니요?"

"……어야. 아픈디, ……냐?"

사람들의 함성에 노모의 목소리가 묻힌다. 노모는 몇 번이나 아프다고, 지금 못 오냐고 말하지만, 영도는 경기에 집중하느라 아무런 소리도 들을 수가 없었다. 아프다고 하는 것만 겨우 알아듣는다. 영도는 아프다는 소리를 듣자, 생각할 겨를도 없이 말한다.

"아프요? 약 빼가꼬 묵으믄 멀쩡해질 건디 뭘 전화까지 허고 그러요, 약 빼 묵고 잠이나 푹 주무씨요."

　노고가 듣거나 말거나, 영도는 할 말만 하고 끊어 버린다. 영도가 전화를 끊자마자 소가 주저앉는다. 사람들의 함성이 대번에 커진다. 영도는 시원한 맘으로 개를 보며 소리 지른다. 자신의 경기를 미리 본 듯한 느낌이었다. 불도그는 쓰러진 소를 의기양양하게 쳐다보고 있다. 소는 이미 피범벅 된 채로 쓰러져 숨을 가늘게 쉬고 있었다. 눈이 뒤집힌 채였다. 영도는 이상하게도 소를 보자 아프다고 전화한 어머니가 생각난다. 노친네, 병원 한번 다녀왔다고 맛들렸는갑서. 친절하게 잘해 준 게 좋은갑제? 눈이고 머리고 하루에 십만 원이 뭐여. 말이야 좋아 의사제 쌩 날강도 아니여? 영도는 콧방귀를 뀐다. 영도는 휴대전화를 주머니 속에 대충 쑤셔 넣는다.

　영도는 핏불의 털을 쓰다듬는다. 녀석의 털이 유난히 부드럽다. 사람들이 흔히 개털, 개털 하지만 진짜 개들의 털은 부드럽다. 이 녀석처럼. 핏불은 제 주인의 손길이 기분 좋은지, 곧 있을 경기 때문인지 가만히 있질 못한다. 혀를 내밀고 꼬리를 마구 흔들어 댄다. 지도 흥분되제. 영도는 마지막으로 이빨을 살펴본다.

　경기장을 둘러싼 사람들이 영도의 검은색 아메리칸 핏불과 상대의 러시안 핏불테리어를 비교하며 베팅을 한다. 양복을 입은 남자들은 어느새 투견장으로 왔다. 그들은 신중하다. 꽉 다문 입은 그들이 베팅한 금액의 정도를 말한다. 성복도 날카로운 눈빛으로 양쪽 개를 보며 적지 않은 금액을 베팅한다. 성복은 물론 자신의 개에 베팅할 것이다. 한국에서 암암리에 열리는 투견 대회 중 가장 큰 대회였기 때문에 베팅금도 적지 않을 것이다. 완벽하구먼!

영도가 중얼거린다.

"자, 오늘의 비익 매치이! 베팅은 하셨습니까아! 지지 않는 별과 베테랑의 한판 대결! 베팅 안 하셨으면 후회 합니돠아! 어, 얼른 어얼른 하시고오! 자, 조금 있으며언 경기 시쟉합니돠아!"

사회자가 마이크 없이 손뼉을 쳐 대며 소리를 꽥꽥 지른다. 사회자의 말을 듣고, 구경꾼들은 각자 베팅을 한다. 참을 수 없는 긴장감이 영도의 가슴을 후벼 댔다. 영도는 그 긴장감이 좋았다.

"베팅들 하셨습니까아! 이제 그만 멈추시고요! 경기 시작합니다아!"

투견장을 둘러싼 사람들의 표정은 불도그와 소의 경기를 보던 것과는 사뭇 다르다. 술에 취해 고래고래 소리를 지르던 사람들도 큰 소리를 내지 못한다.

투견장의 문이 열린다. 영도의 핏불은 이빨을 내보이며 그르렁대기 시작한다. 녀석의 몸에 힘이 잔뜩 실린다. 눈매가 날카로워진다. 저 건너편으로 상대가 보인다. 금색이 감도는 갈색 털을 가진 녀석이다. 투견은 투견을 알아보는지 상대편 러시안 핏불이 영도의 아메리칸 핏불을 보고 으르렁댄다. 영도의 핏불이 컹컹 짖는다. 경기를 시작해도 좋다는 수신호가 오자 영도는 금방이라도 끊어질 듯한 목줄을 놓는다. 영도의 핏불이 쏜살처럼 튀어 나간다. 경기가 시작되었다.

두 핏불은 목을 길게 빼고 자세를 낮춘다. 서로에게 이빨을 내보인다. 원형 투견장 안을 조심스럽게 돈다. 탐색전이 길다. 영도의 검은색 핏불이 갈색 핏불에 달려든다. 그려! 그거여! 영도의 개가 상대편 개의 목을 문다. 갈색 개가 앞다리에 힘을 주고 머리를 흔든다. 제대로 물지 못한 모양인지 영도의 개가 나동그라진다. 개의 입에는 피가 약간 묻어 있다. 영도의 개는 금세 솟구치듯 일어나 달려든다. 개와 함께 나동그라진 영도의 마음도 다시 긴장하기 시작한다. 두 개가 엉겨 붙어 격렬히 뒹군다. 허공으로 치솟기도 한다. 눈으로 개의 움직임을 따라가기 어려울 정도로 개들은 빠르게 움직인다. 검정 개의 털이 피부와 함께 뜯기고, 갈색 개의 눈 한쪽이 찢어진다. 검정 개가 뒹군 자리에 핏자국이 찍힌다. 갈색 개의 왼쪽 눈에서 핏줄기 몇 개가 흐른다. 개들은 짖지도 않고 싸운다. 영도의 검정 개가 뒤로 물러선다. 상대방의 갈색 개도 뒤로 물러선다. 갈색 개의 왼쪽 뒷다릿살이 거의 뜯길 듯 너덜너덜하다. 개들은 헉헉거리며 침을 흘리다 동시에 달려든다. 순간, 깨갱 하는 소리가 들린다. 됐어! 영도는 분명 자신의 개가 문 거라고 생각하며 기뻐한다. 하지만 물린 것은 검정 개의 목이었다. 검정 개는 힘도 제대로 못 쓰고 고꾸라진다. 갈색 개는 검정 개를 코너로 몰고 가 검정 개의 몸을 벽에 밀착시킨다. 벽에 시뻘건 피가 묻어난다. 갈색 개는 검정 개가 움직이려 할 때마다 노련하게 자신의 고개를 흔든다. 상처가 깊어지고, 벌어졌다. 벽에 검정 개의 피가 흘렀다.

"오메, 니기럴 새끼야! 쳐묵은 거 다 밑으로 쏟아 브렀냐! 맥을 쫌 쓰란 말이여!"

영도는 답답한 나머지 소리를 빽 지른다. 이렇게 허무하게 끝낼라고 니를 키운 것이 아니란 말이여, 니 키울라고 마누라 돈 다 돌라오고 그랬는디 니가 그래블믄……. 심판은 영도의 개가 이길 가능성이 없다고 판단하고 경기를 중단시킨다. 함성이 터진다. 그 함성 속에는 제길, 같은 욕도 섞여 있다. 영도의 개에 베팅한 사람들의 욕이었다. 그러나 몇몇이었다. 대부분은 웃고 있다. 성복도 환히 웃고 있다. 영도를 성복을 보며 배신감을 느낀다. 알고 보니 자신에게 베팅을 한 사람은 몇 되지 않았다.

영도는 반죽음 상태인 자신의 개를 본다. 이제 보니 그냥 평범한 핏불이었다. 아니, 털은 아무렇게나 자란 박쥐의 털 같았고, 이는 누렇기 짝이 없었다. 영도는 세상에 혼자 남겨진 기분이었다. 자신에게 욕을 하는 사람 하나 없었다. 투견장 안에서 헐떡거리는 자신의 핏불을 어깨에 메고 나온다. 개는 낑낑거리며 신음을 낸다. 그러나 영도는 가차 없이 트렁크 안에 개를 넣는다. 영도의 어깨에 피가 잔뜩 묻어 있다.

영도는 개를 업고 마을을 지나 산으로 올라간다. 비틀거리며 자신의 사육장으로 향한다. 영도의 날숨에 취기가 묻어난다. 개들이 영도를 보자 컹컹 짖는다. 깊은 새벽, 달빛에 영도의 그림자가 길다. 영도는 낄낄거리며 개의 목을 나일론 밧줄에 묶고 그것을 나무에 묶는다. 개의 털이 딱딱하게 굳은 피에 엉겨 있다. 영도는 사육장 뒤에 놓여 있는 쇠파이프를 든다. 혹여나 개들이 미쳐 날뛸까 봐 철물점에서 얻어 진압용으로 가져다 놓은 것이었다.

"니가 날 배신헌다, 요것이제?"

퍽, 퍽. 둔탁한 소리가 산에 메아리친다. 사육장 안의 개들의 눈에서 푸르스름한 빛이 난다. 그러나 개들은 짖지 않는다. 검은색 핏불도 싸울 때처럼 짖지 않는다. 영도의 매질을 견뎌 낸다. 핏불의 눈에서도 푸르스름한 서슬이 선다.

달이 기운다. 영도는 기운이 빠져 스스로 매질을 그만둔다. 영도는 쇠파이프를 아무렇게나 던져 놓는다. 쇠파이프에 검붉은 덩어리들이 엉겨 있다. 개는 죽은 것 같으면서도 그 숨을 이어가고 있다. 개는 눈 감지 않는다. 오히려 눈에서 안광이 퍼렇게 빛난다.

영도는 방문을 박차고 들어간다. 그리곤 우뚝 서서 불 꺼진 방에 알 수 없는 말을 쉴 새 없이 뱉는다. 영도가 말을 할 때마다 역한 냄새가 났다. 술이 사람 속에 들어가면 냄새가 지독해지는 법이었다. 영도의 아내는 이를 갈며 자고 있었다. 노모는 영도의 말에 그려 아가, 대답하며 엉거주춤 일어난다. 노모는 허리를 짚고 끙 소리를 내며 일어난다. 장롱에서 두꺼운 솜이불을 꺼내 자신의 이부자리 옆에 이불을 편다. 영도는 노모가 편 이부자리 위에 철퍼덕 앉는다. 영도는 노모를 게슴츠레 바라보며 뭔가를 자꾸 뇌까린다. 노모는 들리지 않는 말에는 그려그려, 하는 것이 상책이라는 것을 알았다. 노모는 자리에 앉아 영도의 팔을 쓰다듬으며 타이른다. 그려, 영도야, 인자 자야제, 잉. 영도는 눈을 감고 입맛을 두어 번 다시더니 쓰러지듯 잠이 든다. 누운 지 몇 초 지나지 않아, 영도의 코 고는 소리가 온 방을 울린다. 금방이라도 숨이 넘어갈 것 같다. 다행인 것이 하나 있다면, 노모는 늙어 귀가 잘 들리지 않는다는 것이다. 노모에겐, 아들의 코 고는 소리가 저 너머 자신의 고향에서 들려오는 것인 듯 아득하게만 느껴진다.

"아가, 영도야. 좀 인나 봐라잉. 밖에 누가 왔능가, 문을 두딜겨

쌌네.”

영도는 이맛살을 잔뜩 찌푸리며 눈을 겨우 뜬다. 영도는 몸을 일으켜 구부정하게 앉는다. 영도는 하품하며 목을 긁는다. 이 시간에 누가 왔다고 그란디야, 하고 소리를 말하려던 영도는 현관에서 나는 소리를 듣는다. 퍽, 퍽. 둔탁한 소리는 곧 창문을 울린다. 창문이 조금씩 떨리며 스산한 소리가 난다. 영도는 그 소리를 듣자마자 머릿속에 스파크가 이는 것 같았다. 이것이 뭔 일이여! 영도는 순간, 아까 개를 묶어둔 끈이 노란 나일론 끈이었다는 것을 생각해 낸다. 노란 나일론 끈은 개들이 물어뜯으면 쉽게 끊어져 버렸다. 술에 취한 나머지 그저 묶을 것만 있으면 된다는 심산이었다. 그리곤, 축 늘어져 버린 개를 보며 여유롭게 내려왔다. 개를 사육장에 넣어 두지 않은 채였다. 아무리 매를 많이 때렸어도 영도는 술에 취한 상태였고, 평소에도 개들은 훈련을 명목으로 그렇게 맞아 온 터였다. 개들은, 투견이었다.

영도는 불을 켜고 무언가를 찾기 시작한다. 그러나 몽둥이로 쓸 만한 것은 모조리 사육장에 가져다 놓아 손에 잡히는 것이 없었다. 아내가 일어나 무슨 일이냐고 묻는다. 영도는 대답하지 않는다. 영도는 허공을 노려보다가 부엌으로 달려가 찬장을 연다. 빨간색 플라스틱 절구가 보인다. 영도는 옆에 놓인 손바닥만 한 절굿공이를 집어 든다.

영도는 현관으로 향한다. 영도가 현관에 서자, 개 짖는 소리가 들리지 않는다. 영도는 문고리를 잡는다. 문고리가 손을 움켜쥐고 놓지 않을 것 같다. 영도는 아랫입술을 꽉 깨문다. 문을 확 열어젖힌다. 개가 튀어 올라 영도의 팔을 깨문다. 영도는 뒤로 벌렁 나자 빠진다. 영도는 윽, 하며 아무 소리도 지르지 못한다. 눈앞이 핑글 핑글 돈다. 영도는 다른 한쪽 손에 들고 있던 절굿공이로 개를 때린다. 개가 벽에 부딪힌다. 솟구치듯 일어나 방으로 미친 듯이 뛰어간다.

끝에서부터 시작된 소름이 온몸으로 쫙 퍼진다. 영도는 몸 내부로부터 느껴지는 한기에 진저리를 친다.

"워, 워메, 영도야아!"

노모의 비명이 들려온다. 날카롭고 단단한 비명이 아닌 꺼져 가는 불씨처럼 쉬이 사그라지는 비명이다. 영도는 방 쪽을 향해 고개를 확 돌린다. 팔을 잡은 채로 일어난다. 팔에 불이댕기는 것 같다. 영도는 방으로 황급히 뛰어간다. 개가 노모의 한쪽 어깨를 씩씩거리며 물고 있다. 노모는 이미 정신을 잃고 어깨는 물론 어깻죽지마저 으스러져 버릴 것 같다. 개의 턱 근육이 불끈 솟아 있다. 아내는 겁에 질려 벽 한쪽에 바싹 웅크리고 있다. 아내는 어머니, 하면서도 쉽사리 다가서지 못한다. 개는 노모의 어깨를 물고 놓질 않는다. 영도는 개가 눈치채지 못하게 조금씩 움직인다. 한 걸음, 한 걸음, 아주 천천히. 개는 영도의 움직임을 알아챘는지 으르렁거린다. 영도는 움직이지 않는다. 소름이 등골을 훑고 올라온다.

개의 숨 간격이 커진다.

"이 씨부럴 새끼!"

영도는 눈에 뵈는 것이 없었다. 세상이 핑핑 돌아가는 것 같다. 영도는 플라스틱 절굿공이로 개의 대가리를 내려친다. 개가 뒤로 물러난다. 그러나 결코 깨갱 소리를 내지 않는다. 개의 눈에 서슬이 서 있다. 노모는 바닥에 엎어진다. 노모의 옷은 피로 물든지 오래였고 검붉게 변색되기 시작했다. 노모의 입에서 엄니, 하는 말이 새어 나온다. 영도는 서둘러 노모를 둘러업고 냅다 뛰기 시작한다. 노모의 어깨에서 나는 피가 영도의 등판을 적신다. 노모가 전에 없이 가볍게만 느껴진다.

"엄니, 정신 차리씨요! 병원, 병원 가야제! 엄니 병원 딜꼬 갈랑게 쬐까만 참아 주씨요, 잉? 지발!"

하지만 차고에는 차가 없다. 집에 들르지 않고 사육장으로 바로 향했던 것이 생각난다. 차는 마을 아래쪽에 있다. 마을 길은 가로등마저 꺼져 아무것도 보이질 않는다. 영도는 40년 넘게 다닌 마을길을 감으로 뛴다. 마을 회관을 지나고, 감골내를 지나…… . 영도는 숨이 목까지 차올라 더는 못 뛰겠다고 생각한다. 저기 거무스름한 형체가 보인다. 심장이 목구멍을 타고 올라올 것만 같다. 그때, 뒤에서 개 짖는 소리가 들린다. 정수리에 누가 불을 댕기는 것만 같다.

영도는 주머니에서 차 키를 빼 조수석의 문을 연다. 어머니를 조수석에 눕힌다. 등허리가 선뜩해진다. 영도는 운전석에 앉아 시동을 건다. 안전띠 미착용 경고등이 켜진다. 주유 경고등도 켜진다. 헤드라이트가 켜진다. 어둠 속에 버티고 앉아 있던 개의 모습이 드러난다. 개의 대가리는 피범벅이다. 뾰족한 송곳니를 드러낸 채 이쪽을 노려본다. 영도는 덜덜 떨리는 손으로 다시 한 번 시동을 건다. 주유 경고등이 깜빡인다. 영도는 부산에 가기 전 기름을 넣지 않았다는 것을 떠올린다. 옆에 앉은 노모의 숨소리가 점점 옅어진다. 개가 짖기 시작한다. 영도는 액셀을 힘껏 밟는다. 그러나 차의 시동이 뚝 꺼진다. 몇 번을 반복하지만 모두 허사였다. 주유 경고등이 깜빡인다. 노모의 옷을 물들이던 피가 점점 굳는다.

"이, 씨부럴, 나보고 어찌란 거여!"

이가 앙다물린다. 사방은 어둠으로 가득 들어차 있다. 보이는 것은 피를 뚝뚝 흘리는 저 개뿐이다. 영도는 두 눈을 질끈 감는다. 창백해진 달만 하늘에 떠 있다. 모두가 잠든 듯 평화롭고 고요한 밤이었다.

　투견이란 글을 쓰면서 뜬눈으로 아침을 맞이한 날이 많았습니다. 밤새 썼던 글을 아침이면 지워 버리기를 수십 번. 결국, 이렇게 완성이 되었고, 입상까지 하게 되어 기쁩니다.

　쌓이고 쌓인 밤이 헛된 것이 아닌 인고의 시간이었다는 것을 이제 스스로 깨닫습니다. 그래서 이 글에 더 애착이 갑니다. 아이를 낳은 어머니의 마음이 이런 것일까요. 제 글이 남에게 읽힌다는 사실이 부끄럽지만, 용기를 내봅니다.

　저의 세계관과 가치관을 더 날카롭게 갈고 닦겠습니다. 무엇보다, 펜을 놓지 않겠습니다. 고3인데 공부하라고 닦달하지 않고 오히려 글 쓰는 것을 격려해 주신 저의 부모님과, 제 글을 응원해 주었던 언니, 저를 지지해 주는 친구들에게 깊은 감사를 전합니다.

이유승

|2011 평사리 청소년 문학상 장려 수상작|

박영준

구덩이

박영준
광주 동성 고등학교 2학년

구덩이

1

　단테와 베르길리우스가 지옥문 앞에 당도했다. 페이지를 넘긴다. 로댕이 만든 '지옥문'이 책의 삽화로 들어가 있다. 지옥문에는 수많은 악마와 고통 받는 영혼이 조각되어 있다. 악마는 죄를 지은 영혼의 머리채를 잡기도 하고, 창으로 찌르기도 했다. 너무 생생하게 묘사되어 있어, 영혼의 비명까지도 조각되어 내 귀에 들려올 것만 같다. 지옥문의 꼭대기엔 시 하나가 새겨져 있다. 문득 한 구절이 눈에 들어온다.

　나를 거쳐 슬픔의 나라로 들어가거라.
　나는 영겁의 고통으로 가는 문

나는 영원히 버림받은 자들에게로 가는 문

영원히 버림받은 자들. 지옥에는 미풍 한 점 불지 않는다. 지옥에는 오로지 뜨거운 화염과 말라붙은 피 냄새뿐이다. 지옥에 처음 들어오는 이들은 마음속에 미풍을 안고 들어온다. 그 미풍은 천국의 향기를 담고 있는 바람이다. 마음속에 미풍을 간직한 자들은 구원받지 못한 영혼에게 이야기한다.

언젠간 천국에 갈 수 있다고. 영겁의 시간 동안 고통 속에 죄가 태워지면 몸이 가벼워져 천국의 미풍에 실려 갈 거라고. 하지만 미풍은 고통 속에 사라져 간다. 그들은 지옥이란 구덩이를 벗어날 수 없다. 지옥문에 새겨진 시의 마지막 구절은 이렇다.

'여기 오는 자, 희망을 버려라.'

《단테의 신곡》에 나오는 지옥계는 깔때기를 뒤집어 놓은, 원뿔형의 구덩이 모양을 하고 있다. 큰 죄를 지은 사람일수록 구덩이의 깊숙한 곳에 들어가 고통받는다.

케르베로스의 이빨에 살점이 찢기거나, 불구덩이 같은 무덤에 들어가 화형당하거나. 문득 그런 생각이 든다. 어머니는 다음에 천국에 갈까, 지옥에 갈까. 그것은 단순히 선과 악의 문제가 아닐 것이다. 내가 사는 시대의 죄는 선과 악으로 구분될 수 없는 것이 너무 많으니까.

"그러니까 지금 합의 못하겠다는 거야, 뭐야!"

벽 너머로 중년 남자의 위협적인 목소리가 들린다. 나는 책을 덮고 사무실로 나간다. 양복을 입은 중년 남자가 허리에 손을 올린 채 서 있다. 어머니는 입술을 깨물며 연신 고개를 숙인다. 나는 슬금슬금 어머니의 곁에 선다. 둘 사이엔 각종 서류가 널려 있다. 돼지 의탁 회사 '선돈' 마크가 서류마다 새겨져 있다.

맘심 커피를 담은 종이컵 두 개가 놓여 있다. 파리 한 마리가 커피에 빠져 버둥거리고 있다. 위잉! 파리가 필사적으로 날갯짓하는 소리가 희미하게 들린다.

"회사 측에서 그동안 우리 사정 알아서 다 봐주신 거 알아요. 그런데 저희도 사정이 어쩔 수 없어서 그래요. 2억 5천이라니요. 무리예요……. 아시잖아요, 요즘 형편 뻔한 거. 일 년만 기다려 주시면 어떻게 해서든 배상해 드릴게요. 그때까지만 기다려 주시면……."

남자는 픽하고 소리 나게 웃는다.

"배상? 당신 솔직히 말해 봐. 당신이 돼지들을 어디 빼돌린 거 아니야? 우리가 맡긴 돼지는 총 500마리였다고! 갑자기 250마리가 죽었다니 믿기겠어? 돼지를 하루 이틀 기르는 것도 아니고. 특수절도죄, 그거 아무것도 아니야. 쇠고랑 차고 철창신세 져 봐야, 빼돌린 돼짓값이 나올 거야, 그렇지?"

어머니는 훔친 것이 아니라 자신의 능력이 모자라서 모두 죽어 버린 거라고 말한다. 남자는 고개를 가로젓더니 현관으로 향한다. 어머니는 잠시만 기다리라고 하더니 부엌에서 보따리를 꺼내 온다.

"이거, 설탕 하나도 안 들어간 벌꿀이에요. 구하려면 돈 주고도 못 구하는 건데……. 그러지 말고 회사에 얘기 좀 잘해 주시면……."

남자는 한동안 어머니의 얼굴과 벌꿀을 번갈아 내려다본다. 천천히 손을 내밀더니 보따리를 어머니 쪽으로 민다.

"댁도 참, 더럽게 사시는구먼. 회사에선 곧 조사팀이 나올 거야."

남자는 사무실 밖으로 나가 버린다. 나와 어머니는 한동안 닫혀 버린 문만 바라보고 있었다. 커피에 빠져 있던 파리의 날갯짓 소리는 더는 들리지 않는다. 파리 사체가 종이컵 안에서 둥둥 떠 있다. 나는 넋을 놓고 종이컵을 들여다보았다. 어머니가 소매로 눈가를 얼른 훔치고는 말한다.

"너, 아버지한테 가 보겠다고 안 했니."

나는 어머니를 돌아보았다. 어머니는 나를 돌아보지도 않고 말을 이었다.

"모르긴 해도 기다리고 계실 거다."

나는 종이컵에 담긴 커피를 쓰레기통에 부었다. 파리가 종이컵 벽에 달라붙어 떨어지지 않는다. 나는 종이컵을 손으로 구겨 버린다.

2

돼지들이 줄을 지어 B 축사로 이동 중이다. 다들 고개를 숙이고 통통하고 짧은 다리를 천천히 움직인다. 반쯤 감긴 눈은 땅바닥을 주시한다. 혹시라도 먹을 것을 발견하지 않을까 하고 콧구멍을 벌름대며 코에 닿는 건 뭐든지 킁킁 냄새를 맡는다.

나와 어머니는 돼지들을 장대로 치면서 어이! 어이! 소리를 지른다. 장대에 맞은 돼지들은 꿀꿀 운다, 끊임없이. 울면서 마지못해 움직인다. 갑자기 한 녀석이 어머니의 무릎에 코를 박고 킁킁거린다. 어머니는 장대로 녀석의 엉덩짝을 찰싹, 쳐 보지만 소용이 없다.

장대로 맞을 때마다 녀석은 오히려 거칠게 콧김을 뿜더니 어머니를 벽 쪽으로 밀어붙인다. 몸무게로 치자면 어머니보다 더 나가는 큰 살덩이가 밀어붙이니 야윈 어머니도 어쩔 수 없다.

나는 장대를 놓고 그 돼지의 엉덩이를 있는 힘껏 걷어찬다. 돼지는 소스라치게 놀라 꽥, 소리를 지른다. 나는 돼지를 향해 장대를 있는 힘껏 휘두른다. 허연 살점에 장대로 후려 팬 자국이 빨갛게 남는다.

내가 다시 장대를 쳐들었을 때 돼지는 쏜살같이 다른 돼지들 틈에 몸을 숨겼다. 예전에 아버지가 자주 쓰던 방법이다. 언젠가 아버지와 함께 일하며 들었던 말이 생각난다.

“사람들이 말 안 듣는 사람들 보고 그러잖아. ‘니들이 개, 돼지냐? 꼭 때려야 말을 듣겠어?’ 이 말이 괜히 생긴 게 아니야. 돼지가 말을 안 들으면 패는 수밖에 없어.”

나는 어머니를 돌아본다. 어머니는 하얀 작업복 군데군데 묻은 돼지똥과 먼지를 힘없이 털고 있다. 어머니의 얼굴 위로 땀방울이 흐른다. 땀이 흐른 자리가 번들거리며 빛난다. 그것이 마치 앞으로 어머니가 지나가야 할 길처럼 느껴진다. 먹구름으로 하늘이 막혀 있다. 먹구름은 마치 여과기처럼 회색빛만 세상에 통과시키는 것 같다. 세상은 회색빛으로 가득했고, 그것은 사람들의 마음에까지 스미는 것 같다. 나는 어머니의 얼굴에서 왠지 모를 회색빛을 본 듯하다. 어머니는 허리를 펴고 꽉 막힌 하늘을 올려다본다. 강풍이 불어 흙먼지가 날린다. 마지막 돼지가 B 축사 안으로 들어간다. 어머니는 컨테이너 문을 닫아건다.

"같이 언덕에 좀 가 보자."

나와 어머니는 힘겹게 한 발 한 발 나아간다. 장화가 발목까지 푹푹 빠진다. 한 번 흙을 섞어 놓아서 그런지 언덕의 지반은 물렀다. 예전엔 돼지 매몰지였던 곳이다. 이곳엔 약 천 마리의 돼지가 묻혀 있다.

나는 발이 푹푹 빠지는 것이 무서웠다. 혹시라도 돼지의 사체가 밟히지 않을까. 돼지가 내 발을 물고 흙 속으로 끌고 들어가는 것은 아닐까. 어머니는 언덕 한가운데 서서 농장을 내려다본다. 언덕 바로 아래엔 C 축사가 있다. 갓 태어난 새끼돼지들이 아직은 어미의 젖을 먹으며 자라는 곳이다.

다시 강풍이 분다. 나무들이 우수수 저들끼리 수군대는 소리를 내는 것 같다. 나는 작업복에 붙어 있는 모자를 벗는다. 머리칼이 마구 헝클어져 눈을 찌른다. 어머니가 일부러 땅을 발로 쾅쾅 세게 밟아 본다.

"좀 있으면 태풍이 온다는데, 어쩌냐……. 지반이 너무 약해서 불안하다……."

나는 언덕이 무너지는 모습을 상상해 본다. 비바람에 흙더미가 힘없이 쌓아 놓은 이불장처럼 흘러내리고, 그 사이사이 썩다 만 돼지들의 뼛골들이 헤, 입 벌린 채 나를 향해 굴러떨어질 것만 같다. 구더기를 입에 문 채 내 발밑에서 나를 올려다볼 것만 같다.

돼지를 묻던 그날, 아버지는 세상의 모든 것이 아득하게 느껴진다고 했다. 아버지는 벌건 흙을 입에 문 삽자루를 곁에 놓고 한정 없이 그 자리에 앉아 있을 것만 같았다. 구덩이 속에서 숨이 넘어가는 돼지들의 비명을 듣고 있는 듯한 그 뒷모습.

아버지는 위성처럼 불행이란 궤도를 돌고 있었던 것이다. 그리고 나는 아버지라는 그 행성 주위를 맴돌기만 할 뿐, 가까이 갈 수 없었다. 그래서 나는 돼지들이 파묻힌 구덩이 곁에서 아버지가 한 걸음도 움직이지 못했을 때 아무 말도 해 주지 못했다.

3

글착기의 커다란 삽이 돼지를 떠밀었다. 돼지는 비닐을 밟고 쭈욱 미끄러지더니 구덩이 속으로 떨어졌다. 돼지는 꾸억꾸억 마지막 울부짖음을 뱉으며 몸을 일으켰다.

다른 돼지들은 구덩이의 벽을 앞발로 긁고 있었다. 하지만 구덩이의 벽은 이미 두꺼운 비닐로 둘러놓은 상태여서 버팀이 되지 못했다. 돼지들은 끊임없이 미끄러지면서 울었다. 꾸억꾸억 울었다. 몸뚱이가 상대적으로 작은 새끼 돼지는 덩치가 큰 돼지들의 발아 밟혀 먼저 죽었다.

반쯤 벌려진 돼지들의 입에서는 침이 절망처럼 흘러나왔다. 공무원들은 축사에서 돼지를 끌고 나왔다. 흰 작업복에는 흙이 덕지덕지 묻어 있었다. 방역용 마스크를 쓰고 있어서 그런지 공무원들의 얼굴도 제대로 보이지 않았다. 공무원 한 사람이 나와 아버지의 팔을 잡았다.

"다른 데 가 계세요. 마지막 가는 길, 주인으로서 지켜본다는 사람도 많았는데, 그중에서 지금 정신과 치료를 받고 있는 사람도 여럿 됩니다."

공무원이 슬그머니 아버지의 팔을 잡아끌었다. 아버지는 팔을 뿌리치곤 찔끔찔끔 나오는 눈물을 훔쳤다. 나 또한 아버지의 옆을 지켜야 할 것 같은 느낌이 들어 공무원의 손을 조용히 밀어냈다.

위잉, 어머니에게서 전화가 왔다. 나는 휴대전화의 폴더를 젖히고 통화 버튼을 눌렀다. 어머니는 낮게 가라앉은 목소리로 아버지는 왜 전화를 안 받으시냐고, 전화 좀 바꿔 달라고 했다.

나는 아버지를 힐끔 곁눈질했다. 아버지는 구덩이 앞에 털썩 주저앉아 머리를 쥐어뜯고 있었다. 아버지의 신음과 몇몇 돼지들의 울음소리가 동시에 섞여 들렸다. 나는 어머니에게 지금 아버지가 통화할 수 없는 상태라고 조용히 말했다. 어머니는 잠깐 뜸을 들이더니 말을 이었다.

"군청에 방금 말하고 왔는데, 씨알도 안 먹힌다. 원래는 농장에서 떨어진 데 묻어야 하고, 묻는 것도 평지에서 4미터 아래쯤에 묻어야 하는데, 지금 나라 전체가 이렇다 보니까 그냥 막 묻는 것 같구나. 또 안락사는 개체 수가 적은 소들이나 시켜 주지, 돼지들은 비계층이 두꺼워서 안락사도 잘 안 되고, 개체 수가 너무 많다 보니 그냥 생매장을 시킨단다. 근데 암만 그렇다 해도 그 많은 돼지를 거기 묻었다가 잘못해서 무너지기라도 하면……."

어머니는 말끝을 흐렸다. 말이 씨가 된다고 말 꺼내기도 싫었나 보다. 어머니의 한숨 소리가 들렸다. 구덩이의 끝까지 닿을 만큼 깊은 한숨처럼 느껴졌다. 나는 전화를 끊고 주위를 둘러보았다. 구덩이 뒤쪽 숲에서 공무원 두 명이 구덩이 쪽을 보고 있었다.

나는 나무 뒤에 숨어 그들을 지켜보았다. 여자 공무원 한 명이 흐느끼고 있었다. 어깨를 들썩이며 손으로 얼굴을 가리고 있었다. 남자로 보이는 공무원이 초임자로 보이는 여자 공무원의 어깨를 다독여 주었다.

"돼지 우는 소리 때문에…….미칠 것 같아. 돼지를 구덩이 속에 집어넣을 때마다, 나도 같이 떨어지는 느낌이야……."

나는 구덩이를 바라본다. 돼지들이 한층 난폭하게 운다. 살짝 베일 때의 비명과 사지가 찢어질 때 비명의 차이랄까. 구덩이가 비좁아서 그런지 돼지들이 슬슬 다른 돼지들의 무게에 눌리는 것 같았다. 얼굴이 시뻘게져 다른 돼지의 귀를 물어뜯는 돼지도 있었다.

어두워졌지만 도살 처분은 계속되었다. 이젠 돼지의 비명이 농장 밖 도로까지 뻗어 나갔다. 돼지들은 입을 쩍 벌리고, 눈을 크게 떴다. 그리곤 자신이 낼 수 있는 최대한의 소리를 질렀다. 돼지 수백 마리가 그렇게 울었다.

도살장에 가서도 이런 비명은 들어본 적이 없다. 여기저기 귀를 물어뜯긴 돼지들이 피를 흘리고 있었다. 아래에 깔린 돼지들은 이미 압사당해 죽어 있었다.

지금 비명을 지르는 돼지들도 얼마 안 가 침묵 속에 갇힐 것이었다. 돼지들은 비좁아서 일자로 선 자세가 되었다. 평생 땅만 보고 산 녀석들이 처음으로 위를, 하늘을 올려다보았다.

구덩이 위에는 돼지들을 바라보는 공무원들, 돼지들을 밀어내는 굴착기, 퀭한 눈으로 돼지들을 무력하게 내려다보는 아버지. 걱정스럽게 아버지의 표정을 살피는 나, 그리고 깜깜한 하늘이 있을 뿐이었다.

그들이 처음으로 본 하늘은 죽어 가면서 본 하늘이며 거무죽죽한 빛깔이었다. 그 우둔한 머리로 하늘을 원망할 수나 있었을까. 구덩이는 이미 돼지들의 절규로 가득 찼지만 돼지들을 꾸역꾸역 잘도 삼켰다.

돼지들이 다 묻힌 후에도 아버지는 여전히 그곳에 앉아 있었다. 언제 가지고 왔는지 소주 한 병이 아버지의 손에 들려 있었다. 아가리를 닫은 구덩이는 너무도 조용했다. 구덩이 위에는 싸늘한 바람만이 감돌았다.

공무원들은 돼지들을 다 묻고 난 후 황급히 자리를 떴다. 대충 묻긴 묻었지만 그저 흙만 덮어 둔 상태였다. 땅을 제대로 메워 주라고 말하고 싶었지만, 마스크를 벗은 그들의 얼굴을 보는 순간, 말이 목 안에 걸렸다. 돼지들의 비명이 그들의 영혼을 어두운 밤하늘 끝까지 날려 버린 듯했다.

구덩이 위로 올라가자 발이 푹푹 빠졌다. 순간 발아래에서 무언가가 꿈틀거렸다. 나는 화들짝 놀라 뒤로 엎어졌다. 아직도 살아 있는 돼지가 있는 것이다. 뒤늦게 도착한 어머니가 아버지의 팔을 끌었다. 아버지는 고개를 푹 숙인 채 일어났다. 가로등 때문에 아버지의 얼굴에 짙은 음영이 들었다. 그 때문에 아버지의 표정이 잘 보이지 않았다. 아버지는 일어나며 천천히 입을 열었다.

"지옥이 따로 있는 게 아니다. 지금 우리가 발 딛고 사는 이 세상이 모두 지옥이구나."

아버지는 소주를 계속해서 들이켰다. 고통이 잊힐 때까지 마실 기세였다.

늘 그렇듯 병실 안은 눅눅하다. 천장 곳곳엔 검은 곰팡이 꽃이 흐드러지게 피어 있다. 벽엔 빨간색 크레파스로 그린 돼지 낙서가 있다. 시골 정신병원이라 그런지 환자 관리가 부실한 모양이다. 작은 미니 냉장고 위엔 아주 오래전에 받은 조팝꽃 꽃다발이 놓여 있었다. 새하얗던 조팝꽃은 변색한 담배꽁초처럼 누렇게 말라 있다. 오래전에 작동을 멈춘 것 같은 공기청정기는 구석에 처박혀 있다. 네모난 창틀 모양으로 햇빛이 들어오고 있고, 창 아래에는 흙만 담겨 있는 화분이 있다. 황도 깡통이 바닥에서 굴러다닌다. 슬쩍 발로 건드려 보니 초파리들이 깡통 밖으로 날아오른다.

아버지는 껌을 소리 나게 씹고 있다. 짝, 짝, 짝, 짝. 정적뿐인 병실에 껌 씹는 소리만이 파리처럼 날아다닌다. 나는 애써 입을 벌린다.

"아버지, 저예요, 오랜만에 병문안 왔어요. 뭐예요, 제가 와도 반갑지 않은 거예요?"

나는 말라 버린 꽃다발을 치우고 냉장고 위에 종합 과일 세트 바구니를 올려놓는다. 사과라도 깎으려고 과도를 찾아보지만 아무데도 없다. 아버지는 그냥 달라며 손을 내민다. 사과를 껍질째 씹어 먹는다.

"네가, 술이랑 왔으면 기뻐했을 거다, 아마."

아버지는 사과를 우적우적 씹으며 나를 바라본다. 얼굴에 그늘이 드리워져 아버지의 얼굴이 초췌해 보인다. 거의 한 달 동안 수염을 깎지 않았는지 목까지 수염이 돋아 있다.

아버지는 계속 비어 있는 술잔을 만지작거린다. 아직 금단 현상이 다 가시지 않았는지 손을 떠는 것이 보인다. 술잔을 입술에 갖다 대더니 홀짝 마시는 시늉을 한다.

"요즘 기분은 좀 어떠세요?"

나는 괜히 말을 꺼냈다 싶어 입을 다문다. 딱 봐도 예전의 아버지와 다를 바가 없는데. 나는 아랫입술만 잘근잘근 깨문다. 말을 꺼내려고 하는데, 자꾸 입안에 고이기만 한다.

어머니가 고소당하기 직전이라는 말을 들으면 아버지는 환자복을 입은 채로 농장까지 달려갈 것이다. 터놓고 이야기하고 싶어 찾아온 사람이 아버지라는 게 바보 같다. 아버지는 흐흐흐 웃더니 입을 연다.

"돼지들은 다 잘 자라고 있냐? 사료 제때 줘야 한다. 그래야 너희 누나네 가게 빚 갚는 것도 좀 보태고, 또 너도 대학 가야 하잖냐."

"아버지, 저 공무원 시험 준비한 지 좀 됐어요."

아버지는 다시 사과를 베어 문다. 사과 뼈가 드러난다. 창문으로 바람이 휙, 들어온다. 태풍이 멀지 않은 모양이다.

"어미젖이 잘 나와야 새끼들도 잘 자라는 법이다. 그건 돼지만 그런 게 아니야. 돼지 잘 키워서 너희 학비하고, 시집 장가보내는 것이 다 같은 이치인 거야. 암암, 어미젖이 잘 나와야 새끼들도 잘 크는 법이지."

아버지는 사과 하나를 다 먹고 뼈다귀만 바닥에 휙 던져 놓는다. 나는 그걸 주워 쓰레기통에 넣는다.

"요즘은 악몽 꾸지 않으세요?"

내 말에 갑자기 아버지 눈동자가 일시 멈춘 듯하다.

"들었냐? 이 소리?"

나는 주변을 둘러본다. 바람이 조금 거세어졌을 뿐, 별다른 소리는 들리지 않는다. 나는 휘휘 고개를 젓는다.

"아니야, 분명히 들렸어. 압사당한 돼지들의 울음소리 말이다. 그건 울음소리다. 지옥에서 올라오는 울음소리."

그 말을 듣자 나는 왠지 모르게 답답한 느낌이 들었다. 아마 병실 공기가 갑갑해서 그런 것 같다고 생각했다. 아버지는 말을 끝마치자 빈 술잔을 한 번 더 입에 갖다 대더니 실소를 터뜨린다.

힘줄이 툭툭 불거져 있는 손은 무언가를 두려워하듯 떨고 있다. 나는 아버지의 떨리는 손을 잡는다. 구덩이엔 돼지만 묻힌 게 아니라는 생각이 든다.

5

농장 사무실은 불이 꺼져 있다. 가죽 뜯긴 소파나, 너덜너덜한 거미줄, 나무 난로도 온통 어둠에 잠겨 있다. 오로지 텔레비전만 밝은 빛을 내며 거실을 밝히고 있다. 나는 텔레비전 앞으로 다가간다.

뉴스 진행자는 태풍이 곧 북상한다면서 한반도를 보여 준다. 하얀 소용돌이가 제주도 부근에서 스멀스멀 올라온다. 전라도를 거쳐 경기도로 올라가 점차 소멸할 거라고 한다. 태풍은 오늘 밤 전라도에 발을 디딘다. 바람이 창문을 미친 듯이 잡고 흔든다.

사무실은 무감각한 뉴스 앵커의 목소리와 웃풍 바람 소리로 스산하다. 나는 어머니를 부른다. 대답이 없다. 나는 사무실을 지나 부엌으로 가 본다. 거기에도 어머니는 없다. 이리저리 고개를 돌린다. 큰 방문 틈 사이에서 희미하게 빛이 새어 나온다.

나는 천천히 큰 방 문을 연다. 마리아 성모상 앞에서 무릎을 꿇고 있는 어머니가 보인다. 촛불은 금방이라도 꺼질 것 같았지만 은은하게 방 전체를 비췄다. 어머니는 길 잃은 양처럼 마리아상 앞에서 어깨를 움츠린다. 어머니가 숨을 내쉬면 촛불은 두려움으로 가득 찬 희망처럼 흔들렸다. 길게 늘어진 그림자도 덩달아 흔들렸다. 파리 한 마리가 천장에 붙어 있는 파리 잡이용 끈끈이에 걸려든다. 격렬한 날갯짓 소리가 희미하게 들리는 듯도 하다.

나는 아무 말 없이 어머니의 뒤에 엎드려 눕는다. 어머니의 등을 바라본다. 나는 예전부터 어머니가 기도하는 것이 싫었다. 가끔 아침에 조금 일찍 일어날 때면, 어김없이 어머니가 기도하는 모습을 볼 수 있었다. 촛불을 켜 놓고, 무겁게 잠긴 목소리로 어머니는 주기도문을 외웠다.

나는 어머니 뒤에 누워 어머니의 등만 멀뚱히 바라보곤 했다. 기도하는 어머니는 언제나 약해 보였다. 새끼를 낳은 여자라든가, 농장일 하는 여자로 보이지 않고 나약하디 나약한 '인간'으로 보였다. 뭐랄까, 그렇게 약해 보이는 어머니가 주기도문을 외우다 침묵하는 시간이 오면 내 마음도 덩달아 무거워졌다. 지금까지는 코빼기도도 안 보이던 불행이 만져지는 느낌이었다.

어머니가 예순이 되어도, 칠순이 되어도, 기도하는 어머니의 모습은 똑같을 것이다. 어머니는 '쉰 살의 여자'가 아니다. 학창 시절 누군가를 첫사랑 했던 풋풋한 어머니, 대학 시절 등록금이 없어 전단 아르바이트를 뛰던 어머니, 어렵게 아버지와의 결혼을 승낙한 서른 살의 어머니…….

어머니가 약해 보이는 것은 십 대 때의 어머니부터 오십 대의 어머니가 쌓여 있기 때문이다. 어머니는 쉰 살이 이라기보단 오십 년 동안 쌓여온 지층 같았다. 단순히 쌓인 것이 아니라 열과 압력을 받아 괴상한 모양으로 찌그러진 습곡 단층처럼.

"공무원 준비는 잘 되니?"

어머니의 목소리가 촛불처럼 나른하게 방 안에 퍼진다. 나는 입술을 깨물며 잘 된다고 말한다. 어머니는 고개를 끄덕이며, 꼭 잘 되어야 한다고, 열심히 해야 한다고 말한다.

공무원 기출 문제집을 펴 본 지가 벌써 이 주일째다. 주경야독이라는 것도 쉽지가 않았다. 낮에는 농장에서 일하고, 밤에는 공무원 준비를 하기로 했었다. 나는 밤마다 피곤을 업고 낑낑대며 숙소로 들어왔다. 피곤을 한 포대 더 업을 여유는 없었다.

촛불 때문에 어머니의 그림자가 또 흔들린다. 어머니의 기도 소리는 과연 신에게까지 들리기는 할까.

어머니가 촛불을 후 불어 끈다. 방 안은 갑작스레 어둠에 잠긴다. 연기 한 오라기가 천천히 허공을 부유한다. 양초 탄내가 방 안을 잠식한다. 툭. 비 한 방울이 창문을 때렸다.

6

허공에 뜬 상태로 본 것은 잿빛 하늘이었다. 답답할 정도로 꽉 막힌 하늘이었지만, 아주 오래전부터 똑같은 하늘을 보고 살았던 것 같다. 누군가 내 등을 떠민다. 나는 구덩이 바닥으로 떨어진다.

나도 깜짝 놀랄 정도로 짐승 같은 비명을 지른다. 나는 고개를 들어 구덩이 위쪽을 본다. 하얀 실루엣들이 구덩이에 빠진 나를 응시하고 있다. 도와달라고 소리치지만 흰 실루엣들은 어딘가로 사라져 버린다. 구덩이 너머로 누군가의 비명이 들린다.

아버지가 허공에 붕 뜨더니 구덩이 속으로 곧장 떨어진다. 흙먼지가 날린다. 뒤이어 어머니 또한 같은 방식으로 떨어진다. 아무리 기다려도 우리 셋 이외에 다른 사람은 떨어지지 않는다. 하지만 구덩이는 우리 셋만으로도 꽉 찰 정도로 좁다. 숨을 쉬기가 힘들다. 어떻게든 여기서 벗어나야 한다는 생각만이 머릿속을 잠식한다.

나는 최대한 하늘로 고개를 치켜들고 신선한 공기를 마시려고 애쓴다. 주위를 둘러보다 불룩하게 튀어나온 돌부리로 손을 뻗는다. 돌부리를 있는 힘껏 움켜잡고 팔을 굽힌다. 조금이나마 구덩이 위쪽으로 올라선다.

나는 더 위에 있는 돌부리를 움켜잡는다. 팔뚝에 힘줄이 돋고 눈에 핏발이 선다. 나도 모르게 얼굴에 잔뜩 힘을 주고 있다. 흥분한 돼지처럼 미간에 주름이 잡히고 왠지 모르게 침까지 나온다.

하지만 심장은 더 올라가라는 듯, 사냥 전 본능에 몸을 맡긴 아프리카 부족장의 북소리처럼 쿵쾅거린다. 손가락 끝 부분에 가죽이 벗겨져 피가 번들거리고, 다시 피 위로 흙이 들러붙는다. 왠지 아프지 않다. 지상과 거의 가까워진 순간, 다시 하얀 실루엣이 나온다. 그것은 내게 발길질을 하며 다시 구덩이 안으로 밀어 넣으려 한다. 나는 구덩이 밑바닥으로 떨어진다. 아버지와 어머니도 이곳을 벗어나려 안간힘이다. 나는 가만히 아버지와 어머니가 올라가는 모습을 지켜본다.

구덩이 끝자락에 다다르면 어김없이 하얀 실루엣이 나와 우리를 발로 걷어차 버린다. 나는 털썩 주저앉는다. 구덩이가 오히려 아늑하게 느껴진다. 문득 예전에 읽은 《단테의 신곡》이 생각난다. 우리는 도대체 어디에 빠져 버린 것일까.

7

눈을 뜬다. 꿈을 꾸었나 보다. 아직도 정신이 몽롱하다. 유리창이 거세게 흔들린다. 방 안의 불이 꺼져 오로지 텔레비전 화면만

밝게 빛나고 있다. 수신감도가 좋지 않은지 텔레비전은 치지직거
릴 뿐이다. 문틈 사이로 차가운 형광등 불빛이 들어온다. 양초 냄
새가 사라진 것이 시간이 꽤 지난 모양이다.

나는 눈을 비비고 불을 켠다. 텔레비전 아래 서랍이 활짝 열려
있다. 옛날 내 일기 따위를 모아 두던 곳인데. 지금은 못 보던 봉
투 하나가 놓여 있다. 봉투엔 법무부 마크가 새겨져 있었다. 나는
내용물을 확인한다. 법정 출두 명령장이다. 언제까지 나오라는
둥, 변호사를 선임할 수 있다는 둥의 글귀가 적혀 있다.

창문 틈 사이로 웃풍 바람 소리가 들린다. 나는 자리에서 일어
나 어머니를 부른다. 대답이 없다. 그저 내 발소리만 들릴 뿐이다.
낡은 괘종시계로 눈을 돌린다. 이미 새벽 두 시가 넘었다.

사무실에도 없다. 엄마! 나도 모르게 언성이 높아진다. 혹시 밖
에 있을까. 나는 비옷을 입고 허둥지둥 밖으로 나간다.

나는 손전등을 켜고 언덕 쪽으로 달린다. 바람 때문에 비옷 모
자가 자꾸만 벗겨진다. 뉴스 진행자와 약속이라도 한 듯 태풍은
정확히 새벽에 전라도에 북상했다. 손전등 빛 때문에 빗방울 떨어
지는 것이 보인다.

빗소리가 채찍질처럼 세차게 느껴진다. 어둠 속에 잠긴 나무들
이 서로 흔들리며 스친다. 돼지들은 무언가를 위협하듯 울부짖는
다. 메아리처럼 돼지들의 울부짖음이 들린다. 땅에 묻힌 돼지들을
눈치채기라도 했는지 어딘가 두려움이 섞인 듯하다.

두꺼비나 생쥐 사체가 가끔 보이기도 한다. 주먹만 한 빗방울들
이 비옷에 부딪히며 파팟 소리와 함께 연달아 폭죽처럼 터진다. 나

는 손으로 얼굴을 가리며 계속 달린다. 빗방울이 거세진다.

어머니는 뒷산에 있었다. 돼지들을 파묻은 그 구덩이 앞에 서서 구덩이를 노려보고 있었다. 우비를 입었어도 비바람이 다 들이쳐서 어머니의 아랫도리는 이미 다 젖어 버린 상태다. 어머니의 손엔 삽이 들려 있다.

엄마, 하고 내가 작게 소리 내어도 어머니는 돌아보지도 않는다. 비가 집중적으로 쏟아붓기 시작했다. 빗물 때문에 눈앞이 다 보이지 않을 지경이다. 나는 언뜻 구덩이 위로 무엇들이 비죽비죽 튀어나오고 있는 것을 본 것도 같았다.

나는 손등으로 눈을 씻고 다시 바라본다. 어머니가 삽을 들고 언덕 근처에 있는 흙들을 퍼와서 구덩이 위를 덮고 있다. 어머니가 흙으로 다져 놓은 부분에 다시 비는 쏟아지고 흙은 힘없이 또 흘러내린다. 하지만 어머니는 다시 삽으로 흙을 퍼와 구덩이 위에 붓고 땅을 다진다. 그리고 준비해 온 비닐 부대를 펼친다. 나는 얼른 어머니를 도와 비닐포대의 끝을 잡아 돌로 눌러 비를 맞지 않게 한다. 나는 구덩이의 흙을 밟는다.

어느새, 우리는 구덩이 속에 있었다. 이젠 그곳이 마치 우리의 집처럼 느껴졌다. 가슴이 답답하고 무거운 것도 내가 짊어지고 가야 할 짐처럼 느껴졌다. 그리고 언제나처럼, 그것은 죄라기보다 단지 우리가 나아가야 할 길이었다. 나는 마침내, 고통을 이해한다.

수상이라는 게 항상 갑작스럽게 찾아오는 것 같습니다. 시험 기간이라 토지 문학제 투고한 건 까맣게 잊고 있었거든요. 어느 날, 경비실에 등기가 맡겨져 있었습니다. 그땐 코피가 나서 콧구멍에 휴지를 박고 있었습니다. 봉투를 열어 보니 수상 통보더군요. 비록 장려상이지만, 그게 제가 가지고 있는 가능성 같아서 기뻤습니다.

중학교 1학년 때 국어 학원에 다녔습니다. 그때 소설 이어짓기 시간이 있었는데, 국어 선생님이 제 글을 보시고는 글 쓰는 쪽으로 나가 보라고 말해 주셨습니다. 사실 제가 제대로 된 칭찬을 들어 본 적이 없었습니다. 어른들이 가끔 아이고 착하다, 귀엽다 하는 것뿐이었습니다. 제게 진지하게 진로를 말해 주신 것은 그 선생님이 처음이었습니다. 그때부터 작가가 되고 싶었습니다. 그게 제 가능성 같았거든요.

글을 본격적으로 쓴 것은 고등학교 1학년 때부터입니다. '진짜 한번 해 보겠다.' 이런 생각이 가슴 속 깊이 자리 잡고 있었습니다. 문학 특기자 전형으로 서울로 대학 한 번 가 보자고 마음먹었습니다. 공부와 글을 병행하기가 쉽지 않았지만, 그래도 학교 끝나고 컴퓨터 앞에 앉아 글을 썼습니다.

제가 많이 달라졌다고 말하고 싶습니다. 글을 쓰면서 얻은 게 많거든요. 세상 모든 것을 다시 보게 되었습니다. 좀 더 진지하게 말이죠. 단순히 키보드나 간질이는 게 아니라, 좀 더 철이 든 것 같습니다. 고되게 일하시는 부모님을 다시 보게 되었고, 지하철역의 거지, 늙은 창녀까지도 다시 보게 되었습니다. 그 사람들의 고통을 제 속에 담아 텍스트 형식으로 뿜었습니다. 좀 더 진지해지고, 철든 제가 좋습니다.

이제 확실하게 말할 수 있습니다. 저는 글을 쓰면서 대학보다 더 값진 것을 얻었습니다. 결과를 위한 과정이 아닙니다. 물론 고3 때 좋은 대학에 붙으면 좋겠지만, 사실 좋은 대학교에 붙지 않아도 후회하지는 않을 것입니다. 지방 대학교를 나와도 글을 쓰면서 발견한 '나'는 사라지지 않을 테니까요.

겸손해 보이려고 하는 말이 아니라, 저는 정말 잘난 사람이 아닙니다. 키도 작고, 못생겼고, 성격도 소심합니다. 또 예민해서 주위 사람들 곧잘 피곤하게 하는 스타일입니다. 늦둥이라 그런지 누군가에게 자꾸 의지하려고 하는 습관도 있습니다. 그런 제가 지금 수상 소감을 쓰고 있다는 게 실감이 잘 안 납니다.

고2가 된 지금도 저는 예민합니다. 스트레스도 자주 받습니다. 누가 제 문자를 받지 않으면 오만가지 생각이 다 납니다. 글이 잘 안 써진다고 느껴지면 제가 아주 한심한 놈처럼 느껴집니다. 난 왜 이렇게 못났을까. 이런 식으로요.

그런데 요새는 그런 생각을 합니다. 내가 느끼는 스트레스나, 내가 불행이라고 생각하는 것들은 두꺼운 행복 위에 쌓인 거라고. 저는 저를 사랑하시는 부모님과 형, 누나가 있습니다. 그리고 살면서 제게 꿈을 심어 주신 분을 많이 만났습니다. 분명히 저를 아끼는 친구들이 있고, 일일이다 말할 수 없지만 감사한 분들이 많습니다. 이것은 분명히 행복이고, 아무나 가질 수 없는 행운입니다.

　빈말로 들릴까 걱정스럽지만 정말 진심으로, 제 곁에서 저를 도와주신 분들에게 감사합니다. 모자란 작품에 후한 점수를 주신 심사위원분들께도 감사드립니다. 앞으로 더 열심히 쓰라는 것으로 알겠습니다.

박영준

글쓰기란 우리들의 의식 내부에 있는, 보이지 않는 생각을 밖으로 드러내는 작업이다. 생각을 단순하게 드러내는 것이 아니라 글쓴이의 독특한 방식, 즉 창작을 통해 자신만의 것을 표현한다. 그래서 창작으로서의 글은 글 쓰는 사람 자신의 것일 때 새로워질 수 있다.

2011년 청소년 문학상에 응모한 작품들을 읽으면서, 대개의 작품이 과연 중, 고등학생이 썼을까 싶을 만큼 문장이 세련되고, 다양한 주제를 다루고 있음을 발견했다.

문제는 다양한 주제와 세련된 문장에도 불구하고 신선함이나 패기를 느낄 만한 작품은 드물었다는 것이다. 어디선가 읽은 듯한 내용의 나열인 것처럼 느껴지는 경우가 적지 않았다.

과연 이 작품 속에 드러난 세상에 대한 인식과 가치관, 혹은 통찰이 이 청소년 응모자 본인이 체득한 것일 수 있을까 하는, 모종의 혐의를 갖게 하는 작품이 종종 눈에 띄었던 탓이다.

응모자 스스로 느낀 정서라기보다 관념화된 정서와 묘사를 답습하고 있는 작품이 그만큼 많았다.

독자로 하여금 그런 의구심을 갖게 하는 글이란 결국 실패한 글이다. 독자를 설득하지 못한 글이기 때문이다. 설득과 이해와 감동은 같은 것인바 그걸 이루어내지 못한 작품들은 수상작에서 일차적으로 제외될 수밖에 없었다.

그렇게 여러 번에 걸쳐 제외되고 난 뒤 수상작의 반열에 오른 작품이 《기억에 미치다》《우리들의 자소서》《사랑은 어디에도》《투견》《구덩이》 등 5편이었다.

인간 기억의 복잡 미묘함을 환상적으로 그린 《기억에 미치다》는 독창성에서 수작이었다. 《우리들의 자소서》는 현재와 미래를 병치시켜 현실과 비현실을 아우른 솜씨가 만만치 않았다.

《사랑은 어디에도》는 핵가족화되는 와중에 한층 다양화는 가족의 형태를 발랄한 필치로 묘사했다.

싸움꾼의 일화를 다룬 《투견》은 한 인간의 행태를 집요하게 파고든 점을 높이 샀다.

《구덩이》는 전염병에 걸려 산 채로 도살 처분된 가축과 그 가축을 묻어야 하는 가족의 참담한 모습을 사실적으로 그려 내어 감동을 주었다.

우리나라만큼 시인과 작가가 많은 나라가 흔치 않다고 한다. 문학으로 현실의 벽을 넘고자 하는 의지를 갖춘 사람이 그만큼 많다는 뜻일 것이다.

기성세대에서도 그러할 때 아직 어린 청소년들의 문학에 대한 강한 의지는 우리 문학이 무한한 가능성을 보여주는 현상으로 보인다.

　수상자들에게 축하를 보내며 미구의 작가로서 한국 문학사에 솟아오를 그들을 기대한다. 입상자들에게 축하드리고 어린 작가들의 무한한 발전을 기대한다.

심사위원 : 송은일(서).최영욱

2010

평사리 청소년 문학상 수상작

허예슬

편식하기

허예슬
창원 경일여자 고등학교 2학년

편식하기

1

그걸 머릿속에 집어넣으면요? 살짝 따끔하고, 시린 듯한 통증이 느껴지죠. 그리고 잠이 와요. 몽롱함. 그리고 괴로운 기억은 녹아 없어지는 듯한 기분이 들죠. 그렇게 자고 나면, 항상 기분 좋은 꿈만 꾸었기에, 나는 행복해졌죠.

2

"놀랍군요."

이것이 그 여의사가 내 이야기를 듣고 대꾸한 첫마디였다. 그녀의 그런 반응을 나는 대충 예상은 하고 있었다. 놀라울 수밖에. 잊고 싶은 기억을 골라 지우는 약. 상상 속에만 존재하던 것이 실제로 있다니, 놀라지 않는 게 이상한 거다.

3

어쩌면 그것은 항생제와 비슷한 것일지도 몰랐다.

악몽으로부터 나를 지켜 주는 일종의 방패 말이다. 나는 남보다 약한 창을 가지고 있었기 때문에, 더 강한 방패가 필요했다. 그것이 내가 그 항생제를 만들게 된 계기라고도 볼 수 있을 것이다.

그 약을 가지고 있는 한, 나는 두려울 것이 없었다.

사실, 처음엔 그랬다. 두려울 것이 없을 거라 믿고, 개발에 열중했다. 다 만들고 나면, 세상 모든 것이 아름답게 보일 거라고, 악몽에서 벗어나, 끝내주는 기분으로만 사는 놈이 될 거라고 믿어 의심치 않았다.

4

의사는 기억을 지울 수 있다는 사실에 대해서 강한 호기심을 보였다. 눈빛을 반짝이며 내 쪽으로 몸을 기울였다. 그러나 나는 누군가가 나와 같은 이유로 사람을 그리워하기를 바라지 않았다. 그래서 일단 그녀에게 기억을 지울 수 있다는 것은 좋은 게 아니라고 말해 주는 것이 좋을 것 같았다.

내 말에 그녀는 부드럽게 웃어 보였다.

"그러니까 여기 왔겠죠. 안 그래요?"

그녀가 여유롭게 웃어 보이며 대답했다. 듣고 보니 맞는 말인 것 같았다. 멍청하게 진지했다는 부끄러움이 뇌리에 박혔다. 그 순간 또 약을 집어넣고 싶다는 충동이 생겼다. 나는 고개를 흔들었고, 그런 내 모습을 지켜보던 그 여자는 내 상담가가 되어 주기로 했다.

5

'최초에 지운 기억을 복원하는 게 가장 중요합니다. 쉽게 이야기하자면 우리가 컴퓨터 시스템에서 최근에 삭제한 파일은 쉽게 복원될 수 있지만, 오래전에 지운 파일은 언제 지웠는지를 알아야 다시 복원할 수 있다는 것과 같은 이치지요."

"최초에 제가 지운 기억을 찾아야 치료할 수 있다는 말이지요?"

"네. 그리고 그 최초의 기억을 왜 지웠는지, 이유를 알게 된다면 더 쉽겠죠. 최근에 지운 기억을 하나하나 복원해 나가다 보면 최초에 지운 기억과도 만날 수 있을 겁니다. 또 모르죠. 기억 상실증 환자들처럼 어떤 한 가지 단서를 통해 갑자기 최초의 기억이 떠오를지도……

아무튼 가장 중요한 것은 떠오르는 모든 기억을 저에게 숨김없이 다 털어놓아야 한다는 거예요."

나는 엄청난 숙제를 떠안은 듯이 가슴이 무거워졌다. 머리끝이 보이지 않을 만큼 엄청나게 덩치가 큰, 무지막지한 시커먼 괴수와 끝없는 싸움을 시작하라는 벨 소리를 들은 느낌이었다. 한숨부터 나왔다.

6

그녀 이야기부터 해야겠네요. 약을 개발하고부터 제 인생은 그야말로 언제나 행복이었어요. 대학 생활도 즐거웠고, 약 개발을 위해 들였던 노력 덕에 저는 그야말로 대학 내에서 특별한 학생이었어요. 대학에서도 저에게 특별 대우를 해 주었죠. 교수님들에게만 제공되는 실험 연구실까지 특별히 저에게 배정해 주었으니까요. 저는 인생의 봄날을 만끽했죠.

그녀를 만난 것도 그 무렵이었어요. 그녀를 처음 만났을 때 저는 행복은 자기 혼자서도 번식을 하는구나, 하는 밑도 끝도 없는 생각을 했어요. 웃는 모습이 참 싱그럽다고 생각한 같은 과 후배였어요. 그런데 그녀도 제게 특별한 감정을 느꼈나 봐요.

"선배! 선배에게는 그늘이 없어. 그게 좋아요."

우리는 그렇게 시작했어요.

저는 그녀의 모든 것을 기억하려고 했어요. 그녀의 부드러운 머릿결, 동그스름한 어깨, 촉촉하고 부드러운 입술의 감촉, 아침에 만날 때마다 맡게 되는 딸기향의 치약 냄새…….

우리는 갈수록 더욱 깊게 사랑했어요. 아니 저는 그렇다고 생각했어요. 그녀에 대해 더 많은 것을 기억하면 할수록 우리의 사랑은 더 깊어진다고 생각했죠.

그녀와의 첫 키스를 기억하고, 내 손에 와 닿은 그녀의 동그란 어깨의 부드러운 감촉을 기억하고, 덜 말린 그녀의 머리에서 풍기는 솔향기를 기억하는 것. 그런 기억이 쌓여 가는 것이 사랑이 깊어지는 거라고 생각했어요.

그런데 그녀의 고통은 아니었어요. 그녀가 살아오면서 가슴 깊이 간직한 고통, 그걸 들으려고 하지 않았어요. 아니, 기억 속에서 지워 버린 거죠. 마치 편식하듯이 말이죠.

어느 날, 그녀는 내가 사랑의 이름으로 이야기하는 모든 것이 공허하게 느껴진다고 했어요. 결국, 저는 더는 그녀의 싱그러운 웃음소리를 듣지 못하게 되었죠.

처음엔 그래도 괜찮다고 생각했어요. 나는 쌓아 둔 양식이 많은 겨울 산짐승처럼 그녀와의 행복한 기억을 조금씩 조금씩 꺼내 먹으며 충분히 행복할 거라 생각했어요.

그 기억 속에서 나도 행복했으니까요. 그래서 그녀와 사랑했던 기억이 내 뇌 속에 집어넣는 이 약들보다 훨씬 나를 더 행복하게 해 줄 거라 믿었어요.

그런데 그게 아니었어요. 그녀와의 행복한 기억을 꺼내 보면 꺼내 볼수록 내 가슴 속에는 닦을 수 없는 피가 흐르기 시작했어요. 행복한 기억만 떠올리면 좋을 줄 알았어요. 하지만 아니었어요. 시간이 지날수록 점점 더 괴로워졌죠.

이제 그만 피를 닦아 달라며, 가슴이 외쳤고, 나는 가슴의 이야기를 들어줄 수밖에 없었어요. 행복하지 않은 기억으로 남아 버린 그녀와의 추억. 그렇게 하루하루가 지나갔죠.

내 이마 옆으로 몇 개의 주사 자국이 나고, 그녀는 모두 지워졌죠.

7

"머리가 깨질 듯이 아픈 증상은 일단, 조속한 치료가 필요할 것 같군요. 집이 멀어서 좀 힘드시겠지만, 일주일에 세 번씩은 꼭 치료를 받으러 오셔야 합니다. 반드시 오셔야 해요. 오셔서, 저에게 기억나는 모든 것을 털어놓아야 하고요. 그리고 제일 중요한 것은 약 없이도 잘살고 있다는 것을 저에게 보여 주셔야 하는데, 두세 달 정도만 아예 약이 없는 공간에서 생활하신다면, 아마 그 후에는 일반인이 될 수 있으실 겁니다."

그러더니, 한 가지 조건을 덧붙였다.

"아, 그리고 그 약은 제가 가지고 있겠어요. 기억을 인위적으로 지우지 못하도록 말이죠. 괜찮죠?"

그 의사가 내린 처방은 이렇게 가혹했다. 나는 약을 빼앗긴다는 말에 잠시 고민이 되었다. 얼마나 애를 써서 만든 건데, 어떻게 남에게 그것을 맡긴다는 것인가.

혹시라도 소문이 퍼지면, 내 인생은 더욱더 꼬여 버릴 것이다. 그리고 세상도 꼬일 것이다. 서로 슬픈 기억은 지워 버려서, 그때 위로해 주었던 까지도 어디론가 흩어져 버리니까. 사람은 더욱 외로워질 것이다. 기억 속에서 괴로워하다가 괴로움이 사라지면 외로워질 것이다. 그리고 또다시 그 외로움에 괴로워질 것이다.

그것들은 영원한 톱니바퀴일지도 몰랐다. 나는 사람들이 그렇게 되기를 원하지 않았다. 하지만 일단 치료는 받아야 했으니, 떨리는 눈으로 그녀를 바라보며 승낙했다. 약을 두고 나오는 길은 자연히 어깨가 처졌다. 하지만 난 힘을 내기로 했다. 의사가 말한 대로 한다면 일반인이 되는 것은 시간문제라는 믿음이 생겼기 때문이다.

정말 잘한 결정이라고 혼자 중얼거렸다.

8

약속대로 나는 다시 의사를 찾아갔다. 고문 같은 상담이 또 시작되었다.

지겨운 일상이 반복되었죠. 기쁜 일도 없었어요. 그렇다고 그다지 슬픈 일도 없었기에, 일이 년간 그 약은 뽀얀 먼지가 앉아 가고 있었어요.

그러던 어느 날, 한 여자가 내 실험실로 찾아왔어요. 매우 절망에 빠진, 지쳐 있는 모습이었죠. 그녀는 날 아는 것 같았어요.

보는 순간 뭔가 서글프고 애잔한 느낌은 들었지만, 나는 그녀가 누구인지 전혀 몰랐어요.

“여긴 아직도 그대로네.”

그녀는 내 허락 없이 내 공간 여기저기를 들쑤시며 다녔어요.

“선배, 커피 한 잔 할래요? 커피 하나에 설탕 하나 맞죠?”

그녀는 커피가 어디에 있는지, 컵이 어디에 있는지 훤히 알고 있었고, 익숙한 솜씨로 커피를 타 내 책상 위에 올려 주었어요. 그리고 자기도 내 옆으로 의자를 바싹 당겨 앉았어요.

“선배, 미안했다는 이야기는 안 할래요. 그때 내 마음은 그랬으니까. 지나고 나니 그게 사랑이더라, 하는 말이 있잖아요. 내가 그랬던 거 같아요. 오랫동안 망설이다 선배 찾아온 거예요. 너무 늦은 건 아니죠?”

그녀는 수줍은 듯이, 하지만 큰 결심을 한 사람처럼 단호한 태도로 빠르게 이야기했어요. 나는 도저히 알 수 없는 그 여자를 어리둥절한 표정으로 보고 있었어요. 그녀는 내 표정을 어떻게 읽었는지, 천천히 나를 뒤에서 껴안았어요. 나는 화들짝 놀라 소리쳤죠. 정말 나는 모르는 여자였어요.

“당신 누구야? 왜 이래? 완전히 미친 여자 아니야?”

그녀는 나를 뚫어지게 쳐다보았어요. 그리고 두 눈에서는 눈물이 뚝뚝 떨어졌어요. 그녀는 떨리는 목소리로 말했어요.

“어떻게 그럴 수가 있어요? 어떻게 나를 그렇게 잊을 수 있어요? 어떻게…….”

울면서 그녀는 나에게서 한 발짝, 한 발짝 뒤로 물러났어요. 그녀의 눈 속에는 처음에는 서운함이 넘실거리더니, 나중에는 공포가 가득했어요. 그녀는 내 눈빛에서 보아 버린 것 같아요. 정말로 텅 비어 버린 기억의 상자를…….

세상에서 가장 불행한 여자는 '버려진 여자'가 아니라 '잊힌 여자'라는 말을 들은 적이 있어요. 그녀는 내 눈 속에서 자신이 가장 불행한 여자가 되어 버린 사실을 보고야 말았던 거죠. 여자는 그렇게 눈물을 보이면서 밖으로 나갔어요.

9

대학 과별 명단.

그 속에 여섯 번째로 붙어 있던 그녀의 사진. 약 기운에 중독되어 있던 몸이 조금 깨어난 것일까? 이름까지도 흐릿하게 떠올랐다. 그리고 사진을 회상하는 순간에는 그때로 돌아간 듯 가슴이 뛰었다.

머리가 깨질 듯이 아프고 가슴에는 눈물이 배어드는 것 같았다. 그리고 그 사이에서 언뜻언뜻 사랑했던 추억도 스쳐 지나갔다.

내 손끝에 남아 있는 부드러운 어깨의 감촉. 그녀의 미소.

나는 순간 알 수 있었다.

사랑의 고통에 대한 망각이 그 행복마저 쓸어가 버렸다는 것을. 그녀와의 사랑은 행복과 고통이 어우러져야 한다는 것이라는 것을 미처 생각지 못했던 것이다.

내가 기억을 버리는 것, 곧 그것은 그녀의 고통이었다. 그리고 그 사실이 이제 내게 고통으로 되돌아오고 있었다. 다시 그녀를 보지 못할 거라는 사실이 아프게 다가왔다.

10

그날, 죽고 싶다는 게 무엇인지 처음으로 제대로 느꼈다.

되돌리기엔 너무 늦어 버린 추억, 그리고 잔인하게 지워 버린 그녀에 대한 미안함, 이어지지 않는 기억 때문에 생기는 괴로움. 모든 것을 느껴 버렸다.

시간이 지나도 괴로웠다. 쉽게 잊히지 않았다. 다들 기억은 시간이 지나 추억이 된다고 하지만, 나에게는 허락되지 않는 듯했다. 머리를 감싸 쥐고 빙빙 돌았다. 쿵쿵 뛰어도 보았다. 미친 듯 고함도 질러 보았다. 벽에 머리도 박아 보고, 책상을 내리치기도 해 보았다. 고통도 그것보다 더한 고통은 없었다.

그리고 난 생각했다. '이렇게 강하니, 항상 그 기억이라는 고통이 승리했구나.'라고. 그리고 나는 며칠간을 그렇게 괴수로 지냈다. 미녀를 죽인 것이나 다름없는 못난 괴수로……. 그렇게 창살 없는 감옥에 갇힌 죄수와 같은 나날을 보냈다.

11

어느 순간, 이건 아니다 싶었죠. 이젠 더는 약을 주입하고 싶지도 않았고, 술로 나날을 보내고 싶지도 않았어요. 그래서 결심했죠. 이 모든 것을 털어놓기로.

그래서 보통 사람으로 돌아가고 싶었어요. 일반적인 뇌를 다시 가지고 싶었죠. 내가 기억하고 나를 기억하는 사람이 그리웠어요.

악몽들 속에서 함께 사라진 그들이 보고 싶었어요. 그제야 보고 싶었어요. 내가 잊었던 사람들. 그들이 나를 행복하게 만들어 줄지도 모른다는 생각이 들었죠. 하지만 나 홀로 그들을 찾아내기란 쉬운 일이 아니었어요. 그래서 내가 문을 두드린 곳이 바로 이곳 '고운 마음 신경 정신과'였죠.

당신은 자기를 그저 '상담가'라고 소개했죠. 뭔가 안심이 되는 느낌이었어요. 듣도 보도 못한 주사약을 한 움큼 가져온 놈을 '과대망상증' 환자쯤으로 여기고 약이나 몇 개 던져 주면 어쩌나 걱정도 했으니까요. 보통의 체형에 보통의 얼굴, 보통의 말씨, 이런 점이 좋았어요. 또……, 그래서 나보단 행복해 보였어요. 난 그게 마음에 들어 당신에게 나의 기억을 맡기기로 했죠.

12

<약 없이 일주일 버티기>

첫 번째 날 : 밥을 먹고, 일부러 공포 영화를 보았다. 그것도 밤에. 그것도 혼자.

두 번째 날 : 일부러 지나가는 사람 바로 앞으로 돌을 던졌다. 그는 화를 냈다. 내가 아무 반응이 없고, 또다시 돌을 던지자, 나를

거의 죽이려고 들었다.

세 번째 날 : 홀로 드라이브를 하다가 일부러 접촉 사고를 냈다. 누가 봐도 내 잘못이 컸으나, 도리어 내가 먼저 화를 냈다. 차 주인도 화를 냈다. 이번에 나는 반응하지 않았다. 일부러 그랬다. 그는 계속 화내고 화내서, 나중에는 귀가 다 아플 지경이 될 만큼의 시간이 흘러 버렸다.

네 번째 날 : 일부러 바보같이 옷을 거꾸로 입었다. 그 상태로 사람들이 많이 지나다니는 거리를 걸었다. 그들은 나를 보았다. 그리고 키득거렸다. 하지만 나는 더 많은 수치심을 느낄 때까지 그곳에서 춤을 추었다. 울면서.

다섯 번째 날: 새 옷을 사서, 비 오는 날 찻길 바로 옆을 거닐었다. 그리고 잠시 후, 사람들은 또다시 나를 보며 키득거리기 시작했다. 왜냐하면, 흙탕물이 내 온몸을 적셨기 때문이었다. 꼬마 녀석들은 나에게 손가락질까지 해댔다. 그날도 수치스러웠다. 사실 내가 만든 수치심이긴 했지만.

13

"최초에 지운 기억이 뭘까요?"

진료실을 찾을 때마다 의사는 가장 진지한 눈빛으로 이야기한다.

그럴 때마다 난 급하게 떡을 먹다 체한 것처럼 가슴이 답답해진다.

"그럼 이 약을 개발했을 때 이야기부터 해 볼까요?"

"좋았던 순간은 쉬워요. 아주 오랜 기억까지 고스란히 다 저장 되어 있으니까요."

23살 겨울, 결국 난 해냈어요. 실험에 성공했던 것이죠. 마치 술 을 마신 뒤 필름이 끊기듯, 뚝 하고 기억이 사라진 것이죠.

'그날, 학교에서 나와서…… . 뭘 했지? 그다음부터 기억이 안 나네.'

……이런 느낌이었어요.

그날, 홀로 자취방에서 조용한 자축 파티를 했어요. 다음 날 아 침, 가슴이 개운했어요.

처음으로, 밤에, 악몽에 시달리지 않았던 거죠.

'악몽? 어떤 악몽이었는지 기억해요? 악몽에 대해 말해 볼까 요?'

또다시 머리가 깨질 듯이 아팠다.

악몽? 이 악몽을 지우려고 그렇게 애썼던 것일까?

14

태경은 언제나 화창한 오후다. 그리고 꿈속의 나는 아주 기분 좋 게 하교하는 중학생이다. 그리고 언제나 덤프트럭이 보이고, 그다 음엔 덤프트럭에 붕 하고 떠오른 사람, 그리고 뚝 하고 목이 부러 진 시체, 그리고 피가 주체할 수 없이 흐르는 장면이 파노라마처 럼 이어진다. 깨진 머리통 사이에서 뇌와 뇌수가 흐물거리며 삐져

나온 것까지를 나는 보고 있어야 한다. 할 수 있는 게, 아무것도, 없다.

난 매일 밤 그런 사고를 목격해야만 한다. 그것도 몇 년 동안 계속…….

15

매일 밤 반복되는 꿈이었죠. 퀭해진 눈과 새파랗게 질린 입술은 온 가족을 걱정시켰고요. 물론 정신과 치료부터, 무당 굿까지 별의별 방법은 다 써 봤지만 매일 밤 악몽은 쉽게 사라지지 않았어요. 그제야 난 생각했죠.

'기억 속에, 징그럽게, 눌어붙어 버렸구나.'

16

시작은 단순했어요. 프라이팬에 눌어붙은 계란 프라이는 수세미로 어떻게든 벅벅 닦으면 되지만, 뇌를 그런 식으로 벅벅 닦으면 좀 아플 것 같았어요.

아프지 않게 뇌를 청소하는 법. 그래서 악몽에서 벗어나는 법을 내가 개발해야겠다. 뭐 그래서 약을 만들게 된 거죠.

처음엔 한두 개의 기분 나쁜 기억만 지웠어요. 그러다가 점차 지우는 기억이 많아졌지요. 많을 땐 몇십 개씩, 적을 땐 몇 개씩 기억을 지워 나갔어요. 기분 좋은 고통이었죠. 주삿바늘 자국은 마치 하나의 점처럼 번져나갔지만, 내겐 그런 것 따윈 보이지 않았어요.

17

"좀 더 자세히 얘기해 봐요."

의사가 말했다.

뭐요? 나의 기억? 아, 머리에 주사를 놓을 때의 느낌요.

'말하지 않았었나?', 잠시 생각하고는 나는 설명했다. 일단은 눈물이 좀 나죠. 주사는 따끔하니까. 뇌로 약이 흘러들어 갈 때는 시린 느낌이 나죠. 새로운 세계로 가는 통과의례라고나 할까요? 몇 초간 온몸은 내 의지와는 상관없이 부르르 떨리며, 잠시 뻣뻣한 각대기 하나로 변해요. 처음 약을 개발할 때부터 약이 퍼지는 시간까지 계산해 두었죠. 너무 빠르지도, 너무 느리지도 않게. 잠시 후, 머리는 차가운 음식을 많이 먹었을 때처럼 조이는 듯한 느낌이 와요. 그때 가슴은 시원해지죠.

이렇게 기억을 하나씩 지워나갈 때면, 마치 컴퓨터 게임 속에서 망친 아바타를 없애 버린 후, 완벽하고 새로운 아바타를 다시 만들어 키우는 듯한 쾌감 비슷한 느낌이 들어요. 그리고 눈을 감은 뒤. 다시 그 기억을 떠올려 보려고 하면, 단지 내 앞에는 다 그려진 그림이 아니라, 그려 주기를 기다리고 있는 새하얀 백지만이 기다리고 있어요. 그리고 내가 느끼는 것은 나를 억누르던 어떤 것이 사라졌다는 기쁨이죠. 집을 나서면 마주치는 온갖 시비, 싸움, 마약, 가슴 아픈 소식은 모두 내 기억 속에서 사라져가죠. 힘없이.

18

“그런데 말이죠. 도대체 무엇을 지우고 싶어서 이 약을 개발한 걸까요? 단순히 반복되는 악몽 때문이었을까요?”

의사가 제자리로 돌아왔다.

또다시 나와 의사와의 지루한 싸움, 아니 나와 내 지운 기억 사이의 지루한 싸움이 시작되었다.

그래. 도대체 나는 무엇을 지우려고 이 약을 개발했던 것일까? 악몽? 단지 그것만이 아니었던 것 같다. 사실, 교통사고를 목격하는 악몽을 지운 이후에도 어느 한구석이 찜찜했다. 그런데 그것이 머릿속에 떠올려지지 않으니, 난 지울 수도 없었다. 찜찜했지만, 어쩔 수 없이 그 어떤 것을 가슴에 품고 지낼 수밖에 없었다.

19

오늘의 승리자 역시 떠오르지 않는 기억이었다. 난 철저한 패배자가 되어, 깨질 듯이 아픈 머리를 양손으로 감싸 쥐며 병원을 나왔다.

내 꿈속과 같이 화창한 날씨. 차들이 무섭게 달려가는 도로. 현기증이 느껴졌다. 내 옆에서 꼬마 아이가 길 건너편의 아빠를 부르고 있었다. 도로 저편에는 그의 아버지로 보이는 사람이 아이를 향해 미소를 지어 주었다. 무섭게 달려가는 차들 사이로 아이의 목소리가 아버지에게 들릴까 생각하는 순간. 그 행복한 장면이 갑자기 유리가 깨지듯 내 머릿속에서 와장창 소리를 내면서 깨졌다.

그리고 나는 나도 모르게 소리를 지르며 울고 있었다.

'오지 마! 건너오지 마!'

20

누구든지 아버지를 보면 손을 흔든다. 그날은 토요일이었다. 아버지는 토요일이면 언제나 나를 데리러 오셨다. 점심을 안 먹는 날이었기 때문에, 아버지와 나 둘이서만 점심을 사 먹고, 오락실에 가서 음료수 내기 디디알도 하고, 피시방에 가서 컵라면을 먹으며 게임도 하고, 노래방에 가서 즐겁게 노래도 했다. 엄마가, 아이 공부 망친다고 그냥 일찍 일찍 집에 들어오라고 잔소리를 하셔도 아버지는 이렇게 말씀하시곤 하셨다.

"그건 당신 생각이고, 애들 생각은 달라. 그리고 난 애들과 생각이 같지."

이렇게 아버지는 언제나 내 편이셨다. 그날도 오락실과 피시방과 노래방을 생각하며, 교문을 나왔다. 아버지는 도로 저편에서 걸어오고 계셨고, 나는 아버지를 부르며 손을 흔들었다. 아버지는 나를 발견하셨다. 내 이름을 부르시며, 그리고 웃으시며 달려오셨다.

그리고 그다음은 언제나, 내 꿈속의 그 장면이었다. 내게 달려온 것은 내 아버지가 아니라 아버지의 피와, 뇌와, 흐물거리는 뇌수뿐이었다.

누구나 아버지에게 손을 흔든다. 그런데 왜 아버지는 그것을 모르셨을까. 건너오라는 뜻이 아니라, 단지 아버지와 함께할 하루가 설레어서 그랬을 뿐인데…….

21

될 수 있을 것 같았다. 할 수 있을 것도 같았다.

처음엔 약 없이 한 달 정도 버티는 것은 아무것도 아닐 줄 알았다. 그러나 상상 외로 그 고통은 컸다.

다시 손이 떨려왔다. 머리가 깨질 듯 아팠고, 눈물은 끊임없이 흘러내렸다.

내 손은 밤마다 소주를 찾았고, 어둠 속에서 병째로 들이켰다. 온 방은 내가 맡아도 역겨운 냄새로 가득했지만, 나는 소주를 끊을 수가 없었다.

건강은 점점 악화되어갔다. 의사는 자꾸만 내게 전화해 댔고, 나는 무어라 말할 수도 없었다. 약속을 지키지 못하고 있는 것 같았다.

　의사는 이제 거의 다 끝났다고, 이제 힘든 고비는 다 지났다고, 이제 복원만 하면 되는데, 왜 그러냐고, 이제 정말 마무리만 남았다고 수화기를 붙잡고 나를 달래고 설득한다. 나는 그저 수화기만 내려놓았다.

　그녀는 모른다. 지금 내게 복원된 기억이 온통 칼이 되어 내 심장 곳곳을 후비고 있다는 것을.

　약은 없다. 나는 방패를 내렸다. 이제 고통의 기억은 무방비의 나를 마음대로 베고 찌르고 헤집을 것이다. 그 끔찍함은 어느샌가 내게 담배보다, 술보다, 마약보다 더 강력한 중독제가 되어 있을 것이었다.

22

　오늘도 나는 약을 넣는다.

　이제 평생 나를 불행하게 했던 기억은 남아 있을 연유가 없을 듯하다.

　다시 그 약을 머리에 놓고, 웃는다. 또 운다. 이것은 내 일상이 되었다. 약과 함께.

　……그렇다. 그가 준 약과 함께 내 인생은 그의 인생으로 변해버리고 말았다.

　그에게 전화해도 그가 오지 않을 것이라는 걸 알면서도 전화한다.

만약 전화해서 그가 온다 해도, 오히려 나에게 주어진 행복한 고통의 약들을 다시 가지고 갈 것이기에, 절대 행복하지 않을 걸 알면서도…….

나는 그를 기억하지 못할 것이다.

치명적인 아름다움을 지닌 잔인한 유혹 앞에서 그는 무릎을 꿇었다.

나도 이렇게 무릎을 꿇는다.

의사의 윤리 규정 따위는 이미 무시해 버린 지 오래다. 그리고 지금 나는, 내 무서운 기억을 지우려 머릿속에 약을 넣으려고 한다.

어렸을 적부터 생각해 오던 것이었다.

무슨 짓이든지 할 작정이었다. 그 더러운 기억을 잊을 수 있다면.

단 한 순간만이라도, 나를 사람이 아니라 자신의 장난감처럼 여기던, 아버지의 잔인한 미소를 잊을 수만 있다면…….